Storie di adolescenti

26 racconti sul mestiere di crescere

a cura di Mirella Zocchi

Arnoldo
Mondadori
Scuola

Le cicale: prima edizione: gennaio 1994
Le onde: prima edizione: settembre 2000

ISBN 88-247-1385-8

Edizioni:
3 4 5 6 7 8 9 10 11 12
2002 2003 2004 2005 2006

QUESTO VOLUME È STATO STAMPATO
PRESSO MONDADORI PRINTING S.P.A.
STABILIMENTO N.S.M. - CLES (TN)

Stampato in Italia - Printed in Italy

Copertina
Francesco Marangon

In copertina
Illustrazione di Iacopo Bruno

Sommario

Conflitti

Solidarietà

Amicizia

Scoperta di sé

Introduzione

Storie di ragazzi in cui trovare qualcosa di sé

Differenti l'uno dall'altro per autore, intreccio e soluzioni narrative, i ventisei racconti di questa raccolta trovano il loro denominatore comune in un aspetto che possiamo definire tematico, a patto di accettare un uso non rigorosissimo del termine. Il filo che unisce i racconti è nel fatto che sono volti tutti a indagare il mestiere di crescere, cioè il mondo complesso e variegato della realtà adolescenziale.

In altri termini, questa raccolta non propone storie «per ragazzi», spesso deludenti nella scrittura come nell'intreccio, ma storie «di ragazzi», che indagano emozioni e momenti di esperienza nel percorso dall'infanzia alla prima giovinezza. Sono racconti, dunque, nei quali ogni ragazzo potrà ritrovare qualche aspetto di sé, dei suoi conflitti e delle sue aspirazioni.

Ed è facile prevedere che la sostanziale corrispondenza tra il mondo della narrazione e quello del lettore contribuirà a facilitare le procedure della comprensione, anche perché la misura del racconto, prodotto «intero» ma al tempo stesso di estensione limitata e controllabile, è particolarmente adatta a suscitare l'attenzione e a mantenerla viva per tutto l'arco dello sviluppo narrativo.

Gli autori

I racconti sono stati selezionati nella produzione di scrittori italiani e stranieri, per la maggior parte contemporanei. Alcuni sono grandi classici della letteratura, come Kipling e Hesse, Moravia e

Calvino. Altri, invece, si segnalano soprattutto in relazione a filoni specifici, come la fantascienza (Ray Bradbury) o la narrativa umoristica (Sue Townsend).

Alcuni testi, infine, sono tratti dal Diario *di Anna Frank e dal* Diario di una giovinetta *scritto da una ragazzina viennese, anonima, agli inizi di questo secolo: notissimo il primo, meno famoso ma ugualmente coinvolgente il secondo.*

L'organizzazione dei testi

*I racconti sono scanditi in sette sezioni tematiche che corrispondono ad altrettanti momenti dell'esperienza adolescenziale e che, nella raccolta, si dispongono a formare un ideale percorso di maturazione: se la prima sezione (*Voglia d'avventura*) propone personaggi in cui sono ancora vivi tratti di infantile inconsapevolezza, la seconda sezione indaga l'esperienza complessa della* Solitudine, *mentre la terza presenta facce diverse dell'incontro cruciale col* Primo amore.

Seguono gruppi di racconti dedicati ai Conflitti, *con il mondo degli adulti e con gli stessi coetanei, al valore dell'*Amicizia *e della* Solidarietà *e infine alla* Scoperta di sé, *che segna per l'adolescente una tappa sempre importante in quanto gli consente di rapportarsi in modo più maturo alla realtà che lo circonda.*

Varietà degli intrecci e delle scelte espressive

Se i temi nodali della raccolta sono, ovviamente, quelli indicati dai titoli delle sette sezioni, i racconti consentono di individuare anche alcune situazioni tipiche, come il rapporto con gli adulti, la scoperta degli altri, la maturazione attraverso esperienze particolarmente significative, che si ripropongono di sezione in sezione, attraverso differenti personaggi e vicende. Segno caratteristico della raccolta è comunque la grande varietà degli intrecci e non a caso, in quanto il senso dell'opera è proprio nell'offrire un quadro quanto più possibile ampio e vario dell'esperienza adolescenziale nei suoi molteplici aspetti, anche contraddittori.

Alla varietà degli intrecci corrisponde una diversificazione delle soluzioni narrative e dei registri espressivi. Accanto a racconti di-

namici, caratterizzati dall'incalzare degli eventi, come per esempio Operazione Pasqualino *di Moravia, troviamo testi in cui prevale l'indagine psicologica, come* I rapporti umani *di Natalia Ginzburg.*

A racconti in cui il mondo dei giovani è visto «dal di fuori», nell'ottica degli adulti, com'è il caso di Un deca per Natale *di Mario Soldati, si contrappongono pagine di diario e testi autobiografici in cui il narratore-protagonista partecipa con grande tensione emotiva alle vicende narrate.*

Racconti drammatici, come La storia di Avrom *di Primo Levi, o improntati alla tristezza, come* Un errore geografico *di Romano Bilenchi, si alternano a pagine di vivo umorismo, come quelle di Stefano Benni o di Sue Townsend.*

Anche la lingua si presenta in una ricca gamma di toni e registri, dalla prosa di Hermann Hesse limpida ma sempre alta e letteraria, alla scrittura di Fenoglio e di Moravia che, per coerenza con ambiente e personaggi, accolgono anche costruzioni marcatamente regionali, fino allo scanzonato gergo giovanile di Adrian Mole nelle spassose pagine di Sue Townsend.

Storie di adolescenti

Voglia d’avventura

Sono molti i ragazzi che sentono dentro di sé la voglia d’avventura, il desiderio di imprese straordinarie in contrasto con una realtà quotidiana troppo a misura degli adulti e dunque grigia e banale.

E la voglia d’avventura può trovare la sua espressione nella ricerca del rischio per «mettersi alla prova», com’è il caso del temerario Kòlja *del racconto di Fëdor Dostoevskij, oppure in una fuga da casa, come avviene per i due protagonisti di* Ragazzi *di Anton Čechov, che progettano di far fortuna nelle terre selvagge dell’Asia e dell’America.*

Ma la voglia d’avventura può anche portare a esperienze che fanno maturare, rivelando l’inconsistenza delle fantasie infantili: gli adolescenti di Operazione Pasqualino *di Alberto Moravia si credono favolosi fuorilegge, come i pirati e i banditi del West, ma mettono la testa a posto quando si accorgono di aver rischiato davvero di finire in prigione e compromettere il loro futuro.*

Kòlja

«...scommise che una notte si sarebbe disteso tra le rotaie della ferrovia...»

Ragazzi

«...combattere con tigri e selvaggi, poi procurarsi oro e avorio, uccider nemici, farsi pirati, bere gin e alla fin fine sposare bellissime donne e coltivar piantagioni.»

Operazione Pasqualino

«...adesso avevamo messo la testa a posto ed eravamo diventati uomini.»

FËDOR DOSTOEVSKIJ

Kòlja

È già molto tempo, quasi quattordici anni, che il segretario provinciale[1] Krasotkin è morto, ma la sua vedova, una giovane signora trentenne e ancora assai graziosa, è viva e campa «di rendita»[2] nella sua linda casetta. Di carattere dolce, ma piuttosto allegro, essa conduce una vita modesta e onorata. Ha perduto il marito a diciotto anni, dopo aver vissuto con lui meno di un anno e subito dopo avergli partorito un figlio. Dal giorno della sua morte, essa si è consacrata tutta all'educazione del proprio bambino Kòlja e, benché da quattordici anni lo ami pazzamente, ha indubbiamente ricevuto da lui assai più pene che gioie, poiché non c'è stato quasi giorno che non abbia trepidato per la paura che si ammalasse, che prendesse un raffreddore, che facesse qualche monelleria, che si arrampicasse su una sedia e cadesse, eccetera, eccetera. Quando poi Kòlja cominciò a frequentare la scuola e più tardi andò al ginnasio, la madre si mise a studiare con lui tutte le materie per aiutarlo e fargli ripetere le lezioni, corse a conoscere i suoi insegnanti e le loro mogli, accarezzò persino i compagni di scuola di Kòlja e usò con essi tutte le sue arti perché non toccassero il suo ragazzo, non lo prendessero in giro e non lo picchiassero. In tal modo ottenne che quei monelli si mettessero davvero a prenderlo in giro per via di lei e cominciassero a stuzzi-

[1] *segretario provinciale*: grado della burocrazia russa dell'epoca zarista.
[2] *«di rendita»*: grazie ai profitti di terreni, case ecc. e agli interessi di somme variamente investite.

carlo, chiamandolo «cocchino di mamma». Ma il ragazzo sapeva difendersi. Era un monello coraggioso, «terribilmente forte», secondo la fama che si sparse e si consolidò ben presto nella sua classe; svelto poi e di carattere ostinato, di temperamento ardito e pieno d'iniziative. Studiava con profitto, e correva persino la voce che sia in aritmetica sia in storia universale desse dei punti[3] allo stesso insegnante, Dardanelov. Però il ragazzo, per quanto guardasse tutti un po' dall'alto e arricciando il nasino, era un buon compagno e non faceva il superbo. Accettava come dovuto il rispetto dei compagni, ma si comportava con loro amichevolmente. Soprattutto, avendo il senso della misura, sapeva dominarsi al momento opportuno e nei rapporti coi superiori non superava mai quell'estremo, inviolabile limite oltre il quale una mancanza non è più tollerabile, ma diventa disordine, ribellione e illegalità. E tuttavia era sempre pronto a far birichinate a ogni occasione propizia, come l'ultimo monello di strada, e non tanto a far birichinate quanto a escogitare qualche tiro birbone, a fare stramberie, a dare delle «belle lezioni», a posare, a buttar polvere negli occhi.[4] Soprattutto era pieno d'amor proprio. Persino sua madre era riuscito a mettere in stato di subordinazione,[5] trattandola quasi dispoticamente.[6] Ed essa gli si era sottomessa, oh, da un pezzo gli si era sottomessa! L'unica cosa che non poteva in nessun modo sopportare era l'idea che il suo ragazzo le «volesse poco bene». Le pareva sempre che Kòlja fosse «freddo» con lei, e c'erano dei momenti in cui, sciogliendosi in lacrime nervose, si metteva a rimproverargli la sua insensibilità. Al ragazzo questo non piaceva, e più si pretendevano da lui effusioni sentimentali, più diventava intrattabile, quasi a bella posta. Ma non lo faceva di proposito, bensì involontariamente; tale era la sua indole.[7] La madre s'ingannava: Kòlja le voleva mol-

[3] *desse dei punti*: fosse più bravo, ne sapesse di più.
[4] *posare... negli occhi*: fingere, far credere le cose diverse da com'erano realmente.
[5] *in stato di subordinazione*: in stato di sottomissione, cioè nella condizione di chi obbedisce.
[6] *dispoticamente*: da tiranno, da prepotente.
[7] *indole*: carattere, modo di essere.

to bene, solo non gli piacevano quelle «tenerezze vitelline», come diceva lui nel suo gergo studentesco. Il padre aveva lasciato uno scaffale con parecchi libri; Kòlja, che era amante della lettura, ne aveva già letti non pochi per conto suo. La madre non se ne preoccupava, solo si meravigliava, a volte, che il suo ragazzo, invece di andare a giocare, passasse delle ore intere accanto allo scaffale con qualche libriccino in mano. E così Kòlja lesse delle cose che alla sua età non si sarebbe ancora dovuto lasciargli leggere. Però negli ultimi tempi, benché al ragazzo non piacesse spingere oltre un certo limite le sue monellerie, aveva cominciato a farne di quelle che spaventarono sul serio la madre: non cose immorali, a dire il vero, ma bravate da rompicollo.

Per l'appunto nel luglio di quell'estate, durante le vacanze, capitò che madre e figlio andassero per una settimana ospiti di una lontana parente, il cui marito era impiegato alla stazione ferroviaria. Arrivato là, Kòlja cominciò a osservare la ferrovia in tutti i particolari e a studiarne i dispositivi. Si trovavano là, appunto in quel periodo, anche altri ragazzi, coi quali Kòlja fece amicizia; alcuni abitavano alla stazione, altri nelle vicinanze, ed erano un gruppo di sei o sette giovincelli dai dodici ai quindici anni, due dei quali, per caso, erano proprio della nostra città. I ragazzi giocavano tutti insieme e facevano qualche monelleria; ed ecco che il quarto o quinto giorno dopo l'arrivo di Kòlja questi sciocchi ragazzi fecero una scommessa assurda: Kòlja, ch'era quasi il più giovane di tutti e perciò era tenuto un po' in dispregio dai più grandi, per amor proprio o per un imperdonabile atto di temerarietà,[8] scommise che una notte si sarebbe disteso fra le rotaie della ferrovia, prima che arrivasse il treno delle undici, e sarebbe rimasto immobile finché il convoglio non gli fosse passato sopra a tutto vapore. Vero è che avevano fatto prima una prova, alla quale risultò che effettivamente era possibile allungarsi fra le rotaie e appiattirsi in modo tale che il treno, passando, non schiacciasse la persona distesa lì; ma nondimeno che momento per chi si fosse

[8] *temerarietà*: audacia eccessiva, coraggio unito a molta imprudenza.

trovato in quella posizione! Kòlja insisteva a dire che avrebbe fatto quella prova. Dapprima lo presero in giro, chiamandolo bugiardo, fanfarone, ma con ciò lo eccitarono ancora di più. Soprattutto quei quindicenni rizzavano un po' troppo la cresta dinanzi a lui, anzi in un primo momento non lo volevano neppure come compagno, lo consideravano un «bambino», il che era per lui una intollerabile offesa. E così fu deciso di recarsi una sera a un chilometro dalla stazione, in modo che il treno, dopo essere ripartito, avesse già ripreso la sua velocità. I monelli si trovarono all'appuntamento. Era una notte senza luna, assai buia, quasi nera. All'ora stabilita Kòlja si distese fra i binari. Gli altri cinque che avevano scommesso aspettavano ai piedi della scarpata,[9] fra i cespugli, dapprima col cuore sospeso, ma da ultimo sgomenti e pentiti. Infine si sentì il rombo del treno che ripartiva dalla stazione. Brillarono nel buio i due fanali rossi, il mostro si avvicinava con fragore. «Scappa, scappa via dalle rotaie!» gridarono a Kòlja dai cespugli i monelli, che morivano di paura. Ma era ormai tardi: il treno arrivò di volata, passando come un lampo. I ragazzi si precipitarono verso Kòlja: egli giaceva inerte. Si misero a scuoterlo, cercando di sollevarlo. Tutt'a un tratto Kòlja s'alzò e in silenzio scese dalla scarpata. Sceso che fu, dichiarò che aveva finto a bella posta d'esser svenuto, per spaventarli, ma la verità è ch'era svenuto sul serio, com'egli stesso confessò, molto tempo dopo, alla sua mamma.

(da *Ragazzi*, Petrini, trad. P. Cazzola)

[9] *ai piedi della scarpata*: in fondo alla breve discesa formata dal cumulo di sassi sul quale sono posate le rotaie.

ANTON ČECHOV
Ragazzi

«Volodia è arrivato!» gridò qualcuno in cortile.

«Volòdic'ka è arrivato!» strillò Natalia, correndo in sala da pranzo. «Oh, Dio mio!»

Tutta la famiglia dei Koroliòv, che d'ora in ora aspettava il suo Volodia, si precipitò alle finestre. All'ingresso stava un'ampia slitta bassa, e dalla troica[1] di bianchi cavalli emanava un denso vapore. La slitta era vuota, perché Volodia si trovava già nel vestibolo e con le rosse dita intirizzite stava slegando il cappuccio. Il suo cappotto di studente ginnasiale, il berretto, le soprascarpe e i capelli sulle tempie eran coperti di brina, ed egli tutto dalla testa ai piedi mandava un tal sapido[2] odor di gelo che, guardandolo, veniva voglia d'aver freddo e di dire: «brrr!». La madre e la zia si slanciarono ad abbracciarlo e baciarlo, Natalia si buttò ai suoi piedi e cominciò a cavargli le calzature di feltro,[3] le sorelle levarono strida, gli usci cigolavano, sbattevano, e il padre di Volodia in sola sottoveste[4] con le forbici in mano corse in anticamera e gridò spaventato:

«Ma noi ti aspettavamo ancora ieri! Sei giunto bene? Felicemente? Signore Dio mio, ma lasciategli salutare il padre! O che non sono il padre, forse?»

«Bau! Bau!» ruggiva in tono di basso Milord, un enorme cagnone nero, battendo la coda contro le pareti e i mobili.

[1] *troica*: termine di origine russa che indica l'attacco di tre cavalli, usato un tempo, appunto in Russia, sia per le carrozze sia per le slitte.
[2] *sapido*: pungente, intenso.
[3] *feltro*: panno spesso e pesante.
[4] *sottoveste*: lunga camicia, di solito fermata in vita da una cintura, tipica dell'abbigliamento russo.

Tutto si era fuso in un solo compatto suono gioioso, che si prolungò un paio di minuti. Quando il primo impeto di giubilo[5] fu passato, i Koroliòv osservarono che, oltre a Volodia, si trovava in anticamera anche un piccolo essere, imbacuccato in fazzoletti, scialli e cappucci, e coperto di brina; stava immobile in un angolo, nell'ombra gettata da una grossa pelliccia di volpe.

«Volòdic'ka, e chi è quello lì?» domandò sottovoce la madre.

«Ah!» si ricordò Volodia. «È, ho l'onore di presentarlo, il mio compagno Cecevitsin, alunno della seconda classe... L'ho condotto con me, ospite per qualche tempo da noi.»

«Molto piacere, favorite!» disse gioiosamente il padre. «Scusate, io sto alla casalinga, senza giacca... Accomodatevi! Natalia, aiuta il signor Cerepitsin a svestirsi! Signore Dio mio, ma cacciate via questo cane! È un castigo!»

Dopo un po' Volodia e il suo amico Cecevitsin, storditi dalla rumorosa accoglienza e tuttora rosei dal freddo, sedevano a tavola e bevevano il tè. Il solicello invernale, penetrando attraverso la neve e i rabeschi[6] delle finestre, tremolava sul samovàr[7] e bagnava i suoi puri raggi nello sciacquadita.[8] Nella stanza era scuro, e i ragazzi sentivano come nei loro corpi intirizziti, non volendo cedere l'uno all'altro, si solleticavano il caldo e il gelo.

«Be', ecco presto Natale!» diceva strasciconi il padre, arrotolando una sigaretta di tabacco bruno rossiccio. «Ed è forse molto ch'era estate e la mamma piangeva, accompagnandoti? E tu sei arrivato... Il tempo, caro, va veloce! Non arrivi a dir "ah!" che viene la vecchiaia. Signor Cibissòv, mangiate, vi prego, non state in soggezione! Da noi s'è alla buona.»

Le tre sorelle di Volodia, Katia, Sonia e Mascia – la maggiore di loro aveva undici anni – sedevano a tavola e non staccavano gli occhi dal nuovo conoscente. Cecevitsin era della

5 *giubilo*: gioia intensa.
6 *rabeschi*: arabeschi, disegni stilizzati.
7 *samovàr*: grande teiera di metallo, provvista di un fornello che consente di tenere sempre calda l'acqua per il tè.
8 *sciacquadita*: coppetta in cui sciacquare le dita durante il pasto.

stessa età e statura di Volodia, non così paffuto e bianco però, ma scarno, abbronzato, coperto di lentiggini. Aveva i capelli ispidi, gli occhi stretti, le labbra grosse, in generale era parecchio brutto e, se non avesse avuto indosso la giubba dello studente ginnasiale, all'apparenza si sarebbe potuto prendere per il figlio d'una cuoca. Egli era cupo, tacque tutto il tempo e non sorrise neppure una volta. Le ragazzine, guardandolo, capirono di colpo che doveva essere una persona molto intelligente e istruita. Egli pensava continuamente a qualche cosa, ed era così occupato dai suoi pensieri che, quando gli domandavano alcunché, sussultava, scuoteva il capo e pregava di ripeter la domanda.

Le bambine osservarono che anche Volodia, sempre allegro e loquace, questa volta parlava poco, non sorrideva affatto, e pareva addirittura che non fosse contento d'esser venuto a casa. Mentre stavan seduti a bere il tè, egli si rivolse alle sorelle solo una volta, e per di più con certe parole strane. Indicò col dito il samovàr e disse:

«In California, invece di tè, bevono gin».[9]

Egli pure era occupato da chi sa quali pensieri e, a giudicare dagli sguardi che ogni tanto scambiava con l'amico suo Cecevitsin, i pensieri dei ragazzi eran gli stessi.

Dopo il tè tutti passarono nella camera dei bambini. Il padre e le fanciulline sedettero a tavola e si applicarono al lavoro ch'era stato interrotto dall'arrivo dei ragazzi. Essi facevano con carta variopinta dei fiori e una frangia per l'albero di Natale. Era un lavoro attraente e chiassoso. Ciascun nuovo fiorellino fatto le bambine lo accoglievano con grida d'entusiasmo, perfino con grida di sgomento,[10] come se quel fiorellino fosse caduto dal cielo; il babbo pure si beava[11] e ogni tanto gettava le forbici sul pavimento, arrabbiandosi con esse perché erano spuntate. La mamma accorreva nella camera dei bambini con un viso molto impensierito e domandava:

[9] *gin*: liquore ad alta gradazione alcolica.
[10] *sgomento*: turbamento, spavento.
[11] *si beava*: si deliziava.

«Chi ha preso le mie forbici? Di nuovo tu, Ivàn Nikolaic', hai preso le mie forbici?»

«Signore Dio mio, perfin le forbici non ti dànno!» rispondeva con voce piangente Ivàn Nikolaic' e, arrovesciandosi sulla spalliera della sedia, assumeva l'atteggiamento d'un uomo offeso, ma di lì a un minuto nuovamente andava in estasi.[12]

Nelle sue venute precedenti anche Volodia si occupava dei preparativi per l'albero di Natale, o correva in cortile a vedere come il cocchiere e il pastore facevano la montagna di neve, ma ora lui e Cecevitsin non badarono punto alla carta variopinta e non andarono nemmeno una volta nella scuderia, ma sedettero presso la finestra e presero a bisbigliarsi qualcosa; poi tutt'e due insieme aprirono un atlante geografico e si misero a esaminare una carta.

«Prima a Perm...» diceva piano Cecevitsin. «Di là a Tiumen... poi Tomsk... poi... poi... nel Kamciatka...[13] Di qua i samoiedi[14] traversano su battelli lo stretto di Behring...[15] Eccoti anche l'America... Lì ci son molti animali da pelliccia.»

«E la California?» domandò Volodia.

«La California è più giù... Purché si capiti in America, poi la California non è lontana. Procacciarsi di che vivere si può con la caccia e il saccheggio.»

Cecevitsin tutto il giorno si tenne in disparte dalle ragazzine e le guardò sottecchi. Dopo il tè serale accadde che per un cinque minuti lo lasciarono solo con le bambine. Star zitto era imbarazzante. Egli tossì ruvido, strofinò con la palma destra la mano sinistra, guardò cupamente Katia e domandò: «Avete letto Myne-Read?».

«No, non l'ho letto... Ascoltate, voi sapete pattinare?»

Assorto nei suoi pensieri, Cecevitsin non rispose nulla a questa domanda, ma solo gonfiò forte le guance e fece un so-

[12] *nuovamente andava in estasi*: tornava a essere felice e soddisfatto.

[13] *Perm... Tiumen... Tomsk... Kamciatka*: località della Russia europea e asiatica.

[14] *samoiedi*: popolazione di razza mongolica stanziata nelle zone settentrionali della Russia europea e della Siberia.

[15] *stretto di Behring*: braccio di mare, all'estremità settentrionale dell'oceano Pacifico; divide l'Asia dall'America del Nord.

spiro, come se avesse molto caldo. Alzò ancora una volta gli occhi su Katia e disse:

«Quando un branco di bisonti corre attraverso le *pampas*,[16] ne trema la terra e in questo mentre i *mustang*,[17] spaventati, scalciano e nitriscono.»

Cecevitsin sorrise mestamente e soggiunse:

«Così pure gli indiani assaltano i treni. Ma peggio di tutto sono i moscerini e le termiti.»

«E che cosa sono?»

«Son qualcosa come le formichette, ma solo con le ali. Mordono assai forte. Sapete chi sono io?»

«Il signor Cecevitsin.»

«No. Io sono Montigomo, Artiglio d'Avvoltoio, capo degl'invincibili.»

Mascia, la bambina più piccola, guardò lui, poi la finestra, di là dalla quale già cadeva la sera, e disse con esitazione: «E da noi ieri han preparato le lenticchie.»[18]

Le parole del tutto incomprensibili di Cecevitsin e il fatto ch'egli bisbigliava continuamente con Volodia, e che Volodia non giocava, ma pensava sempre a qualcosa: tutto ciò era enigmatico[19] e strano. E le due ragazzine maggiori, Katia e Sonia, presero a sorvegliare con occhio vigile i ragazzi. La sera, quando i ragazzi andarono a letto, le fanciullette si avvicinarono furtive all'uscio e ascoltarono la loro conversazione. Oh, quel che appresero! I ragazzi si accingevano a correr chi sa dove in America a estrarre oro; avevano già tutto pronto per il viaggio: una pistola, due coltelli, biscotti, una lente d'ingrandimento per far del fuoco, una bussola e quattro rubli[20] contanti. Esse appresero che ai ragazzi sarebbe toccato percorrere a piedi parecchie migliaia di verste,[21] e lungo la strada combattere con tigri e selvaggi, poi procurarsi oro e

16 *pampas*: così sono denominate le praterie dell'Argentina e dell'Uruguay.
17 *mustang*: cavalli selvaggi delle praterie americane.
18 *lenticchie*: per la bambina il nome del ragazzo (Cecevitsin) si associa a quello delle lenticchie (in russo: *cecevitsa*).
19 *enigmatico*: incomprensibile.
20 *rubli*: il rublo è la moneta usata in Russia.
21 *verste*: la versta è una unità di misura di lunghezza un tempo usata in Russia. Corrisponde a poco più di un chilometro.

avorio, uccider nemici, farsi pirati, bere gin e alla fin fine sposare bellissime donne e coltivar piantagioni. Volodia e Cecevitsin parlavano e nella foga s'interrompevano l'un l'altro. Ciò facendo, Cecevitsin chiamava se stesso: «Montigomo, Artiglio d'Avvoltoio», e Volodia: «Mio fratello viso pallido».

«Tu, bada, non dir nulla alla mamma» disse Katia a Sonia, avviandosi con lei a dormire. «Volodia ci porterà dall'America oro e avorio, ma se tu lo dirai alla mamma, non lo lasceranno andare.»

L'antivigilia di Natale Cecevitsin per tutta la giornata esaminò la carta dell'Asia e annotò qualche cosa, e Volodia, languido,[22] gonfio, come punto da un'ape, camminò cupo per le stanze e non mangiò nulla. E una volta, nella camera dei bambini, si fermò perfino davanti all'icona,[23] si segnò e disse:

«Signore, perdona a me peccatore! Signore, preserva la mia povera, infelice mamma!»

A sera scoppiò a piangere. Andando a dormire, abbracciò a lungo padre, madre e sorelle. Katia e Sonia capivano di che si trattava, ma la minore, Mascia, non capiva nulla, assolutamente nulla, e solo nel guardar Cecevitsin si faceva pensierosa e diceva con un sospiro:

«Quand'è giorno di digiuno, dice la bambinaia, bisogna mangiar piselli e lenticchie.»

La vigilia di Natale per tempo Katia e Sonia si alzarono piano piano dal letto e andarono a guardare come i ragazzi sarebbero scappati in America. Si appressarono furtive[24] all'uscio.

«Allora tu non verrai?» domandava iroso Cecevitsin. «Parla: non verrai?»

«O Signore!» piangeva piano Volodia. «Come faccio a venire? Mi fa pena la mamma.»

«Fratello mio viso pallido, ti prego, andiamo. Eri tu ad assicurarmi che saresti partito, tu stesso mi hai invogliato, e quando s'ha da andare, ecco che ti sei preso paura.»

[22] *languido*: stanco e malinconico.
[23] *icona*: immagine sacra che è oggetto di devozione presso i cristiani ortodossi.
[24] *si appressarono furtive*: si avvicinarono, stando attente a non farsi sentire.

«Io... io non mi son preso paura, ma mi... mi fa pena la mamma.»

«Tu parla: verrai o no?»

«Verrò, soltanto... soltanto aspetta. Ho voglia di restare un po' a casa.»

«In tal caso, andrò io!» decise Cecevitsin. «Farò anche senza di te. E volevi pure andar a caccia di tigri, combattere! Quand'è così, ridammi i miei pistoni!»[25]

Volodia si mise a piangere così amaramente che le sorelle non ressero e anche loro piansero sommesso. Seguì un silenzio.

«Allora non verrai?» domandò ancora una volta Cecevitsin.

«Ve... verrò!»

«Allora vestiti!»

E Cecevitsin, per persuadere Volodia, lodava l'America, ruggiva come una tigre, raffigurava il piroscafo, imprecava, prometteva di dare a Volodia tutto l'avorio e tutte le pelli di leone e di tigre.

E questo ragazzo magrolino, abbronzato, dai capelli ispidi e con le lentiggini, pareva alle bambine straordinario, meraviglioso. Era un eroe, un uomo risoluto, intrepido, e ruggiva talmente che, stando dietro l'uscio, si poteva in effetti pensare che fosse una tigre o un leone.

Quando le ragazzine rientrarono in camera loro e si vestirono, Katia con gli occhi pieni di lacrime disse:

«Ah, ho tanta paura!»

Fino alle due, quando sedettero a pranzare, tutto fu quieto, ma a pranzo d'un tratto apparve che i ragazzi non erano a casa. Mandarono nella stanza della servitù, alla scuderia, nell'annesso dall'intendente:[26] non c'erano. Mandarono al villaggio: anche là non li trovarono. E il tè poi lo bevvero del pari senza i ragazzi, e quando sedettero a cenare, la mamma era molto inquieta, piangeva perfino. E la notte di nuovo andarono al vil-

[25] *pistoni*: fucili.
[26] *nell'annesso dall'intendente*: i due ragazzi vengono cercati anche presso l'amministratore dei Koroliòv, nella costruzione adiacente alla casa della famiglia.

laggio, cercarono, si recarono con lanterne sul fiume. Dio, che trambusto si levò!

Il giorno dopo venne il maresciallo di polizia, scrissero in sala da pranzo non so che carta. La mamma piangeva.

Ma ecco, presso la scalinata si fermò una slitta bassa, e dalla troica di bianchi cavalli fluiva il vapore.

«Volodia è arrivato!» gridò qualcuno nella corte.

«Volòdic'ka è arrivato!» strillò Natalia, accorrendo in sala da pranzo.

E Milord latrò in tono di basso: «bau! bau!». Risultò che i ragazzi li avevan trattenuti in città, al *Gostini dvor*[27] (essi vagavano colà e andavan domandando dove si vendesse polvere da sparo). Volodia, come entrò in anticamera, ruppe in singhiozzi e si gettò al collo della madre. Le bambine, tremanti, pensavano con sgomento a quel che ora sarebbe accaduto, sentirono come il babbo condusse Volodia e Cecevitsin nel suo studio e là parlò a lungo con loro; e la mamma pure parlava e piangeva.

«Forse che si può far così?» esortava il babbo. «Se mai, non voglia Iddio, lo risapranno al ginnasio, vi escluderanno.[28] E voi vergognatevi, signor Cecevitsin! Non sta bene! Voi siete l'istigatore[29] e, spero, sarete punito dai vostri genitori. Forse che si può far così? Dove avete pernottato?»

«Alla stazione!» rispose orgoglioso Cecevitsin.

Volodia poi stette coricato, e gli applicarono in testa un asciugamano imbevuto d'aceto. Spedirono non so dove un telegramma, e il giorno dopo giunse una signora, la madre di Cecevitsin, e condusse via suo figlio.

Quando Cecevitsin partì, aveva un viso arcigno, arrogante, e, accomiatandosi dalle ragazzine, non disse nemmeno una parola; solo prese a Katia un quadernetto e vi scrisse per ricordo: «Montigomo Artiglio d'Avvoltoio».

(da *Il fiammifero svedese*, Rizzoli, trad. A. Polledro)

[27] *Gostini dvor*: espressione in lingua russa per indicare il bazar, l'edificio in cui sono riuniti banchi di vendita dei più svariati prodotti.
[28] *vi escluderanno*: vi scacceranno, vi espelleranno.
[29] *istigatore*: il termine indica chi spinge a compiere azioni riprovevoli.

ALBERTO MORAVIA

Operazione Pasqualino

Noi altri ragazzotti sotto i diciott'anni, si sa, andiamo a bande. Anzi, cominciamo a far le bande prima dei dieci anni; e quando vedete per certe strade della periferia sette o otto maschietti che corrono e si accapigliano, potete star sicuri che è una banda e che in quella banda c'è il più forte che mena[1] agli altri e li comanda e ci sono quelli che gli fanno da servitorelli e quelli che, o perché più piccoli o perché più deboli, le pigliano da tutti e servono a tutti. Prima dei dieci anni d'età che fanno le bande? Giocano, magari, a quei giochi per cui bastano alcuni lastroni di marciapiede e un pezzetto di gesso; qualche volta si arrischiano a fumare una sigaretta in dieci, una boccata per uno; arrivano a mettere insieme i soldi per comprare un pallone: tutta roba che costa poco. Ma una volta cresciuti, crescono anche i vizi: le carte, il cinema, le partite allo stadio, magari le ragazze. E per i vizi ci vogliono i quattrini. E siccome i quattrini non ci sono, bisogna procurarseli. Qui cominciano i guai.

Quell'estate, la nostra banda si riuniva dalle parti dell'Appia Antica,[2] lungo quella strada piena di rovine e di cipressi, che invece dell'asfalto ci ha certi sassi tondi e grossi simili a pagnotte. Al chilometro ventesimo, un po' arretrata rispetto alla strada, c'è una grande stanza di mattoni rossi, con il soffitto a volta e l'ingresso sbarrato dai rovi.[3] Dicono che è una ro-

1 *mena*: picchia. È una voce regionale oggi largamente usata, nel registro colloquiale, in tutta Italia.
2 *Appia Antica*: strada di Roma che risale al IV secolo a.C.
3 *rovi*: cespugli spinosi.

vina romana; e questo mi sembra un gran piccolo segno di giudizio di chiamare romana una rovina che, appunto, si trova a Roma. Si capisce che è romana; non c'è bisogno di dirlo; se fosse a Frascati,[4] poniamo, sarebbe, invece, frascatana. Insomma, in questa rovina o stanza che fosse, noialtri della banda ci riunivamo per giocare alle carte o discutere sui casi nostri. Spostavamo un cespuglio, entravamo, rimettevamo a posto il cespuglio: nessuno avrebbe potuto pensare che eravamo là dentro. Era insomma un luogo ideale per nascondersi e noi ci nascondevamo tutti i giorni, benché non avessimo alcun motivo di farlo. Ma si sa, quando si è ragazzi, nascondersi è il più gran gusto che ci sia.

In quella stanza ci stavamo bene, freschi e all'ombra, nascosti, come in una fortezza; e siccome eravamo tutti ragazzi pieni di vita, col sangue che bolliva e l'immaginazione accesa, quando non giocavamo a carte, ci lasciavamo andare alla fantasia, cioè ciascuno di noi raccontava quello che avrebbe fatto in determinate circostanze. Eravamo, insomma, tutti più o meno, pallonari[5] e spacconi; e chi saltava su a dire per filo e per segno come si sarebbe appostato con un mitra, avrebbe fatto fuori l'autista del camion di una banca e poi sarebbe fuggito con un carico di lingotti d'oro; chi invece se la sentiva di partire per l'America e scoprire qualche miniera di uranio o di brillanti; chi parlava di qualche colpo da farsi scientificamente, in un negozio di preziosi, con la fiamma ossidrica, le maschere, le pinze e tutti i ferri. Il bello, poi, si era che discutevamo di queste cose sul serio, come se dovessero avvenire davvero; e più di una volta ci accadde di accapigliarci e di prenderci a pugni, per via che qualcuno aveva messo in dubbio il coraggio di un altro, o aveva espresso l'opinione che il piano non era pratico. Insomma, dimenticavamo che eravamo tutti ragazzetti inesperti e ignoranti, figli di povera gente; e ci illudevamo d'essere uomini misteriosi, decisi a tutto, terribili, si-

4 *Frascati*: cittadina non lontana da Roma.
5 *pallonari*: termine della parlata romanesca per indicare chi racconta bugie per vantarsi

mili a quelli, appunto, che si vedono nei film o nelle illustrazioni dei giornali a fumetti.

Uno di quei giorni che facevamo al solito a chi le sparava più grosse, ecco che il cespuglio all'ingresso si apre e si affaccia un viso di vecchietto, ma con i capelli arruffati ancora biondi, legnoso, ma con gli occhi azzurri, vispi e sgranati.[6] Ci guarda e dice: «Bravi e che fate qui?». Per tutti rispose Pasqualino che era il nostro capo: «E a te che te ne frega?». Rispose il vecchietto: «Questa è roba mia, state sul mio orto». «Se vuoi, ti pagheremo l'affitto.» Lo vedemmo scuoter la testa: «No, restate pure... non importa... e ce l'avete una sigaretta?». Dico la verità, scoppiammo tutti a ridere per questa richiesta così sfacciata. Pasqualino si alzò e andò a mettergli la sigaretta in bocca, dicendo: «Eccola la sigaretta... ci hai i fiammiferi? E il fiato ce l'hai?... Oppure vuoi che la fumiamo noi per te?». Subito, avuta la sigaretta, il vecchio scomparve e poi udimmo la sua voce borbottare allontanandosi: «Grazie, grazie, non importa». Ci guardammo in faccia e Pasqualino concluse: «Deve essere mezzo scemo». Per quel giorno non ci pensammo più.

Ma Felicetto, che così si chiamava il vecchio, mezzo scemo non era, anzi, era un furbo intero. Non saprei dir come, ma in capo a pochi giorni lui aveva acquistato su tutti noi un'autorità da non si dire. O perché era così vecchio, sopra i sessant'anni, e l'età impone;[7] o perché, ora una cartata[8] di fichi, ora un cestino d'uva, ora un bicchiere di vino, lui ci faceva sempre qualche regalo e si sa i regali disarmano e accecano;[9] o perché, soprattutto, noialtri eravamo tutti ragazzetti inesperti e lui invece era un serpente; fatto sta che ci attaccammo a lui non dirò con affetto ma addirittura con passione. La mattina, di buon'ora, scappavamo tutti di casa per andare da Felicetto; dopo colazione fuggivamo di nuovo per raggiungerlo; la sera non

6 *sgranati*: spalancati.
7 *impone*: conferisce una certa autorità, un certo prestigio.
8 *cartata*: cartoccio.
9 *disarmano e accecano*: fanno svanire ogni diffidenza, ci rendono incapaci di una valutazione ragionata.

eravamo contenti se non l'avevamo visto. Come prima, ci riunivamo nella rovina; soltanto che adesso c'era anche Felicetto. Che facevamo? Giocavamo a carte e lui ci insegnò anche qualche gioco che non conoscevamo. Oppure continuavamo a spararle grosse, un po' per uno, raccontando quello che ci sentivamo di fare per diventar ricchi presto e senza fatica. Felicetto stava a sentire, la pipa tra i denti, gli occhi celesti socchiusi, tranquillo, dolce; e poi anche lui raccontava qualche cosa. Ma i suoi erano racconti veri, di ladri di strada, briganti e grassatori[10] delle parti dove lui era nato, nel Viterbese.[11] Erano storie di altri tempi ma tremende, da levare il fiato, piene di morti ammazzati e di rapine a mano armata. Felicetto, quei briganti, se li ricordava tutti, o che li avesse conosciuti personalmente, quando era ragazzo, o che ne avesse sentito parlare da suo padre o suo nonno. E lui sosteneva che uomini come quelli ormai non ne nascevano più. Con un certo tono sconsolato e sprezzante, come a dire: voialtri, poi, non siete neppure uomini.

Felicetto sembrava uno zucchero, sempre dolce, anzi serafico,[12] in tutto simile a quei santi di legno dipinto che stanno sugli altari delle chiese, con le mani giunte e gli occhi alzati al cielo. Ma in certi momenti poteva anche diventare cattivo. Come quel giorno che disse a Maurizio, il quale era il più piccolo di noi ma anche il più svelto, soltanto perché questi l'aveva contraddetto: «A te, se fossi tuo padre, ti pisterei[13] la testa, ti pisterei». Parole brutte; ma ancor più brutta la voce, dura, spietata, violenta. Felicetto, quando ci sentiva parlar di mitra e di altre armi moderne, non diceva nulla; ma lui era per il coltello; e ce ne aveva uno lungo assai, col manico di corno. E tanto per divertirci, ci mostrò quel che sapeva fare, col coltello: tra l'altro colpiva nel bersaglio lanciando il coltello a quattro metri di distanza, al disopra della spalla. Morale: dopo un poco ciascuno di noi aveva il suo bravo coltello e si provava a fare gli stessi tiri che faceva Felicetto.

10 *grassatori*: rapinatori.
11 *Viterbese*: zona attorno a Viterbo, città del Lazio.
12 *serafico*: angelico.
13 *pisterei*: variante dialettale per «pesterei».

Basta, da una cosa all'altra, Felicetto, un giorno che gli parlavamo, al solito, della nostra mancanza di quattrini, disse, così, casualmente: «Eh, ce l'avrei la maniera di farveli guadagnare i quattrini di cui avete bisogno... ce l'avrei la maniera». Buttò lì quella frase e se ne andò. Il giorno dopo, naturalmente, due o tre di noi andarono alla casa di Felicetto, in fondo all'orto, per chiedergli spiegazioni. Questa volta si tirò indietro: «Niente... ho fatto male a dirlo... non sono cose da ragazzi... sono cose da uomini con tanto di baffi». Figurarsi noialtri: «E noi non siamo uomini?». Insomma, dàgli dàgli e dàgli, tanto facemmo che la maniera di Felicetto per guadagnar quattrini venne fuori: a un punto deserto dell'Appia, c'era una casaccia isolata, vecchia assai, in cui c'era uno spaccio[14] di tabacchi. Le finestre a pianterreno non avevano inferriate ma soltanto persiane. Noialtri avremmo dovuto entrare di notte nello spaccio, e portar via quante sigarette ci stavano. Poi Felicetto ce le avrebbe pagate un tanto e avrebbe pensato lui a sistemarle.

Dico la verità, a tutta prima ci restammo male: dalle miniere di uranio, dall'assalto coi mitra al camion della banca, eravamo scesi al furtarello nella tabaccheria. E poi, quello spaccio noi lo conoscevamo tutti e il padrone che era anche oste e si chiamava Morganti era un omaccione buono che ci dava le sigarette a credito, e conoscevamo sua moglie, Rosa, anche lei tanto buona con noi e amica inoltre di tutte le nostre mamme, ed eravamo chi più chi meno tutti amici della figlia, Giulia, una ragazzetta della nostra età. Discutemmo la cosa, nella rovina, ma senza Felicetto. E forse la maggioranza sarebbe stata per non farne nulla se a Pasqualino, il più forte di tutti ma anche il più ignorante, non fosse ad un tratto saltato in mente di dire che eravamo tutti vigliacchi, che dovevamo fare il colpo e che lui, quest'impresa, l'avrebbe battezzata "operazione Pasqualino". Dove l'avesse pescata questa frase, non lo so, forse nei giornali; ma fece il suo effetto: operazione Pasqualino era già meglio che furto di tabacchi. Maurizio, è vero, provò a ribellarsi, gridando: «Macché operazione Pasqualino... questo

[14] *spaccio*: rivendita.

è un furto bello e buono». Ma si prese un paio di schiaffoni; mentre Felicetto che intanto si era affacciato tra i cespugli dell'ingresso, ripeteva a noi che lo tenevamo sotto: «Menategli, a quello zozzo[15] menategli, menategli».

Maurizio se ne andò via piangendo e ripetendo che lui non voleva rubare; noialtri, ormai infatuati[16] per l'operazione Pasqualino, passammo a discutere i preparativi. Si decise l'ora, il giorno, il modo, gli appostamenti e tutto quanto. Felicetto, che adesso era tra noi, approvava, gli occhi socchiusi sul fumo della pipa; e quest'approvazione ci dava coraggio perché lui, così vecchio e pieno d'esperienza, era, in fondo, il nostro vero capo. Alla fine, prima di separarci, ci fece le ultime raccomandazioni: «Prendete anche i valori bollati...[17] ma il sale lasciatelo stare: pesa molto e vale poco... ma prendete lo scatolame che lui tiene nel retrobottega: è roba buona e si vende bene... e mi raccomando, oltre alle sigarette, prendete anche i sigari».

Qualche giorno dopo, verso le due di notte, ci incontrammo, come stabilito, a poca distanza dallo spaccio, sull'Appia. Non c'era la luna, ma il cielo era tutto uno stellato chiaro, con quei cipressi neri che facevano paura, così alti, immobili e misteriosi, come in un cimitero. Qualcuno sussurrò, tremando, che c'era la guazza,[18] che infatti c'era e avvolgeva i cipressi come in un fumo bianco; ma io ho l'impressione che molti di noi tremassero dalla paura. Pasqualino, vanitoso e infatuato, si fece aspettare e poi arrivò a un tratto, con un fischio sottile, saltando in mezzo a noi e presentandosi con il viso coperto fino agli occhi da un fazzoletto scuro, alla maniera del Far West. Disse a bassa voce, con un gesto largo: «Ragazzi, sotto... comincia da questo momento l'operazione Pasqualino» e si avviò senz'altro verso la casaccia dove si trovava lo spaccio.

Fui messo a far da palo su un rialzo del terreno, sul margine dell'Appia, presso un rudere, da cui potevo sorvegliare la casaccia, tutta spenta, e un buon tratto di strada. Da quel rialzo

15 *zozzo*: termine dialettale, qui nel senso di «farabutto, mascalzone».
16 *infatuati*: esaltati, entusiasmati.
17 *valori bollati*: francobolli, marche da bollo e carta bollata.
18 *guazza*: rugiada.

potei vedere benissimo quello che avvenne quella notte. Pasqualino e gli altri girarono intorno lo spaccio, andando dietro dove erano le finestre del retrobottega. Passò forse mezz'ora e poi udii un trillo forte che non finiva mai, simile a quello di venti sveglie messe insieme, e questo trillo veniva dall'interno della casaccia. Subito dopo, ecco una finestra al primo piano illuminarsi e poi una a pianterreno e poi strilli, imprecazioni, botti, calpestii. Al fine vidi due o tre dei nostri che scappavano sull'Appia, dalla parte di Roma, capii che il colpo era fallito e mi buttai anch'io giù dal rialzo verso i campi, correndo in direzione dell'orto di Felicetto.

Corsi, corsi e corsi, senza mai rifiatare, per le stoppie secche,[19] al buio, inciampando nei solchi, affondando col piede nel terreno tenero, saltando i fossatelli. Giunsi ansimante alla casetta di Felicetto e picchiai alla porta prima piano, poi forte e quindi con il pugno e con il piede. La porta si aprì, finalmente, quel tanto che permetteva il catenaccio, e, in quella poca luce, vidi il viso dell'amico, sveglissimo, con gli occhi sgranati, che mi guardava. «Felicetto, aprimi» sussurrai smanioso, «è successo un disastro... li hanno tutti arrestati.»

Lui stette zitto un momento e poi disse: «Ma tu chi sei?».

«Come, Felicetto, non mi riconosci? Sono Ruggero.»

«Ma chi ti conosce? Chi t'ha mai visto?... Vattene.»

«Sono Ruggero... l'operazione Pasqualino... li hanno arrestati.»

«Vattene, se no ti sparo.» Così dicendo mi spianò nella fessura le canne della doppietta. Riconobbi la voce cattiva di quando diceva a Maurizio: «Ti pisterei la testa, ti pisterei»; e scoraggiato me ne andai.

Non tornai a casa, però. Mi feci a piedi tutta la via Appia, tremando come una foglia ad ogni guardia che mi passava accanto e quando fu mattina andai da un mio zio che aveva una bottega di falegname dalle parti di via Giulia e gli raccontai ogni cosa. Lui, poveretto, che mi voleva bene, piantò lì il la-

[19] *stoppie secche*: spuntoni di steli rinsecchiti, rimasti sul terreno dopo la mietitura.

voro e andò all'Appia a vedere quello che era successo. Passai qualche brutta ora, seduto in mezzo ai trucioli, e poi lui tornò con le notizie: non avevano arrestato nessuno; Morganti, svegliato dalla suoneria d'allarme, si era limitato a distribuire una quantità di sganassoni[20] e poi aveva accompagnato dalle famiglie i due sui quali aveva potuto mettere le mani, Pasqualino e Italo. Alle famiglie, lui aveva detto che non voleva denunziare nessuno, considerando la nostra età e il fatto che eravamo tutti conoscenti. Le famiglie l'avevano ringraziato, Pasqualino e Italo avevano preso un'altra razione di sganassoni, e tutto era finito così.

Però non mi mossi lo stesso da Roma e restai con mio zio e alla fine lui mi prese come lavorante nella bottega e ci sto ancora. Quando tornai all'Appia era autunno e non rividi nessuno della banda, salvo Maurizio che m'informò su quello che facevano gli amici: i più se ne stavano a casa, buoni buoni; Pasqualino, invece, era andato anche lui a Roma: continuava l'operazione che portava il suo nome, vendendo sigarette di contrabbando a via del Gambero; Italo era tornato a frequentare la scuola professionale. E Felicetto? Maurizio mi disse che Felicetto, un giorno che lui passava davanti all'orto, l'aveva chiamato e gli aveva detto, sbattendo gli occhi azzurri: «Senti, di' a quei tuoi amici che, se loro vogliono, possono tornare qui, come in passato... ci avrei qualche cosa di buono da proporre... meglio dell'ultima volta». Insomma non aveva capito niente. Ossia che eravamo ragazzi; che con l'operazione Pasqualino avevamo aperto gli occhi; e che adesso avevamo messo la testa a posto ed eravamo diventati uomini.

(da *Racconti romani*, Bompiani)

20 *sganassoni*: sberloni.

Solitudine

Punch, il giovane protagonista di Bee bee, Pecora Nera *di Rudyard Kipling e lo studente di* Un errore geografico *di Romano Bilenchi vivono entrambi, pur in modi e per motivi molto differenti, l'esperienza di sentirsi soli e senza aiuto in una realtà ostile.*

Anna Frank, di cui proponiamo qui una delle prime pagine del famoso Diario, *prova invece la solitudine tutta psicologica di chi, pur avendo genitori affettuosi, molti amici e anche «adoratori», non ha ancora incontrato una persona a cui rivelarsi fino in fondo, anche nei pensieri più segreti.*

I tre testi danno ampio spazio all'analisi introspettiva e rendono bene evidente la presenza di sentimenti dolorosi in un'età che molti adulti ritengono senza pensieri né problemi, sempre felice e serena.

Bee bee, Pecora Nera

«...non vi era la minima traccia di mamma e papà, neppure di una nave sopra le onde; nulla tranne sabbia e fango per miglia e miglia.»

Un errore geografico

«Infine, con le lacrime agli occhi... urlai: "Professore, G. non è in Maremma".»

Per alcuni giorni non ho scritto nulla...

«...nessuno potrebbe credere che una ragazza di tredici anni sia sola al mondo.»

RUDYARD KIPLING

Bee bee, Pecora Nera

Bee bee, Pecora Nera,
Hai della lana?
Certo signore, tre sacchi pieni.
Uno per il Padrone, uno per la Signora
E nessuno per il ragazzino che piange
[in fondo al sentiero.
Nursery Rhyme[1]

Il primo sacco

Mettevano Punch[2] a letto, l'*ayah* e l'*hamal*[3] e Meeta, il grande ragazzo *Surti*,[4] con il turbante rosso e oro. Judy, già rannicchiata dentro il letto avvolto dalla grande zanzariera, era quasi addormentata. A Punch era stato permesso di restare alzato per il pranzo. Negli ultimi dieci giorni molti privilegi erano stati accordati a Punch, e i suoi modi e le sue azioni, spesso molto turbolenti, erano stati accolti, dalla gente che costituiva il mondo del ragazzo, con una gentilezza maggiore rispetto al solito. Adesso sedeva sul bordo del suo letto, e faceva penzolare le gambe nude in aria di sfida.

«Punch-*baba*[5] ha intenzione di fare dodò?»[6] chiese l'*ayah*, allusiva e speranzosa.

«No» disse Punch. «Punch-*baba* vuole sentire la storia della *Ranee*[7] che fu trasformata in tigre. Meeta deve raccontarla, e

[1] *Nursery Rhyme*: filastrocca per bambini. «Nursery» è infatti il termine inglese con cui si indica il locale, o i locali, della casa riservati ai bambini.

[2] *Punch*: nomignolo del protagonista. È l'abbreviazione di *Punchinello*, in inglese «Pulcinella».

[3] *ayah... hamal*: in indostano: la bambinaia... il servo. L'indostano (o hindustani, o indi) è la lingua parlata nell'India centro-settentrionale. L'episodio si colloca infatti a Bombay, alla fine dell'Ottocento, cioè durante la dominazione coloniale inglese.

[4] *Surti*: nativo di Surat, grande città indiana.

[5] *Punch-baba*: l'espressione equivale all'incirca a «signor bambino Punch». «Baba» era infatti il termine affettuoso ma anche rispettoso con cui i servi indigeni si rivolgevano ai figli dei loro padroni bianchi.

[6] *fare dodò*: nel linguaggio infantile: fare la nanna, dormire.

[7] *Ranee*: in indostano: regina.

l'*hamal* si nasconderà dietro la porta, e nei momenti giusti farà il ruggito della tigre.»

«Ma Judy-*baba* si sveglierà» disse l'*ayah*.

«Judy-*baba* è sveglia» pigolò una vocina da dietro la zanzariera.

«C'era una *Ranee* che viveva a Delhi.[8] Continua Meeta» e ricadde profondamente addormentata, mentre Meeta incominciava la storia.

Punch non era mai riuscito ad assicurarsi, con così poca resistenza, che gli raccontassero quella storia. Rifletté a lungo. L'*hamal* faceva il verso della tigre in venti tonalità diverse.

«*Bata*!»[9] disse Punch con autorità. «Perché papà non arriva a dirmi che sta per farmi *ciack-ciack*?»[10]

«Punch-*baba* sta per partire» disse l'*ayah*. «Ancora una settimana e non ci sarà più nessun Punch-*baba* a tirarmi i capelli.» Si lasciò sfuggire un lieve sospiro, perché il ragazzino a cui badava era molto caro al suo cuore.

«Sino ai Ghats[11] in treno?» disse Punch, ritto in piedi sul letto. «Sino a Nassick,[12] dove vive la *Ranee*-Tigre?»

«No, non a Nassick quest'anno, piccolo *Sahib*» disse Meeta, mettendoselo sulla spalla. «Giù verso il mare, dove vengono gettate le noci di cocco, e attraverso il mare su una grande nave. Porterai Meeta con te a *Belait*?»[13]

«Tutti voi verrete» disse Punch, dall'alto delle forti braccia di Meeta. «Meeta e l'*ayah* e l'*hamal* e Bhini-nel-Giardino, e il *salaam*-Capitano-*Sahib*-uomo-serpente.»[14]

Non vi era il minimo accento ironico nella voce di Meeta, quando egli rispose: «Grande è il favore del *Sahib*» e posò nuovamente il piccolo uomo a letto, mentre l'*ayah*, seduta

8 *Delhi*: grande città indiana.
9 *Bata*: nel linguaggio infantile: basta.
10 *farmi ciack-ciack*: nel linguaggio infantile: picchiarmi.
11 *Ghats*: monti che delimitano a Oriente la penisola indiana
12 *Nassick*: antica città indiana, a nord-est di Bombay.
13 *Belait*: termine indostano per indicare sia l'Europa in generale, sia specifica mente l'Inghilterra.
14 *salaam... serpente*: un altro personaggio del mondo di Punch. *Salaam* è una formula di saluto musulmana. *Sahib* era invece il termine di rispetto con cui gli in digeni si rivolgevano agli europei.

nella soglia della porta illuminata dalla luce della luna, lo faceva addormentare a poco a poco con una nenia interminabile, come quelle che cantano nella chiesa romano-cattolica di Parel.[15] Punch si raggomitolò come una ciambella, e cadde addormentato.

La mattina seguente Judy urlò che vi era un topo nella *nursery*, e così lui si dimenticò di raccontare alla sorella le novità meravigliose. Non è che la cosa avesse molta importanza, perché Judy aveva solo tre anni, e non avrebbe compreso. Ma Punch ne aveva cinque, e sapeva che andare in Inghilterra sarebbe stato molto più divertente che fare una gita a Nassick.

Papà e mamma vendettero il *brougham*[16] e il pianoforte, e svuotarono la casa, e diminuirono le stoviglie di portata durante i pasti giornalieri, e tennero lunghi conciliaboli[17] sopra un fascio di lettere con il timbro postale di Rocklington.[18]

«La cosa peggiore è che non possiamo avere nessuna certezza» disse papà, torcendosi i baffi. «Di per sé le lettere sono eccellenti, e le condizioni sono abbastanza buone.»

"La cosa peggiore è che i ragazzi cresceranno lontano da me" pensò mamma, ma non lo disse a voce alta.

«Ci sono centinaia di casi simili al nostro» disse amaramente papà. «Tra cinque anni tornerai di nuovo in Inghilterra, cara.»

«Allora Punch avrà dieci anni, e Judy otto. Oh, come sarà lungo, lungo, tremendamente lungo! E dovremo lasciare i bambini presso degli estranei.»

«Punch è un tipetto cordiale. Sicuramente farà amicizia dovunque andrà.»

«E chi potrebbe fare a meno di amare la mia Ju?»

Stettero nella *nursery* a parlare chinati sui lettini sino a tarda notte, e credo che mamma si mise a piangere silenziosamente. Dopo che papà se ne fu andato, ella s'inginocchiò ac-

15 *Parel*: sobborgo di Bombay nel quale vi era una chiesa cattolica.
16 *brougham*: carrozza.
17 *conciliaboli*: misteriosi colloqui a bassa voce.
18 *Rocklington*: cittadina inglese sulla Manica.

canto al lettino di Judy. L'*ayah* la vide e recitò una preghiera affinché la *Mem-Sahib*[19] non potesse vedere l'affetto del figlio andarsene via da lei e trasferirsi su un'altra persona.

Invece, la preghiera di mamma fu un pochino illogica. Riassunta, suonava così: «Fa' che gli estranei amino i miei bambini, e che siano buoni con loro come lo sarei io, ma fa' che *io* conservi il loro amore e la loro fiducia, per sempre e per sempre. Amen». Punch si diede una grattatina nel sonno, e Judy gemette un poco.

Il giorno seguente partirono tutti verso la costa, e vi fu una scenata all'*Apollo Bunder*,[20] quando Punch seppe che Meeta non poteva venire con loro, e Judy che l'*ayah* doveva essere lasciata indietro. Però Punch scoprì un migliaio di cose affascinanti nel sartiame, bozzelli[21] e tubi per il vapore del grosso piroscafo P. & O.,[22] molto prima che Meeta e l'*ayah* si fossero asciugati le lacrime. «Ritorna, Punch-*baba*» disse l'*ayah*.

«Ritorna» disse Meeta «e sarai un *Burra Sahib*» (un uomo fatto).

«Sì» disse Punch, tenuto tra le braccia dal padre, perché potesse salutare i suoi amici. «Sì, ritornerò, e sarò un *Burra Sahib Bahadur*!» (un uomo vero e proprio).

Alla fine del primo giorno Punch chiese di essere sbarcato in Inghilterra, che certamente doveva trovarsi molto vicina. Il giorno ancora seguente soffiava una brezzolina vivace, e Punch stette molto male. «Quando ritornerò a Bombay» disse Punch, non appena si sentì meglio «passerò per la strada: in *broom-gharri*.[23] Questa nave è molto cattiva.»

Il nostromo svedese lo consolò, ed egli modificò opinione, durante il proseguimento del viaggio. Vi erano molte cose da vedere e da maneggiare, e su cui fare domande, cosicché

[19] *Mem-Sahib*: termine con cui gli indigeni dell'India indicavano una signora europea.
[20] *Apollo Bunder*: un molo del porto di Bombay.
[21] *sartiame, bozzelli*: corde, carrucole.
[22] *P. & O.*: sigla della *Peninsular and Oriental Steam Ship Company*, la compagnia di navigazione che manteneva le comunicazioni marittime tra l'India e l'Inghilterra.
[23] *broom-gharri*: deformazione indigena dell'inglese *brougham*, «carrozza».

Punch quasi dimenticò l'*ayah* e Meeta e l'*hamal*, e si ricordava ormai con difficoltà poche parole di hindustani,[24] un tempo la sua seconda lingua.

Per Judy era ancora peggio. Il giorno prima che il piroscafo raggiungesse Southampton,[25] mamma le chiese se non le sarebbe piaciuto rivedere l'*ayah*. Gli occhi azzurri di Judy si volsero a guardare la distesa di mare che aveva inghiottito tutto il suo esiguo passato, e poi disse: «*Ayah*! Quale *ayah*?».

Mamma pianse nel sentire queste parole, e Punch si meravigliò. Fu allora che sentì per la prima volta l'appello appassionato di mamma, perché non lasciasse che Judy dimenticasse mamma. Dato che Judy era giovane, ridicolmente giovane, e che mamma, tutte le sere nelle ultime quattro settimane, era venuta nella cabina per fare addormentare lei e Punch al canto di una canzone misteriosa, da lui chiamata *Figlioletto, anima mia*,[26] Punch non riusciva a capire che cosa mamma volesse dire. Si sforzò comunque di compiere il proprio dovere; poiché, non appena mamma ebbe lasciato la cabina, disse a Judy: «Ju, ti *'ico'di* di mamma?».

«*Ce'to* di sì» disse Judy.

«Allora *'ico'dati sempre* di mamma, o non ti do le ochette di carta che il capitano *Sahib* dai capelli rossi ha fatto per me.»

Così Judy promise di *'ico'da'si sempre di mamma*.

Molte volte, e altre volte ancora, mamma ripeté tale raccomandazione a Punch, e anche papà diceva la medesima cosa, con un'insistenza che spaventava il bambino.

«Devi imparare in fretta a scrivere, Punch» disse papà «e allora potrai mandarci delle lettere a Bombay.»

In quei giorni papà e mamma avevano sempre un nodo in gola.[27] Se Punch richiamava Judy perché non si *'ico'dava*, a loro veniva il magone. Se Punch, sdraiato a suo agio sul divano

24 *hindustani*: lingua parlata nell'India centro-settentrionale (vedi nota n. 3).
25 *Southampton*: grande e importante città portuale inglese sulla Manica.
26 *Figlioletto, anima mia*: il bambino interpreta come *Sonny my soul* (figlioletto anima mia) il titolo di un inno della chiesa anglicana che suona invece *Sun of my soul* (sole dell'anima mia).
27 *avevano... gola*: erano sempre sul punto di piangere.

della pensione di Southampton, delineava un futuro, per lui, di porpora e d'oro, i genitori avevano di nuovo il nodo in gola; e lo stesso avveniva se Judy alzava il viso per un bacio.

Per molti giorni tutti e quattro vagabondarono a loro piacimento e al cospetto di Dio; Punch con nessuno a cui dare ordini,[28] Judy troppo giovane per qualsiasi cosa, e papà e mamma seri, con la mente distratta, e sempre con il nodo in gola.

«Dove» domandò Punch, stufo di un orrido veicolo a quattro ruote con un mucchio di bagagli sul tetto «*dov'è* il nostro *broom-gharri*? Questa cosa parla così tanto che io non posso parlare. Dov'è il *nostro broom-gharri*? Quand'ero a Bandstand, prima che *andessimo* via, domandai a Inverarity *Sahib* perché ci stava seduto lui, e lui mi disse che era suo. E io gli dissi: "Te lo *do*" – mi piace Inverarity *Sahib* – e gli dissi: "Sei capace di infilare le gambe nei maniglioni vicino ai finestrini?". E Inverarity *Sahib* rispose di no, e rise. *Io* posso infilare le gambe nei maniglioni. Guardate! Oh, mamma piange di nuovo! Non sapevo che non dovevo fare *così*.»

Punch tirò via le gambe dai maniglioni della carrozza a quattro ruote: la porta si aprì e lui scivolò a terra, in una cascata di pacchetti, davanti alla porta di un'austera villetta, il cui cancello d'entrata recava l'indicazione di Downe Lodge.[29] Punch si rimise immediatamente in piedi e guardò la casa con disapprovazione. Si trovava ai margini di una strada sabbiosa, e un vento freddo gli solleticava le gambe, rivestite da un paio di pantaloni alla zuava.[30]

«Andiamo via» disse Punch. «Non è un posto bello.»

Però mamma e papà e Judy erano scesi dalla vettura presa a nolo, e stavano portando il bagaglio dentro la casa. Sulla soglia vi era una donna, vestita di nero, e che aveva la bocca, dalle labbra secche e screpolate, spalancata in un grande sorriso. Dietro di lei vi era un uomo, grande, ossuto, grigio e zop-

[28] *Punch... ordini*: Punch era abituato ad avere attorno a sé molti servitori indigeni.
[29] *Downe Lodge*: è il nome del villino, secondo una consuetudine molto diffusa in Inghilterra.
[30] *pantaloni alla zuava*: pantaloni larghi nella gamba e fermati sotto il ginocchio.

po da una gamba, dietro di lui un ragazzo di dodici anni, dai capelli neri e dall'aspetto untuoso. Punch scrutò il terzetto, e si fece avanti senza timore, come era sua abitudine fare a Bombay, quando comparivano dei visitatori, e capitava che lui stesse giocando sulla veranda.

«Come state?» disse «sono Punch.» Ma tutti erano intenti a guardare i bagagli, tranne l'uomo grigio, che scambiò una stretta di mano con Punch, e gli disse che era «un tipetto in gamba». Ci fu un notevole andirivieni, e un gran sbattere di scatoloni; e Punch si acciambellò sul sofà della sala da pranzo, e prese a considerare la situazione.

«Non mi piace questa gente» disse Punch. «Non importa, però. Ce ne andremo via presto. Siamo sempre andati via presto da tutti i posti. Vorrei che *fossimo* ritornati a Bombay *presto*.»

Il desiderio non fu affatto esaudito. Mamma pianse ad intervalli per sei giorni, e mostrò alla donna in nero tutti gli abiti di Punch: una libertà di cui Punch si risentì. «Ma forse è una nuova *ayah* bianca» pensò. «Devo chiamarla zietta Rosa, ma lei non mi chiama *Sahib*. Si limita a dire Punch» confidò a Judy. «Cos'è zietta Rosa?»

Judy non sapeva. Né lei né Punch avevano mai sentito parlare di un animale chiamato zia. Papà e mamma avevano costituito il loro mondo, e i genitori sapevano tutto, permettevano tutto, amavano chiunque: anche Punch quando gli capitava di andare in giardino a Bombay, dopo il taglio settimanale delle unghie, e lì si riempiva le dita di terriccio e sporcizia, perché (come spiegava, tra due colpi di ciabatta, al padre esasperato) «si sentiva i polpastrelli così nuovi».

Punch, mosso da una sensazione non ancora ben definita, giudicò opportuno frapporre i genitori tra sé e la donna in nero e il ragazzo con i capelli neri. Costoro non erano di suo gradimento. Gli piaceva invece l'uomo grigio, che aveva espresso il desiderio di essere chiamato «zio Harry». Incontrandosi si salutavano con un cenno del capo e l'uomo grigio gli mostrò una piccola nave con l'attrezzatura che si alzava e si abbassava.

«È il modello del *Vivace*,[31] il piccolo *Vivace*, che quel giorno a Navarino si trovò proprio nel centro della mischia.»

L'uomo grigio mormorò quasi estatico le ultime parole, e poi s'immerse in una *rêverie*.[32] «Ti racconterò di Navarino, Punch, quando andremo a fare delle passeggiate insieme; e non devi toccare la nave, perché è il *Vivace*.»

Molto tempo prima che quella passeggiata, l'inizio di una lunga serie, fosse fatta, Punch e Judy furono svegliati in una fredda alba di febbraio, per prendere congedo da qualcuno; e tra tutte le persone di questo vasto mondo, chi erano se non papà e mamma, questa volta entrambi in lacrime. Punch era molto insonnolito, e Judy contrariata.

«Non dimenticateci» disse con voce supplichevole mamma. «Oh, ragazzino mio, non dimenticarci, e bada che anche Judy si ricordi di noi.»

«Ho detto a Judy di *'ico'da'si*» disse Punch, dimenandosi perché la barba paterna gli solleticava il collo. «Ho detto a Judy – dieci – quaranta – uno e diecimila volte di farlo. Ma Ju è così giovane, così piccola, non è vero?»

«Certo» disse papà «proprio piccola, e tu devi essere buono con Judy, e devi imparare presto a scrivere e... e... e...»

Punch fu di nuovo nel suo letto. Judy dormiva profondamente, e sotto le finestre vi fu il rumore delle ruote di una carrozza. Papà e mamma erano andati lontano. Non a Nassick; quel posto era oltre il mare. In qualche luogo molto più vicino, naturalmente, ed era ugualmente ovvio che di lì a poco sarebbero ritornati. Ritornavano sempre quand'erano invitati a pranzare in casa d'altri, e papà era ritornato quand'era andato in un posto chiamato *The Snows*,[33] e mamma con lui, mentre Punch e Judy erano stati a casa dalla signorina Inverarity, nel Campo militare prospiciente il mare. Cosicché Punch si riad-

[31] *Vivace*: una delle navi che parteciparono alla battaglia della baia di Navarino, combattuta nel 1827 da inglesi, francesi e russi contro i turchi per la libertà della Grecia.

[32] *rêverie*: in francese: sogno, fantasticheria.

[33] *The Snows*: letteralmente, Le Nevi. È il termine con cui gli indigeni indicavano la catena dell'Himalaja.

dormentò sino al mattino vero e proprio, quando il ragazzo dai capelli neri lo informò che papà e mamma erano andati a Bombay, e che lei e Judy dovevano stare a Downe Lodge "per sempre". Zia Rosa, a cui il ragazzo si rivolse tra le lacrime per una smentita, disse che Harry aveva detto la verità, e che Punch, andando a letto, avrebbe fatto meglio a piegare con cura i vestiti che si era tolto. Punch andò fuori a versare lacrime amare con Judy, nella cui bella testolina era riuscito a far penetrare delle vaghe idee riguardanti il concetto di separazione.

Quando un uomo maturo scopre di essere stato abbandonato dalla Provvidenza, privato del suo Dio e abbandonato a se stesso senza aiuto, conforto o simpatia, in un mondo che gli è nuovo ed estraneo, la sua disperazione (che può trovare un modo d'esprimersi nel condurre vita malvagia, o nel resoconto scritto delle proprie esperienze, o nella diversione[34] più soddisfacente costituita dal suicidio) è di norma, secondo quanto si suppone, solenne e commovente. Un bambino, in circostanze esattamente analoghe, se confrontate con la sua esperienza, non può certamente maledire Dio e morire. Piange e si dispera fino ad avere il naso rosso, gli occhi che gli bruciano, e il capo che gli duole. Punch e Judy avevano perso il loro mondo, senza averne colpa. Si sedettero nell'atrio e piansero, con il ragazzo dai capelli neri che li scrutava da lontano.

A nulla valse il modellino della nave, sebbene l'uomo grigio assicurasse Punch che avrebbe potuto tirare su e giù l'attrezzatura a suo piacimento, e a Judy fu promesso ingresso libero in cucina. Volevano papà e mamma che erano andati a Bombay oltre il mare, e il loro dolore, finché durò, fu senza rimedio.

Quando le lacrime cessarono, la casa era avvolta nel silenzio più profondo. Zia Rosa aveva deciso che era meglio lasciare che i bambini si sfogassero a furia di piangere, e il ragazzo era andato a scuola. Punch alzò il capo dal pavimento e tirò tristemente su con il naso.

Judy si era quasi addormentata, tre brevi anni non le ave-

[34] *diversione*: cambiamento modificazione.

vano insegnato come sopportare il dolore con piena consapevolezza. Nell'aria vi era un rimbombo lontano e attutito: un tonfo pesante e ripetuto. Punch aveva sentito quello stesso suono a Bombay, durante i monsoni.[35] Era il mare: il mare che bisognava attraversare, prima di poter raggiungere Bombay.

«Presto, Ju!» esclamò «siamo vicino al mare. Posso sentirlo. Ascolta! È lì che sono andati. Forse facciamo ancora in tempo a raggiungerli, se ci sbrighiamo. Non avevano certo l'intenzione di andar via senza di noi. Si sono solo dimenticati.»

«Sìì» disse Judy. «Si sono solo dimenticat*o*. Andiamo al mare.»

La porta era aperta, e così il cancello del giardino.

«Questo posto è molto, molto grosso» disse Punch, guardando con circospezione[36] lungo la strada «e ci perderemo: ma *troverò* un uomo e gli ordinerò di riportarmi a casa, come ho fatto quella volta a Bombay.»

Prese Judy per mano, e i due corsero col capo scoperto nella direzione dove sentivano rumoreggiare il mare. Downe Lodge era quasi l'ultima di una fila di case di recente costruzione, che terminavano, attraverso un campo cosparso di cumuli di mattoni, su una brughiera[37] dove ogni tanto si accampavano gli zingari, e dove la Guarnigione d'Artiglieria di Rocklington faceva le proprie esercitazioni. C'era poca gente, e i ragazzi avrebbero potuto essere scambiati per dei figli di militari, che si erano spinti più lontano del solito. Le piccole stanche gambe si trascinarono faticosamente per mezz'ora, attraverso la brughiera, quadratini di terra coltivati a patate, e dune[38] di sabbia.

«Sono così stanca» disse Judy «e mamma si arrabbierà.»

«Mamma non si arrabbia *mai*. Credo stia aspettando verso

[35] *monsoni*: venti che soffiano periodicamente in India.
[36] *circospezione*: preoccupata attenzione.
[37] *brughiera*: terreno pianeggiante e poco fertile, sul quale la vegetazione è limitata a pochi tipi di arbusti.
[38] *dune*: collinette di sabbia formate dall'azione del vento.

il mare, mentre papà prende i biglietti. Li troveremo e andremo via con loro. Ju, non devi sederti. Ancora un poco e siamo arrivati al mare. Ju, se ti siedi ti do un ceffone!» disse Punch.

Si arrampicarono su per un'altra duna, e raggiunsero il mare mentre la marea calava. Centinaia di granchi stavano fuggendo in tutte le direzioni lungo la spiaggia, ma non vi era la minima traccia di papà e mamma, neppure di una nave sopra le onde; nulla tranne sabbia e fango per miglia e miglia.

E zio Harry li trovò per caso – infangati fino ai capelli e completamente smarriti – Punch in un bagno di lacrime, ma che cercava di distrarre Judy con un granchiolino, e Judy mentre gemeva davanti all'orizzonte spietato, «Mamma, mamma!» e ancora «Mamma!».

Il secondo sacco

Sino a quel momento non si era ancora parlato della Pecora Nera.[1] Accadde in seguito, e Harry, il ragazzo dai capelli neri, ne fu il maggiore responsabile.

Judy – come si faceva a non adorare la piccola Judy? – si trasferì, grazie a un permesso speciale, in cucina, e di lì direttamente nel cuore di zia Rosa. Harry era il figlio unico di zia Rosa, e Punch era il ragazzo in più che girava per la casa. Non vi era un posto particolare riservato a lui e alle sue faccenduole, e gli era proibito sdraiarsi sui sofà, e spiegare le proprie idee su come questo mondo avrebbe dovuto essere fatto, e le speranze che egli nutriva per il proprio futuro. Stare sdraiati era indice di pigrizia, e inoltre rovinava i divani, e si supponeva che i ragazzini non potessero parlare a loro piacimento. Erano gli altri che si rivolgevano ai bambini, e tutto questo a beneficio della morale infantile. Visto che a Bombay era il despota indiscusso della casa, Punch non riusciva affatto a comprendere come nella sua nuova vita fosse diventato una persona di nessuna importanza.

[1] *Pecora Nera*: l'espressione indica una persona che non segue le norme del gruppo in cui è inserito, distinguendosi dunque in senso negativo.

Harry poteva sporgersi sulla tavola, quando pranzavano, e prendere quello che voleva; Judy poteva far segno, e ottenere quello che voleva. A Punch erano proibite ambedue le cose. L'uomo grigio fu la sua grande speranza e sostegno, per molti mesi dopo la partenza di mamma e papà; e il ragazzo si era dimenticato di dire a Judy di *i'co'da'e* mamma.

Tuttavia questa mancanza era perdonabile, poiché nel frattempo Punch era stato iniziato[2] da zia Rosa alla conoscenza di due entità molto solenni: un'astrazione[3] chiamata Dio, amico intimo e alleato di zia Rosa, e la cui dimora era generalmente indicata dietro il fornello a carbone, perché lì era caldo; e un sudicio libro marrone, pieno zeppo di segni e asterischi inintelligibili.[4] Punch era sempre ansioso di essere gentile con tutti. Perciò unì la storia della Creazione a quello che si ricordava delle fiabe indiane, e scandalizzò zia Rosa ripetendone il risultato a Judy. Era peccato, peccato grave, e Punch si sorbì una predica di un quarto d'ora. Non riuscì a capire in che cosa consistesse l'iniquità,[5] ma badò bene a non ricadere nell'offesa, perché zia Rosa gli aveva detto che Dio aveva udito ogni sua parola, ed era molto arrabbiato. Se era vero, pensò Punch, perché Dio in persona non si prendeva la briga di parlare per sé?[6] E dopo tale considerazione smise del tutto di pensare alla questione. In seguito imparò ad apprendere che il Signore era l'unica cosa al mondo più tremenda di zia Rosa, e lo vide come una Creatura che stava sullo sfondo, a contare i colpi di canna.

Ma quando giunse a leggere quel libro, l'operazione si rivelò molto più seria della fiducia accordata a un credo astratto. Zia Rosa lo fece sedere sopra una tavola, e gli disse che *A B* significavano *ab*.

2 *era stato iniziato*: era stato ammesso, introdotto.
3 *astrazione*: concetto astratto, nozione del tutto priva di rapporti con la realtà concreta.
4 *asterischi inintelligibili*: sgorbi incomprensibili. Propriamente, l'asterisco è un segno grafico a forma di stelletta che serve, tra l'altro, a indicare che sono state volontariamente tralasciate alcune parole nella trascrizione di un testo.
5 *iniquità*: colpa, malvagità.
6 *non... per sé?*: non si prende il disturbo di parlare personalmente?

«Perché?» disse Punch. *A* è *a*, e *B* è *b*. *Perché A B significa ab?*»

«Perché te lo dico io» affermò zia Rosa «e tu devi ripetere le mie parole.»

Punch obbedì al comando, e per un mese, molto di malavoglia, incespicò su ogni pagina del libro marrone, senza comprendere affatto il significato di ciò che sillabava. Però zio Harry, che faceva lunghe e in genere solitarie passeggiate, prese l'abitudine di capitare nella *nursery* e di suggerire a zia Rosa che Punch lo dovesse accompagnare nei suoi giri. Durante le loro escursioni parlava di rado, ma mostrò a Punch tutta Rocklington, dai banchi di fango e la sabbia alle spalle della baia sino alle grandi rade[7] dove le navi erano all'àncora, e i bacini di carenaggio,[8] in cui i martelli non riposavano mai, e i negozi di articoli marinari, e i banconi di ottone lucente negli uffici in cui zio Harry si recava ogni tre mesi con una strisciolina di carta blu, ricevendone *sovrane*[9] in cambio: aveva infatti una pensione come invalido di guerra. Punch udì anche dalle sue labbra la storia della battaglia di Navarino, nella quale i marinai della Flotta, per tre giorni dopo la battaglia, furono sordi come delle talpe, e poterono comunicare tra loro soltanto con dei segni. «Era a causa del rumore dei cannoni,» disse zio Harry «e oggi ho lo stoppaccio[10] di una pallottola da qualche parte dentro di me.»

Punch lo guardò con curiosità. Non aveva la minima idea di che cosa fosse uno stoppaccio, e la sua idea di proiettile era quella di una palla di cannone da arsenale,[11] più grossa del suo capo. Come faceva zio Harry a tenere dentro di sé una palla di cannone? Non osava chiederglielo, per timore che zio Harry si potesse arrabbiare.

7 *rade*: insenature, naturali o artificiali, al riparo dal vento, nelle quali le navi possono mettersi all'àncora senza pericolo.
8 *bacini di carenaggio*: grandi vasche in muratura, nelle quali vengono messe all'asciutto le navi che necessitano di riparazioni sotto la linea di galleggiamento.
9 *sovrane*: sterline d'oro.
10 *stoppaccio*: elemento che fa parte dei proiettili di artiglieria.
11 *arsenale*: stabilimento militare dove vengono fabbricati e riparati armamenti e attrezzature varie per l'esercito.

Punch non aveva mai saputo che cosa fosse un'arrabbiatura – una di quelle con i fiocchi – finché un terribile giorno Harry non prese la scatola dei colori di Punch per dipingere un battellino, e Punch protestò. Quindi zio Harry era intervenuto e, borbottando qualcosa sui "ragazzi estranei", con una canna aveva colpito sulle spalle il ragazzo dai capelli neri, sino a farlo piangere e urlare, e poi era entrata zia Rosa che aveva accusato violentemente zio Harry di crudeltà verso la propria carne e il proprio sangue, e Punch era rabbrividito sino alla punta delle scarpe. «Non è stata colpa mia» spiegò al ragazzo, ma sia Harry sia zia Rosa sostennero il contrario, e dissero che Punch aveva raccontato delle storie, e per una settimana non ci furono più passeggiate con zio Harry.

Tuttavia quella settimana arrecò una grande gioia a Punch. Aveva ripetuto, sino ad esserne tre volte stanco, la frase: "Sopra la panca la capra campa, sotto la panca la capra crepa".

«Ora posso davvero leggere» disse Punch «e ora leggerò qualsiasi cosa è stata scritta al mondo.»

Ripose il libro marrone nell'armadio a muro dove stavano i suoi libri di scuola, e per caso fece ruzzolare un volume dall'aspetto molto antico, ormai privo di copertina, che portava l'indicazione «Sharpe's Magazine».[12] In prima pagina vi era la vignetta stupenda di un grifone,[13] con sotto dei versi. Il grifone catturava ogni giorno una pecora da un villaggio tedesco, finché non venne un uomo con una "scimitarra",[14] che sbudellò il grifone. Solo Dio sapeva che cosa fosse una scimitarra, ma c'era il grifone, e la storia rappresentava un progresso rispetto al solito Gatto.

«Questo» disse Punch «è già qualcosa, e ora saprò tutto su qualsiasi cosa in tutto il mondo.» Lesse sino a quando la luce fu sufficiente, capendo sì e no un decimo del significato, ma stimolato e al tempo stesso tormentato da visioni fugaci di nuovi mondi, che in seguito gli sarebbero stati rivelati.

12 *«Sharpe's Magazine»*: rivista inglese.
13 *grifone*: grande uccello rapace.
14 *"scimitarra"*: arma da taglio paragonabile alla spada ma con la lama ricurva, che si allarga verso la punta.

«Cos'è una "scimitarra"? Cos'è un "tenero agnellino"? Cos'è un vile "usurpatore"?[15] Cos'è un "ubertoso[16] tappeto verde?"» domandò, con le guance arrossate dall'eccitazione, mentre si coricava, a zia Rosa stupefatta.

«Di' le tue preghiere e dormi» replicò la donna, e questo fu tutto l'aiuto che Punch ottenne, allora e in seguito, da lei nel nuovo e delizioso esercizio della lettura.

"Zia Rosa sa solamente di Dio e di cose del genere" arguì tra sé Punch. "Me lo dirà zio Harry."

Ma la loro prima passeggiata dimostrò che anche zio Harry non era in grado d'aiutarlo; lo lasciava tuttavia parlare, e si sedette perfino su una panchina per sentire la storia del grifone. Successive passeggiate portarono altre storie, a mano a mano che le letture di Punch spaziarono[17] su nuovi argomenti, poiché la casa era ben provvista di vecchi libri che nessuno aveva mai aperto: un'edizione in dispense di *Frank Fairlegh*,[18] le prime composizioni poetiche di Tennyson,[19] pubblicate anonime sullo «Sharpe's Magazine», i Cataloghi della Mostra del '62[20] con i loro colori allegri e così piacevolmente incomprensibili, e fogli sciolti dei *Viaggi di Gulliver*.[21]

Non appena Punch fu in grado di mettere insieme una serie di "sgorbi" scrisse a Bombay, chiedendo che a giro di posta gli fossero mandati «tutti i libri del mondo». Papà non poté esaudire tale "modesta" ordinazione, ma gli spedì le *Fiabe* di Grimm e un Hans Andersen.[22] Bastarono Se lasciato solo e

15 *"usurpatore"*: il termine indica chi si appropria di un bene, di una carica ecc. che spetterebbero ad altri.
16 *ubertoso*: fertile, fecondo.
17 *spaziarono*: si estesero.
18 *edizione... Fairlegh*: pubblicazione a fascicoli del romanzo *Frank Fairlegh*, di F.E. Smedly (1818-1864), in cui l'autore rievoca la sua infanzia.
19 *Tennyson*: poeta inglese dell'Ottocento.
20 *Mostra del '62*: grande esposizione dei più diversi prodotti, tenuta a Londra nel 1862.
21 *Viaggi di Gulliver*: romanzo inglese del Settecento, attraverso il quale l'autore, Jonathan Swift, intendeva formulare una satira della società del suo tempo. Le caratteristiche fantastiche del testo (Gulliver, nei suoi viaggi, incontra esseri piccolissimi e giganti, cavalli parlanti ecc.) ne hanno fatto però un'opera molto amata dai ragazzi.
22 *Grimm... Andersen*: autori di fiabe; tedeschi i fratelli Grimm, danese Hans Christian Andersen.

tranquillo, Punch poteva trasferirsi, in qualsiasi ora del giorno, in una terra tutta per sé, al di fuori della portata di zia Rosa e del suo Dio, di Harry e dei suoi dispetti, e delle pretese di Judy che qualcuno la facesse giocare.

«Non disturba'mi, sto leggendo. Vai a giocare in cucina» borbottava sgarbato Punch. «Zia Rosa a *te* ti lascia andare, lì.» Judy stava mettendo i molari ed era inquieta e irritabile. Si appellò a zia Rosa, che si precipitò minacciosa verso Punch.

«Stavo leggendo,» spiegò lui «leggendo un libro che *voglio* leggere.»

«Lo fai solo per darti delle arie» disse zia Rosa. «Ma vedremo. Adesso gioca con Judy, e non aprire un libro per una settimana.»

Judy non passò una ricreazione molto piacevole con Punch, che era roso dall'indignazione. Vi era una meschinità, in fondo a tale proibizione, che lo lasciava perplesso.

«È quello che mi piace fare» disse «e lei lo ha scoperto, e me lo ha impedito. Non piangere, Ju – non è stata colpa tua – *per favore* non piangere, o lei dirà che sono stato io.»

Lealmente Ju si asciugò le lacrime, e i due giocarono nella *nursery*, una stanza nel seminterrato, dove erano regolarmente spediti dopo il pranzo di mezzogiorno, mentre zia Rosa dormiva. Beveva vino – o meglio, qualcosa da una bottiglia tenuta nel mobiletto dei liquori – perché le faceva bene allo stomaco, ma se non si addormentava poteva alle volte capitare nella *nursery*, per vedere se i ragazzi stessero realmente giocando. Ebbene, mattoni, cerchi di legno, birilli e tazze di porcellana non possono sempre divertire, soprattutto quando si può entrare nell'intero Regno delle Fate aprendo semplicemente un libro. Cosicché capitava, con una certa frequenza, che Punch fosse scoperto nell'atto di leggere a Judy, o di raccontarle delle storie interminabili. Questo significava infrangere la legge, e Judy era trascinata via da zia Rosa, mentre Punch era lasciato a giocare da solo, "mi raccomando, che ti senta farlo".

Non era affatto un'occupazione piacevole e divertente, perché doveva fare un rumore allegro, come di persona che stesse dilettandosi. Alla fine escogitò, con grandissima abilità, un meccanismo grazie al quale la tavola poteva essere sostenuta, come su tre gambe, dai cubi delle costruzioni, lasciando la quarta gamba zoppicante e a contatto col pavimento. Così poteva scuotere la tavola con una mano e con l'altra tenere un libro. Andò avanti per un po' di tempo in questo modo, finché un brutto giorno zia Rosa non si precipitò da lui cogliendolo alla sprovvista, e dicendogli che aveva "messo in atto una menzogna".

«Se sei abbastanza grande da fare questo» disse con il suo solito pessimo umore del dopo pranzo «sei abbastanza grande per essere punito con una bella battuta.»

«Ma... non sono... non sono un animale!» disse Punch, sgomento e atterrito. Si ricordò di zio Harry e del bastone, e sbiancò in volto. Zia Rosa teneva nascosta dietro la schiena una canna leggera, e Punch fu percosso subito e senza troppi scrupoli sulle spalle. Per lui fu come una rivelazione. La porta della stanza venne chiusa, e il ragazzo fu lasciato solo a piangere, finché non si fosse pentito, e a elaborare il proprio vangelo di vita.[23]

Zia Rosa, egli arguì[24] tra sé, aveva il potere di batterlo con molte sferzate. La cosa era ingiusta e crudele, e mamma e papà non lo avrebbero mai permesso. A meno che, come zia Rosa sembrava voler insinuare, non avesse degli ordini segreti. Nel qual caso lui era veramente abbandonato a se stesso. Sarebbe stato prudente, in futuro, cercare di propiziarsi[25] zia Rosa, anche se era già stato accusato diverse volte, pur innocente, di volersi "mettere in mostra". Si era "messo in mostra" con della gente venuta in visita, quando era partito all'attacco di un signore mai visto prima – uno zio di Harry, non suo – subissandolo[26] di domande sul grifone e sulla scimitarra, e su come era fatto il *tilbury*[27] nel quale viaggiava Frank Fair-

23 *vangelo di vita*: principi e regole su cui basare la sua vita.
24 *arguì*: giunse a concludere.
25 *propiziarsi*: ingraziarsi, rendersi amica.
26 *subissandolo*: sommergendolo.
27 *tilbury*: carrozza a due ruote.

legh: tutte questioni che per lui erano d'interesse fondamentale, e che era estremamente ansioso di chiarire. Risultava evidente che non avrebbe funzionato fingere d'interessarsi a zia Rosa.

A questo punto Harry entrò e scrutò Punch dalla soglia, occhieggiando con disgusto la figura scarmigliata che si era come afflosciata sul pavimento.

«Sei un bugiardo, un giovane bugiardo» disse Harry con tono di grande unzione[28] «e prenderai il tè qui, perché non sei degno di parlare con noi. E non devi più rivolgere la parola a Judy, finché mia madre non ti dà il permesso. Tu corrompi la sorellina. Sei degno solo della compagnia dei domestici. Così dice mia madre.»

Dopo aver gettato Punch in un secondo accesso di lacrime, Harry se ne ritornò al piano di sopra, annunciando che Punch non era ancora stato domato.

Zio Harry era seduto in sala da pranzo, niente affatto a suo agio. «Accidenti, Rosa» disse infine «non puoi lasciare stare quel ragazzo? È un tipetto a posto quando stiamo insieme.»

«Con te vuole comportarsi da persona perbene, Harry» disse zia Rosa. «Ho comunque paura, molta paura che sia la Pecora Nera della famiglia.»

Harry udì l'appellativo, e lo tenne in serbo per il futuro. Judy pianse finché non le fu ordinato di smetterla, dato che non valeva la pena di versare lacrime per suo fratello; e la serata si concluse con il ritorno di Punch ai piani superiori, e con un colloquio a quattr'occhi durante il quale gli furono rivelati tutti gli orrori dell'Inferno, attinti dal pur limitato repertorio[29] d'immagini di cui disponeva la mente di zia Rosa.

Tuttavia l'esperienza più penosa fu il rimprovero degli occhi sgranati di Judy, e Punch andò a letto sprofondato nei baratri della Valle delle Umiliazioni. Divideva la stanza con Harry, e sapeva quali tormenti erano in serbo per lui. Per un'ora e mezza dovette rispondere alle domande, che gli face-

28 *unzione*: ipocrisia, ostentazione di virtuosi sentimenti.
29 *repertorio*: patrimonio.

va il suo giovane amico, sui motivi per cui aveva detto una bugia molto grave e sull'entità precisa della punizione inflittagli da zia Rosa, oltre a dover professare la propria sincera gratitudine per l'insegnamento religioso che Harry riteneva opportuno impartirgli.

Da quel giorno ebbe inizio la caduta di Punch, d'ora in poi la Pecora Nera.

«Non degno di fiducia in una cosa, inaffidabile in tutto» disse zia Rosa, e Harry sentì che la Pecora Nera era in mani sue. Prese l'abitudine di sorvergliarlo durante la notte, e di domandargli perché era così bugiardo.

«Non lo so» gli rispondeva invariabilmente Punch.

«Allora non credi che dovresti alzarti e pregare Dio perché dia un cuore nuovo?»

«Sì, sì.»

«Allora alzati e prega!» E Punch usciva dal letto, con il cuore furioso contro il mondo intero, visibile e non visibile. Si cacciava sempre così in guai nuovi. Harry aveva l'abilità diabolica d'interrogarlo e controinterrogarlo su quanto aveva fatto di giorno, e una simile pratica assai raramente mancava d'indurlo, mezzo addormentato e furioso com'era, in un certo numero di contraddizioni, tutte debitamente riportate a zia Rosa la mattina seguente.

«Ma non *era* una menzogna» avrebbe incominciato a dire Punch, iniziando, nel contempo e rapidamente, una spiegazione assai faticosa, che serviva solamente a impegolarlo[30] di più, e in maniera disperata.

«Ho detto di non aver recitato le mie preghiere *due volte* il giorno, e *questo* avvenne martedì. Però le ho dette *una volta*. *So* di averlo fatto, ma Harry dice che non l'ho fatto» e così via, finché la tensione provocava le lacrime, e Punch era allontanato dalla tavola, in disgrazia.

«Una volta non eri così cattivo» diceva Judy, in preda a timore reverenziale, di fronte alla serie di crimini commessi dalla Pecora Nera. «Perché adesso sei così cattivo?»

[30] *impegolarlo*: metterlo nei pasticci.

«Non lo so» era la risposta immutata della Pecora Nera. «Non sono cattivo, se non mi tormentassero tanto. Sapevo quello che avevo *fatto*, ma Harry riesce sempre a far apparire in modo diverso le cose, e zia Rosa non crede a una parola di quello che dico. Oh, Ju! Non dire anche *tu* che sono cattivo.»

«Zia Rosa dice che lo sei» rispose Judy. «Lo ha detto al vicario,[31] che è venuto ieri.»

«Perché lo dice a tutta la gente che non è della casa? Non è leale» disse la Pecora Nera. «Quand'ero a Bombay, ed ero cattivo – mi comportavo in *modo cattivo*, non avevo un carattere cattivo – mamma lo diceva a papà, e papà mi diceva che era stato informato, e questo era tutto. E la gente *di fuori* non ne sapeva niente, neppure Meeta lo sapeva.»

«Non mi ricordo» diceva Judy pensosamente. «Allora ero tutta piccola. Mamma voleva bene a te come lo voleva a me, non è vero?»

«Certo che era così E anche papà. E tutti gli altri.»

«Zia Rosa preferisce me a te. Dice che tu sei una croce e una Pecora Nera, e che io devo rivolgerti la parola solo lo stretto necessario.»

«Sempre? E quando non è necessario, non devi parlarmi?»

Judy accennò tristemente di sì con il capo. La Pecora Nera fece per andarsene disperato, ma le braccia di Judy gli furono attorno al collo.

«Non importa, Punch» mormorò. «Ti *parlerò* sempre come prima, e non smetterò mai. Tu sei il mio, il mio vero fratello, anche se... se zia Rosa dice che sei cattivo, e Harry dice che sei un piccolo codardo.[32] Dice che se io ti tirassi forte i capelli, piangeresti.»

«Allora tirali» disse Punch.

Judy tirò con cautela.

«Tira più forte, più forte che puoi! Visto? *Adesso* non m'importa di quanto tiri. Se tu continui a parlarmi come prima, ti lascio tirare come ti fa piacere, anche tirarmi via i capel-

31 *vicario*: pastore protestante.
32 *codardo*: vigliacco.

li, se vuoi. Però so cne se venisse qui Harry e ti stesse vicino e ti facesse tirarmi i capelli, allora mi metterei a piangere.»

Così i due ragazzi suggellarono il patto con un bacio, e il cuore della Pecora Nera si rallegrò dentro il petto, e grazie a una estrema cautela e alla precauzione presa di evitare con cura Harry riacquistò in virtù, e gli fu concessa una settimana indisturbata di lettura. Zio Harry lo portò con sé a fare delle passeggiate, e lo consolò con rude tenerezza, non chiamandolo mai la Pecora Nera. «Penso che ti faccia bene, Punch» era solito dirgli. «Adesso sediamoci. Mi sto stancando.» I suoi passi non lo conducevano più alla spiaggia, ma al cimitero di Rocklington, in mezzo ai campi di patate. L'uomo grigio rimaneva seduto per ore su una pietra tombale, e intanto la Pecora Nera leggeva gli epitaffi,[33] e poi, con un sospiro, l'uomo ritornava a casa zoppicando.

«Fra poco riposerò anch'io lì» disse alla Pecora Nera, un tardo pomeriggio d'inverno, e il volto gli si fece bianco, nella luce del portico del cimitero, come una logora moneta d'argento. «Non è necessario che lo dica a zia Rosa.»

Un mese più tardi si girò bruscamente, non ancora a metà della passeggiata mattutina, e zoppicò con pena fino a casa. «Mettimi a letto, Rosa» mormorò. «Sono uscito a passeggio per l'ultima volta. Lo stoppaccio è riuscito ad avere la meglio.»

Lo misero a letto, e per quindici giorni l'ombra della sua malattia pesò sulla casa, e la Pecora Nera poté muoversi liberamente, senza che nessuno badasse a lui. Papà gli aveva mandato dei libri nuovi, e gli fu detto di restare tranquillo. La sua felicità non fu neppure interrotta dalle ore notturne. Poteva starsene a letto e poteva snocciolare per sé[34] racconti di viaggio e di avventure, mentre Harry rimaneva al piano di sotto.

«Zio Harry sta per morire» disse Judy, che ormai viveva quasi interamente con zia Rosa.

«Mi dispiace molto» disse Punch pacatamente. «Me lo aveva detto molto tempo fa.»

Zia Rosa udì la conversazione. «Non c'è niente che possa

[33] *epitaffi*: iscrizioni incise sulle pietre tombali.
[34] *snocciolare per sé*: raccontarsi l'uno dopo l'altro.

trattenere la tua lingua malvagia?» disse irosamente. Aveva dei cerchi blu attorno agli occhi.

La Pecora Nera si ritirò nella *nursery* e lesse *Cometh as a Flower*[35] con interesse profondo, seppure non comprendesse molto del testo. Gli era stato proibito di aprirlo, a causa della sua "iniquità", ma le basi dell'Universo si stavano sgretolando, e zia Rosa soffriva un grande dolore.

«Sono contento» disse la Pecora Nera. «Adesso lei è infelice. Non è poi che avessi detto una bugia. *Lo* sapevo. Mi aveva detto di non dire niente.»

Quella notte la Pecora Nera si svegliò con un sobbalzo. Harry non era nella stanza, e nella camera accanto qualcuno stava singhiozzando. Quindi la voce dello zio Harry, che cantava la canzone della *Battaglia di Navarino*,[36] giunse a lui, forando l'oscurità:

La nostra avanguardia era l'Asia
l'Albione e Genova![37]

"Sta migliorando" pensò la Pecora Nera, che conosceva tutti i diciassette versi della canzone. Tuttavia, mentre pensava ciò, il sangue gli si congelò nel piccolo cuore. La voce si alzò bruscamente di un'ottava,[38] e divenne acuta come il fischietto di un nostromo:

E poi seguiva la bella Rose,
La Filomela, il suo brulotto,[39] *chiudeva*
E il piccolo Vivace, che quel giorno
Fu nel fitto della mischia, a Navarino.

35 *Cometh as a Flower*: «Sboccia come un fiore», romanzo «rosa» dell'Ottocento, della scrittrice Rhoda Broughton.
36 *Battaglia di Navarino*: vedi la nota 31 del capitolo *Il primo sacco*.
37 *Asia ... Albione ... Genova*: sono nomi di navi da guerra che parteciparono alla battaglia di Navarino, come la *Rose*, la *Filomela* e il *Vivace* citati in seguito
38 *ottava*: misura della scala musicale.
39 *brulotto*: galleggiante carico di esplosivo e fornito di un congegno che ne provoca l'esplosione quando il brulotto urta contro il bersaglio.

«Nel fitto della mischia, a Navarino, zio Harry!» gridò la Pecora Nera, reso come frenetico dall'eccitazione e dalla paura di non sapeva bene cosa.

Si aprì una porta, e zia Rosa gridò in fondo alle scale: «Zitto! Per amor di Dio, zitto piccolo demonio. Zio Harry è *morto*!»

Il terzo sacco

"Mi chiedo che cosa sarà di me ora" pensò la Pecora Nera, quando i riti semipagani,[1] che sono particolari alla sepoltura dei morti nelle case della classe media, furono adempiuti, e zia Rosa, orrenda con il crespo nero, era ritornata alla sua vita quotidiana. "Non credo di aver fatto niente di male, di cui lei sia a conoscenza. Sarà molto di cattivo umore, dopo che zio Harry è morto, e anche Harry lo sarà. Me ne starò nella *nursery*."

Sfortunatamente per i progetti di Punch, si decise di mandarlo in una scuola dove gli allievi ritornavano a casa per dormire, e che era frequentata da Harry. Ciò significava una passeggiata mattutina con Harry, e forse anche una serale; tuttavia la prospettiva della libertà che si sarebbe potuta godere nell'intervallo era decisamente stimolante. «Harry racconterà tutto quello che faccio, ma io non farò nulla» disse la Pecora Nera. Fortificato da tale virtuosa risoluzione[2] andò a scuola, per scoprire di essere stato preceduto dalla versione che Harry stesso aveva dato del suo carattere, e che di conseguenza la vita gli era diventata un fardello intollerabile. Passò in rassegna i suoi associati. Alcuni di loro erano sudici, alcuni di loro parlavano in dialetto, molti non pronunciavano le *h* aspirate,[3] e vi

1 *riti semipagani*: cerimonie funebri che sembrano ben lontane dallo spirito del cristianesimo.
2 *risoluzione*: decisione.
3 *h aspirate*: costituiscono un elemento tipico della pronuncia inglese corretta della persone colte.

erano due ebrei e un negro, o qualcuno altrettanto scuro, nella combriccola. «Questo è un *hubshi*»[4] disse la Pecora Nera tra di sé. «Persino Meeta rideva quando vedeva un *hubshi*. Non penso che questo posto vada bene.» Fu sdegnato per almeno un'ora, finché si trovò a riflettere che qualsiasi recriminazione[5] da parte sua sarebbe stata trasformata da zia Rosa in un "volersi dare delle arie", e che Harry lo avrebbe poi detto ai ragazzi.

«Ti piace la scuola?» gli disse zia Rosa alla fine della giornata.

«Penso che sia un posto molto grazioso» rispose pacatamente Punch.

«Suppongo che hai avvisato gli altri del carattere della Pecora Nera» disse zia Rosa a Harry.

«Oh certo» disse il censore[6] della moralità della Pecora Nera «sanno tutto di lui.»

«Se fossi con mio padre» disse la Pecora Nera, punto nel vivo «non *avrei* parlato con quei ragazzi. Lui non me l'avrebbe permesso. Vivono in negozi. Li ho visti entrare nei negozi, dove i loro padri vivono e vendono delle cose.»

«Ti senti superiore a quella scuola, non è vero?» disse zia Rosa con un sorriso amaro. «Dovresti essere grato, Pecora Nera, del fatto che quei ragazzi ti rivolgano la parola. Non tutte le scuole prendono dei piccoli bugiardi.»

Harry non mancò di far fruttare al massimo l'osservazione sconsiderata della Pecora Nera; con il risultato che diversi ragazzi, l'*hubshi* incluso, dimostrarono alla Pecora Nera l'eterna uguaglianza della razza umana prendendolo a schiaffi in testa, e la consolazione di zia Rosa fu che "gli stava bene, così imparava a fare il vanitoso". Apprese, quindi, a tenere per sé le proprie opinioni, e propiziandosi Harry, a cui portava libri e altre cose del genere, ottenne un po' di pace. La sua esistenza

[4] *hubshi*: negro. Punch, come si potrà constatare con maggior evidenza nelle righe seguenti, condivide, sia pure con candida innocenza, i pregiudizi del suo tempo e del suo ambiente sociale.
[5] *recriminazione*: lamentela.
[6] *censore*: colui che svolge la funzione di controllare e valutare.

non era eccessivamente allegra. Dalle nove alle dodici era a scuola, poi ci ritornava dalle due alle quattro, tranne il sabato. Di sera era mandato giù nella *nursery* perché preparasse i compiti per il giorno seguente, e ogni notte era la volta del temuto interrogatorio e controinterrogatorio, condotto da Harry. Judy la vedeva molto poco. Lei era profondamente religiosa – a sei anni la religione non è una conquista difficile – e dolorosamente divisa tra l'affetto naturale che provava per la Pecora Nera e il suo amore per Zia Rosa, che non poteva sbagliarsi.

La donna magra contraccambiava quell'affetto con sollecitudine e Judy, quando osava, ne approfittava per la remissione[7] delle punizioni che ricadevano sulla Pecora Nera. I cattivi risultati scolastici erano puniti a casa con la proibizione di non leggere, per una settimana, altri libri che non fossero i testi scolastici, e Harry si faceva messaggero con vera letizia di tali fallimenti. Inoltre, la Pecora Nera era poi obbligata a ripetere, nella stanza da letto, le sue lezioni a Harry, che in genere riusciva a fargli perdere il filo e la testa, e lo consolava predicendogli per l'indomani una giornata cupissima. Harry era nello stesso tempo spia, artefice[8] di tutti gli scherzi tramati a suo danno, inquisitore, e vice-boia[9] per conto di zia Rosa. Adempiva in modo più che lodevole ai diversi incarichi. Ora che zio Harry era morto, non vi era più possibilità di appellarsi[10] contro il modo di comportarsi del figlio. Non si era voluto che Pecora Nera mantenesse a scuola il rispetto per se stesso; a casa era, naturalmente, del tutto screditato, e grato per quella compassione che le ragazzine di servizio (cambiavano spesso a Downe Lodge, perché anche loro erano delle bugiarde) potevano mostrare. «Ti meriti proprio di essere messa nella stessa barca della Pecora Nera» era una frase che tutte le nuove Jane o Eliza potevano aspettarsi di sentire, prima che

[7] *remissione*: annullamento o diminuzione.
[8] *artefice*: ideatore e organizzatore.
[9] *inquisitore e vice-boia*: Harry si incarica di svolgere indagini sulle colpe di Pecora Nera e talvolta si sostituisce a zia Rose nell'impartirgli le punizioni.
[10] *appellarsi*: qui nel senso di «chiedere appoggio, aiuto».

fosse passato un mese, dalle labbra di zia Rosa; e la Pecora Nera aveva preso l'abitudine di chiedere alle nuove ragazze se non erano già state paragonate a lui. Harry era il "signorino Harry", nelle loro bocche; Judy era ufficialmente "miss Judy"; ma la Pecora Nera non era niente d'altro che la Pecora Nera, *tout court*.

A mano a mano che il tempo passava, la memoria di papà e mamma venne completamente soffocata dal compito spiacevole di scrivere loro delle lettere, ogni domenica, sotto l'occhio di zia Rosa, e la Pecora Nera dimenticò come viveva all'inizio delle cose.[11] Anche gli appelli con cui Judy l'invitava a «cercare di ricordarsi di Bombay» non riuscirono a ravvivare la sua memoria del passato.

«Non riesco a ricordarmi» diceva. «So che ero abituato a dare ordini, e che la mamma mi baciava.»

«Zia Rosa ti bacerebbe, se diventassi bravo» perorava Judy.

«Uffa! Non voglio essere baciato da zia Rosa. Direbbe che lo farei per avere qualcosa di più da mangiare.»

Le settimane si allungarono in mesi, e vennero le vacanze; ma immediatamente prima delle vacanze la Pecora Nera cadde in peccato mortale.

Tra i molti ragazzi che Harry aveva incitato a "picchiare sulla zucca la Pecora Nera, che tanto non avrebbe osato rivoltarsi", ve ne era uno più insopportabile degli altri che, avendo la sfortuna di scegliere un momento poco propizio, si precipitò sulla Pecora Nera quando Harry non era nelle vicinanze. I suoi colpi erano pesanti, e la Pecora Nera gli rispose all'impazzata, mettendoci tutta la forza che aveva dentro. Il ragazzo cadde a terra, e lì si mise a piagnucolare. La Pecora Nera fu stupita del proprio atto, ma sentendo che il corpo prostrato[12] ai suoi piedi non gli opponeva resistenza, lo scosse con ambedue le mani, in preda a un attacco di cieca furia, e quindi incominciò a strangolare il nemico, con la seria intenzione di ucci-

[11] *all'inizio delle cose*: tanto tempo prima, nei primi anni della vita di Punch.
[12] *prostrato*: steso a terra.

derlo. Ne seguì un tafferuglio, e la Pecora Nera fu allontanato a forza da Harry e da alcuni altri compagni, e trascinato a casa tra gli scappellotti, con la pelle tutta arrossata ma con l'animo esultante. Zia Rosa era fuori: in attesa del suo arrivo e giudizio, Harry intrattenne la Pecora Nera con una conferenza sul peccato di omicidio, da lui descritto come l'offesa di Caino.

«Perché non hai lottato lealmente? Perché lo hai colpito quando ormai non poteva difendersi, razza di piccolo codardo che non sei altro?»

La Pecora Nera guardò prima la gola di Harry, poi un coltello posato sul tavolo da pranzo.

«Non capisco» disse con voce stanca «me lo hai sempre aizzato contro,[13] dicendomi che ero un codardo, quando piangevo a dirotto. Non puoi lasciarmi solo, finché non arriva zia Rosa? Mi picchierà, se le dici che devo essere picchiato; tutto quadra, non sei d'accordo?»

«Per niente» disse Harry con tono dottorale. «Per poco non l'uccidevi, e non mi meraviglierei se dovesse morire.»

«Morirà?» disse la Pecora Nera.

«Penso di sì, visto come l'hai conciato» disse Harry «allora sarai impiccato, e andrai all'Inferno.»

«D'accordo» disse la Pecora Nera, prendendo il coltello che era sul tavolo. «Allora *ti* uccido, subito. Fai e dici delle cose e... non so come le cose succedono, e tu non mi lasci mai solo... e non me ne importa niente di *quello* che succede.»

Si precipitò contro il ragazzo brandendo il coltello, e Harry si rifugiò di corsa nella sua stanza al piano di sopra, promettendo alla Pecora Nera una battuta di quelle con i fiocchi, non appena zia Rosa fosse ritornata. La Pecora Nera sedette ai piedi delle scale, con il coltello da tavola in mano, e pianse perché non era riuscito a uccidere Harry. La ragazza di servizio salì dalla cucina, gli tolse il coltello di mano e lo consolò. Tuttavia la Pecora Nera era ormai rassegnata. Sarebbe stato duramente battuto da zia Rosa; poi Harry avrebbe provveduto a una seconda razione; poi a Judy non sarebbe stato per-

[13] *me lo... contro*: lo hai sempre incitato a farmi del male.

messo di rivolgergli la parola; poi quanto era successo sarebbe stato raccontato a scuola, e poi...

Non vi era nessuno che lo aiutasse, e nessuno che si preoccupasse per lui, e il modo migliore di uscire da tutta la faccenda era la morte. Con il coltello sarebbe stato doloroso, ma zia Rosa gli aveva detto, un anno fa, che si moriva a succhiare della vernice. Andò nella *nursery*, riportò alla luce l'Arca di Noè, adesso in disuso, e succhiò la tinta da tutti gli animali che rimanevano. Aveva un gusto abominevole,[14] tuttavia aveva leccato via tutta la vernice dalla colomba di Noè, quando zia Rosa e Judy fecero ritorno. Salì al primo piano e li salutò con: «Scusa, zia Rosa, credo di aver quasi ucciso un ragazzo a scuola, e ho cercato di uccidere Harry, e quando avrai finito di raccontarmi di Dio e dell'Inferno, mi batterai, così la facciamo finita».

Il racconto dell'aggressione, così come fu fatto da Harry, non poteva essere spiegato altrimenti che facendo ricorso a un atto di possesso da parte del demonio. Perciò la Pecora Nera non solo fu battuto a puntino – una volta da zia Rosa e un'altra volta, quando il ragazzo fu completamente domato, da Harry –, ma si pregò per lui durante la preghiera di casa, e il suo caso fu messo insieme a quello di Jane, che aveva rubato una polpetta fredda dalla dispensa, e che aveva tirato su vistosamente con il naso, mentre il suo peccato veniva portato di fronte al Trono di Grazia. La Pecora Nera era tutto rigido e dolorante, ma trionfante. No, non avrebbe chiesto perdono a Harry, e quando era a letto non avrebbe sopportato nessun interrogatorio da Harry, anche se l'altro si sarebbe rivolto a lui chiamandolo *Giovane Caino*.

«Sono stato battuto» disse «e ho fatto altre cose. Non m'importa di quello che faccio. Se stanotte mi parli, Harry, salto fuori dal letto e cerco di ucciderti, se ci riesco. Ora puoi uccidermi, se vuoi.»

Harry portò il suo letto nella stanza per gli ospiti, e la Pecora Nera si mise a dormire.

[14] *abominevole*: orribile, disgustoso.

Può essere che i fabbricanti delle Arche di Noè sappiano che i loro animali hanno molte probabilità di andare a finire nelle bocche dei bambini, e usino di conseguenza vernici non tossiche. Certo è che il mattino seguente, uguale a tanti altri prima e altrettanto sconsolato, irruppe dai vetri della finestra, e trovò la Pecora Nera in buona salute e vergognoso di se stesso, ma con in più la consapevolezza che gli era possibile, nei casi d'emergenza, salvaguardarsi contro le persecuzioni di Harry.

Quando, il primo giorno delle vacanze estive, scese a colazione, fu accolto dalla notizia che Harry, zia Rosa e Judy stavano andando a Brighton, mentre la Pecora Nera doveva rimanere a casa con la servotta. Gli ultimi fatti erano venuti ammirevolmente incontro ai progetti di zia Rosa. Le fornirono un'ottima scusa per lasciare a casa il ragazzo in più. Quella settimana papà, che sembrava davvero sapere al momento giusto quali erano le necessità di un giovane reprobo,[15] mandò un pacco di libri nuovi. E con questi, e la compagnia di Jane, il cui salario consisteva in vitto e alloggio, la Pecora Nera fu lasciato solo per un mese.

I libri durarono dieci giorni. Furono divorati troppo in fretta in grossi bocconi di dodici ore per volta. Vennero quindi giorni in cui non vi era assolutamente nulla da fare, di sogni sognati e di eserciti immaginari che venivano fatti marciare su e giù per le scale, e di misurazioni, fatte a palmo di mano, della lunghezza e ampiezza di ogni stanza: cinquanta un lato, trenta da una parete all'altra, di nuovo cinquanta l'altro lato. Jane si era fatta molte amicizie e stava fuori ogni giorno per delle lunghe ore, dopo aver ricevuto dalla Pecora Nera l'assicurazione che le sue assenze non sarebbero state denunciate. La Pecora Nera aveva preso l'abitudine di seguire i raggi calanti del sole dalla cucina alla sala da pranzo, e di lì nella sua stanza da letto al piano di sopra, finché tutto attorno a lui non diventava grigio e sempre più indistinto: allora correva giù in cucina, accanto al fuoco, e leggeva alla sua luce. Di una cosa

[15] *reprobo*: riconosciuto colpevole e definitivamente condannato.

sola era felice: che era stato lasciato solo e poteva quindi leggere a suo completo piacimento. Tuttavia, in seguito, divenne timoroso delle ombre proiettate dalle tende alle finestre, dallo sbattere leggero delle porte socchiuse e dal cigolare delle imposte. Uscì nel giardino, e il fruscio dei cespugli di alloro lo spaventò.

Fu contento quando ritornarono tutti – zia Rosa, Harry e Judy – pieni di cose da raccontare, e Judy ricoperta di regali. Chi non avrebbe adorato la piccola, leale Judy? In cambio di tutte le sue allegre ciarle, la Pecora Nera confidò alla sorella che la distanza dalla porta della sala sino in cima al primo pianerottolo era esattamente di centottantaquattro palmi di mano. Lo aveva scoperto da solo.

Quindi ricominciò la vecchia vita: ma con una differenza, e un nuovo peccato. Alle sue altre iniquità, la Pecora Nera aveva ora aggiunto una goffaggine straordinaria: era diventato così poco affidabile nelle azioni come nelle parole. Lui stesso non sapeva rendersi conto del perché versasse qualunque cosa toccava, per quale motivo facesse cadere i bicchieri non appena allungava la mano a tavola, e come facesse a sbattere la testa contro porte che erano palesemente chiuse. Per lui il mondo circostante era avvolto da una foschia grigiastra, ed esso si restringeva mese dopo mese, finché la Pecora Nera non si trovò pressoché solo in un universo di tende svolazzanti che erano così simili a degli spettri, ed esposto ai terrori senza nome della piena luce del giorno, terrori che altro non erano, tutto sommato, che soprabiti appesi ai pioli dell'attaccapanni.

Le vacanze vennero e le vacanze passarono, e la Pecora Nera fu portato in visita da persone le cui facce erano esattamente eguali l'una all'altra; fu picchiato quando le circostanze lo richiedevano, e tormentato da Harry in tutte le occasioni possibili; difeso tuttavia da Judy anche quando il suo comportamento non era stato impeccabile, sebbene facendo così la sorella si attirasse la rabbia di zia Rosa.

Le settimane erano interminabili, e papà e mamma furono dimenticati del tutto. Harry aveva lasciato la scuola, ed era impiegato in un ufficio bancario. Liberato dalla sua presenza, la Pecora Nera decise che d'ora in poi non si sarebbe più privato della razione giornaliera di piacere derivatogli dalla lettura. Di conseguenza, quando a scuola andava male, riferiva che tutto era per il meglio, e nutrì un forte sentimento di disprezzo per zia Rosa, allorché vide com'era facile ingannarla. "Quando non le racconto delle bugie dice che sono un piccolo mentitore, e adesso che lo faccio, non se ne accorge" pensò la Pecora Nera. Nel passato zia Rosa aveva attribuito al ragazzo una serie di piccole e meschine astuzie e stratagemmi che invece a lui non erano mai passati per la testa. Alla luce della sordida[16] conoscenza che lei gli aveva rivelato, la Pecora Nera la ricambiò come si meritava, infilzando menzogna dietro menzogna. In una casa dove il più innocente dei suoi motivi, il desiderio struggente[17] e naturale di avere un poco d'affetto, era stato interpretato come una tattica per avere più pane e marmellata, o come una tecnica per rendersi simpatico alle persone non della famiglia, così da mettere Harry in secondo piano, la Pecora Nera non dovette darsi molto da fare. Zia Rosa era in grado di penetrare[18] certi tipi d'ipocrisia, ma non tutti. Egli mise in lizza[19] la sua intelligenza infantile contro quella della donna, e non fu più battuto. Ogni mese diventava sempre più faticoso leggere i libri di scuola, e anche le pagine, stampate a grandi caratteri, dei testi di storia incominciarono ad allontanarsi e a essere fioche e indistinte. Cosicché la Pecora Nera prese a rimuginare tra le ombre che si ispessivano attorno a lui e lo allontanavano dalla realtà circostante, e in questo suo mondo crepuscolare inventava delle orribili punizioni per il *caro Harry*, oppure ordiva nuovi fili di quella intricata trama d'inganni che aveva steso intorno a zia Rosa.

Avvenne quindi il disastro, e tutte le ragnatele furono spazzate via. Era impossibile prevedere ogni cosa. Zia Rosa s'interessò personalmente a come andavano gli studi della Pecora

16 *sordida*: squallida, meschina.
17 *struggente*: tanto intenso da risultare doloroso.
18 *penetrare*: smascherare.
19 *mise in lizza*: mise in azione, fece scendere in campo. La «lizza» era il terren recintato sul quale si svolgevano le gare di armi nel Medioevo.

Nera, e le informazioni che ricevette furono stupefacenti. Passo dopo passo, con un sentimento altrettanto delizioso di quando dichiarava colpevole del furto di carne fredda una servotta denutrita, ella seguì la pista dei misfatti della Pecora Nera. Per settimane e settimane, pur di non essere bandito dall'accesso allo scaffale dei libri, egli si era preso gioco di zia Rosa, di Harry, di Dio, di tutto il mondo! Orribile, del tutto orribile, e prova di una mente depravata.[20]

La Pecora Nera calcolò quanto la cosa gli sarebbe venuta a costare. «Ci sarà solo una grossa battuta, e sulla schiena mi sarà quindi messo un cartello con scritto *Bugiardo*, com'era già avvenuto in precedenza. Harry mi bastonerà e pregherà per me, e lei pregherà per me durante la preghiera comune, e dirà che sono un Figlio del Demonio, e mi darà degli inni da imparare. Tuttavia ho letto tutto quello che volevo, e lei non se n'è affatto accorta. Dirà invece che sapeva tutto, sin dal primo momento. Anche lei è una bugiarda incallita» disse il ragazzo.

La Pecora Nera rimase chiuso per tre giorni nella sua stanza, per prepararsi il cuore. «Ciò significa due battute. Una a scuola e una qui. La più dolorosa sarà la seconda.» E accadde proprio quello che aveva previsto. Fu sferzato a scuola, davanti agli ebrei e all'*hubshi*, per il crimine nefando di aver dato a casa false notizie sopra i suoi studi. Fu poi battuto a casa da zia Rosa per lo stesso motivo, e dopo fu tirato fuori il cartello. Zia Rosa glielo cucì tra le spalle e gli ordinò di uscire fuori con quello addosso.

«Se mi costringi a fare questo» disse la Pecora Nera con molta calma «brucerò tutta la casa, e forse ti ucciderò anche. Non so proprio *come* farò – sei così ossuta – ma ci proverò.»

Tale empietà[21] non provocò nessuna punizione, sebbene la Pecora Nera si tenesse pronto ad aprirsi la strada verso la gola avvizzita di zia Rosa, e a mantenere la presa finché non avesse dovuto cedere, a furia di percosse. Forse zia Rosa ebbe timore

20 *depravata*: corrotta, dedita al peccato.
21 *empietà*: estrema malvagità, comportamento contrario a tutti i princìpi morali e religiosi.

della Pecora Nera che, raggiunto ormai il *nadir*[22] del peccato, si comportava con un'audacia mai avuta prima, di persona che non temeva affatto le conseguenze delle proprie azioni.

Nel mezzo di tutti codesti guai venne in visita a Downe Lodge, da oltremare, una persona che conosceva papà e mamma, e che aveva ricevuto l'incarico di vedere Punch e Judy. La Pecora Nera fu fatta venire nel soggiorno, e lì andò a sbattere contro un solido tavolino da tè, pieno zeppo di tazze di porcellana.

«Piano, piano, il mio ometto» disse il visitatore, facendo volgere lentamente alla luce il volto della Pecora Nera. «Che uccello è quello là sulla staccionata?»

«Quale uccello?» domandò la Pecora Nera.

Il visitatore esaminò le pupille della Pecora Nera per circa mezzo minuto, poi disse improvvisamente: «Buon Dio, questo ragazzo è quasi cieco!»

Il visitatore era persona estremamente determinata. Diede ordine, dietro la sua responsabilità, che la Pecora Nera non fosse più mandata a scuola, né che aprisse un libro, finché mamma non fosse venuta in Inghilterra.

«Sarà qui nel giro di tre settimane, come naturalmente sai» disse l'uomo «e io sono Inverarity *Sahib*. Sono io, giovanotto, che ti ha fatto entrare in questo mondo malvagio, e sembra che tu abbia fatto proprio un bell'uso del tuo tempo. Non devi fare assolutamente nulla, niente di niente. Credi di farcela?»

«Sì» disse Punch, che si sentiva come stordito. Aveva saputo che mamma stava per arrivare. C'era dunque la possibilità di un'altra battuta. Doveva ringraziare il Cielo che suo padre non venisse.

Ultimamente zia Rosa aveva detto che lui avrebbe dovuto essere battuto da un uomo.

Nelle tre settimane che seguirono, alla Pecora Nera fu assolutamente proibito di fare la pur minima cosa. Passò il tempo nella vecchia *nursery* a guardare i giocattoli rotti, per la qual

22 *nadir*: l'abisso più profondo. Propriamente, il termine «nadir» appartiene al linguaggio dell'astronomia e indica il punto più basso nel percorso di un astro.

cosa doveva rendere conto a mamma. Zia Rosa lo batteva sulle mani, anche se si era rotta solo una barchetta di legno. Ma quel peccato era d'importanza secondaria, rispetto alle altre rivelazioni, a cui zia Rosa accennava con allusioni oscure.

«Quando tua madre verrà, e sentirà quello che ho da raccontarle, allora saprà apprezzarti per quello che vali» gli diceva con voce truce,[23] e poi montava la guardia a Judy, nel timore che la fanciullina cercasse di confortare il fratello, mettendo così a repentaglio[24] la salvezza della propria anima.

E mamma venne – in carrozza a quattro ruote – tutta agitata da un'affettuosa eccitazione. Una mamma così! Era giovane, frivolosamente giovane, e bella, con delle guance delicatamente arrossate, degli occhi che scintillavano come delle stelle, e una voce che non aveva bisogno dell'invito di braccia distese per attirare i piccoli al suo cuore. Judy corse subito verso di lei, ma la Pecora Nera esitò. Quella persona meravigliosa stava forse *facendo un po' di scena*? Non avrebbe steso verso di lui le braccia, quando avrebbe saputo dei suoi crimini. Non era intanto possibile che vezzeggiando la Pecora Nera volesse tirar fuori qualcosa da lui? Solo il suo amore e tutta la sua fiducia; ma la Pecora Nera non lo sapeva. La zia Rosa si ritirò, e lasciò la mamma, inginocchiata tra i suoi bambini e che un po' rideva e un po' piangeva, in quello stesso ingresso nel quale Punch e Judy avevano pianto cinque anni prima.

«Bene, pulcini, vi ricordate di me?»

«No» disse Judy con franchezza «ma ho detto "Dio benedica papà e mamma" ogni sera prima di andare a letto.»

«Un poco» disse la Pecora Nera «ricordati comunque che ti ho scritto tutte le settimane. E non l'ho fatto per la bella figura, ma per quello che succede dopo.»

«Per quello che succede dopo? Che cosa dovrebbe succedere dopo, mio caro ragazzo?» e lo attirò nuovamente a sé. Lui si avvicinò goffamente, con il corpo tutto angoloso. «Non è abituato a essere vezzeggiato» disse prontamente lo spirito materno. «Invece la ragazza lo è.»

23 *truce*: cupa e minacciosa.
24 *a repentaglio*: in pericolo.

"È troppo piccola per fare del male a qualcuno" pensò la Pecora Nera "e se dicessi che la uccido, avrebbe paura. Mi chiedo che cosa dirà la zia Rosa."

Vi fu un pranzo, consumato tardi e imbarazzato, alla fine del quale mamma prese in braccio Judy e la mise a letto, con numerose carezze. La sleale piccola Judy aveva già disertato[25] da zia Rosa. E lei se ne risentiva amaramente. La Pecora Nera si alzò per uscire dalla stanza.

«Vieni a darmi la buonanotte» disse zia Rosa, porgendo una guancia rinsecchita.

«Huh!» disse la Pecora Nera. «Non ti bacio mai, e non voglio farlo adesso per darmi delle arie. Racconta a quella donna ciò che ho fatto, e vedi quello che dice.»

La Pecora Nera entrò nel suo letto pensando di aver perso il Paradiso, dopo che gli era stato permesso d'intravederlo per un attimo, attraverso le sbarre del cancello d'ingresso. Dopo mezz'ora "quella donna" si stava chinando sopra di lui. La Pecora Nera si fece immediatamente schermo con il braccio destro. Non era leale venirsene così a batterlo nel buio. Neppure zia Rosa ci aveva provato. Tuttavia non arrivò alcun colpo.

«Stai fingendo? Non ti dirò di più oltre a quello che hai saputo da zia Rosa, e *lei* non sa tutto» disse la Pecora Nera, con la maggiore chiarezza concessa dalle braccia che gli si stringevano al collo.

«Oh, figlio mio, il mio figlioletto, il mio figlioletto! È stata colpa mia, *colpa* mia, tesoro, e tuttavia come potevamo fare altrimenti? Perdonami, Punch.» La voce si spense in un mormorio spezzato, e due lacrime calde caddero sulla fronte della Pecora Nera

«Ha fatto piangere anche te?» domandò lui. «Dovresti vedere Jane piangere. Ma tu sei brava, e Jane è una bugiarda nata, così dice zia Rosa.»

«Zitto Punch, zitto! Ragazzo mio, non parlare così. Cerca di volermi un poco di bene, solo un poco. Non sai quanto io lo voglia. Punch-*baba*, ritorna a me! Sono tua madre – la tua ve-

[25] *aveva già disertato*: si era già allontanata.

ra Madre – e tutto il resto non importa. So – sì – so, caro. Ora non importa. Punch, non riesci proprio a volermi un poco di bene?»

È stupefacente quante carezze possa sopportare un ragazzo di dieci anni, ormai cresciuto, quando sia sicuro che attorno a lui non vi è nessuno pronto a farsi beffe della situazione. La Pecora Nera non era abituato, prima d'allora, a un simile trattamento, ed ecco che questa bella donna si comportava con lui – la Pecora Nera, lui il Figlio del Demonio e destinato alla fiamma eterna – come se fosse un piccolo Dio.

«Ti voglio un gran bene, madre cara» mormorò alla fine «e sono contento che sei ritornata; ma sei sicura che zia Rosa ti ha detto tutto?»

«Tutto. Che *cosa* importa? Ma...» la voce si spezzò con un singhiozzo che era anche riso. «Punch, mio povero, caro, tesoro mezzo cieco, non pensi di esserti comportato un po' scioccamente?»

«*No*. Mi ha risparmiato una bella battuta.»

Mamma rabbrividì, e scivolò via nell'oscurità, per scrivere una lunga lettera a papà. Eccone un estratto:

... Judy è una cara e paffutella pedante in erba, che adora la donna e indossa, con una gravità[26] pari solo a quella delle sue opinioni religiose (non dimenticare che ha otto anni, Jack!), una venerabile atrocità[27] di tessuto ruvido, che lei chiama la sua crinolina![28] L'ho appena bruciata, e mentre scrivo la piccola dorme nel mio letto. Ritornerà a me immediatamente. Chi non riesco proprio a capire è Punch. Non ha sofferto la fame, ma sembra che sia stato tormentato a causa di una serie di piccole manchevolezze, che la donna ha ingrandito sino a farne dei peccati capitali. Non ti ricordi, caro, il modo in cui siamo stati allevati, quando la paura di Dio era così spesso l'ini-

26 *gravità*: profonda serietà.
27 *venerabile atrocità*: oggetto (in questo caso si tratta di un indumento) vecchio e orribile.
28 *crinolina*: sottana rigida e rigonfia, portata sotto gli abiti per dare ampiezza alla gonna.

zio della falsità? Riuscirò a conquistarmi Punch in breve tempo. Porto con me i ragazzi in campagna, per dare loro modo di conoscermi. Nel complesso sono contenta, o lo sarò quando tu, caro ragazzo, sarai ritornato a casa, e noi saremo finalmente di nuovo sotto lo stesso tetto!

Tre mesi più tardi Punch, non più la Pecora Nera, ha scoperto di essere il proprietario legittimo di una mamma vera, viva e dolcissima, e che gli è anche sorella, consolatrice e amica, e che lui deve proteggere finché il padre non ritorna a casa. L'inganno non si addice al ruolo di protettore, e quando è possibile agire senza dover rispondere a troppe domande, a che serve la frode?[29]

«La madre si arrabbierebbe molto se tu camminassi in quel fosso» dice Judy, continuando una conversazione.

«La madre non si arrabbia mai» dice Punch. «Si limiterebbe a dire: "Sei un piccolo *pagal*".[30] Ora ti faccio vedere, anche se non dovrei.»

Punch cammina nel fossato e s'infanga sino ai ginocchi. «Madre, cara» grida. «Sono sporco come di più non *si potrebbe*!»

«Allora cambiati d'abito in fretta, come più non *si potrebbe*!» La voce argentina della madre risuona dalla casa: «E non essere un piccolo *pagal*!».

«Ecco! Proprio come ti avevo detto» dice Punch. «Adesso è tutto differente, e noi siamo suoi figli senza nessuna limitazione, come se lei non fosse mai andata via.»

Non del tutto, o Punch, perché quando delle giovani labbra hanno bevuto profondamente dalle acque amare dell'Odio, Sospetto e Disperazione, tutto l'Amore del mondo non può eliminare completamente ciò che si è appreso in tal modo; sebbene esso possa per un attimo volgere degli occhi ottenebrati alla luce, e insegnare la Fede dove Fede non vi è.

(da *Racconti della vendetta e della memoria*, Mondadori, a cura di A. Monti)

29 *frode*: inganno.
30 *pagal*: in indostano: matto, pazzo.

ROMANO BILENCHI

Un errore geografico

Gli abitanti della città di F. non conoscono la geografia; la geografia del loro paese, di casa propria. Quando da G. andai a studiare a F. mi avvidi[1] subito che quella gente aveva un'idea sbagliata della posizione del mio paese nativo. Appena nominai G. mi dissero: «Ohè, maremmano!».[2]

Un giorno, poi, mentre spiegava non ricordo più quale scrittore antico, il professore d'italiano cominciò a parlare di certi pastori che alle finestre delle loro capanne tenevano, invece di vetri, pelli di pecore conciate fini fini.[3] Chi sa perché mi alzai, dall'ultimo banco ove sedevo, e dissi: «Sì, è vero: anche da noi i contadini appiccicano alle finestre delle loro casupole pelli di coniglio o di pecora al posto dei vetri, tanto è grande la loro miseria». Chi sa perché mi alzai e dissi così; forse per farmi bello verso il professore; forse perché, spinto da un impulso umanitario per la povera gente, volevo testimoniare ai miei compagni, tutti piccoli cittadini, che il professore aveva detto una cosa giusta, che esisteva davvero nel mondo una simile miseria; ma, a parte la miseria, l'affermazione era un prodotto della mia fantasia. In vita mia, e Dio sa se di cam-

[1] *mi avvidi*: mi accorsi
[2] *maremmano*: il termine designa chi è originario della Maremma toscana, zona pianeggiante e paludosa, sulle coste del Tirreno, nella parte meridionale della regione.
[3] *conciate fini fini*: trattate in modo che diventassero molto sottili e dunque pressoché trasparenti.

pagna ne avevo girata, mi era capitato una sola volta di vedere, in una capanna di contadini, un vetro rattoppato con pezzi di carta; e la massaia, del resto, si era quasi scusata dicendo che appena qualcuno della famiglia fosse andato in città avrebbe comprato un bel vetro nuovo. Appena in piedi dinanzi alla classe sentii ogni impulso frenato e m'accorsi di averla detta grossa. Sperai che il professore non fosse al corrente degli usi della mia provincia, ma lui, a quella uscita,[4] alzò la testa dal libro e disse: «Non raccontare sciocchezze». Dopo un momento rise e tutti risero, anche per compiacerlo. «Ma aspettiamo un po'» disse poi, «forse hai ragione. Il tuo paese, G., non è in Maremma? È probabile che in Maremma vadano ancora vestiti di pelle di pecora.»

Di nuovo tutti si misero a ridere. Qualcuno, forse per rilevare che tanto io quanto il professore eravamo allo stesso livello di stupidità, sghignazzò ambiguamente.[5] Mi voltai per cogliere quella incerta eppure unica solidarietà nei miei riguardi, ma il primo compagno che incontrai con gli occhi per non compromettersi mi disse: «Zampognaro»[6] e fece il verso della zampogna. Un altro disse: «Hai mai guardato[7] le pecorine?» e in coro gli altri fecero: «Beee, beee».

Cominciai, e questo fu il mio errore, a rispondere a ciascuno di loro, via via che aprivano bocca. Ero uno dei più piccoli e ingenui della classe, e ben presto fui preda di quella masnada. Benché appartenessero a famiglie distinte, c'era fra loro soltanto un figlio di bottegaio di mercato arricchito, come avevo potuto osservare dalle mamme e dai babbi che ogni mese venivano alla scuola, me ne dissero di ogni colore. Infine con le lacrime agli occhi, approfittando d'un istante di silenzio, urlai: «Professore, G. non è in Maremma».

«È in Maremma.»

[4] *uscita*: discorso, intervento bizzarro.
[5] *sghignazzò ambiguamente*: rise in modo tale che non era facile capire a chi fosse indirizzata la presa in giro.
[6] *Zampognaro*: suonatore di zampogna, strumento a fiato tipico, in Italia, dei pastori di alcune zone dell'Appennino centro-meridionale.
[7] *Hai... guardato*: hai sorvegliato.

«No, non è in Maremma.»

«È in Maremma» disse il professore a muso duro. «Ho amici dalle tue parti e spesso vado da loro a cacciare le allodole. Conosco bene il paese. È in Maremma.»

«Anche noi di G. andiamo a cacciare le allodole in Maremma. Ma dal mio paese alla Maremma ci sono per lo meno ottanta chilometri. È tutta una cosa diversa da noi. E poi G. è una città» dissi.

«Ma se ho veduto dei butteri[8] proprio al mercato di G.» disse lui.

«È impossibile. Sono sempre vissuto lì e butteri non ne ho mai veduti.»

«Non insistere. Non vorrai mica far credere che io sia scemo?»

«Io non voglio nulla,» dissi, «ma G. non è in Maremma. Al mercato vengono venditori ambulanti vestiti da pellirosse. Per questo si potrebbe affermare che G. è in America.»

«Sei anche spiritoso» disse lui. «Ma prima di darti dello stupido e di buttarti fuori di classe dimostrerò ai tuoi compagni come G. si trovi in Maremma.» Mandò un ragazzo a prendere la carta geografica della regione nell'aula di scienze, così anche lì seppero del mio diverbio[9] e che ci si stava divertendo alle mie spalle. Sulla carta, nonostante non gli facessi passare per buona una sola delle sue affermazioni, abolendo i veri confini delle province e creandone dei nuovi immaginari, il professore riuscì a convincere i miei compagni, complici la scala di 1:1000000[10] e altre storie, che G. era effettivamente in Maremma.

«È tanto vero che G. non è in Maremma» ribattei infine, «che da noi maremmano è sinonimo d'uomo rozzo e ignorante.»

«Abbiamo allora in te» concluse lui, «la riprova che a G.

[8] *butteri*: sono chiamati così i mandriani a cavallo della maremma Toscana.
[9] *diverbio*: litigio, contrasto.
[10] *scala di 1:1000000*: sulle carte geografiche, la scala è il rapporto tra le dimensioni della rappresentazione grafica e quelle reali del territorio rappresentato. La carta geografica di cui si parla qui ha una scala piuttosto alta e risulta dunque approssimata nella rappresentazione.

siete autentici maremmani. Rozzi e ignoranti come te ho conosciuto pochi ragazzi. Hai ancora i calzettoni pelosi.»[11] E con uno sguardo mi percorse la persona. Gli altri fecero lo stesso. Sentii di non essere elegante come i miei compagni. Tacqui avvilito. Da quel giorno fui «il maremmano». Ma ciò che m'irritava di più era, in fondo, l'ignoranza geografica del professore e dei miei compagni.

Non potevo soffrire la Maremma. Ero stato preso da tale avversione al primo scritto che mi era capitato sotto gli occhi intorno a quel territorio e ai suoi abitanti. Avevo letto in precedenza numerosi libri sui cavalieri delle praterie americane, avevo visto al cinematografo infiniti film sulle loro strabilianti avventure; libri e film che mi avevano esaltato. Un paio di anni della mia vita erano stati dedicati ai cavalli, ai lacci, ai grandi cappelli, alle pistole di quegli uomini straordinari. Nel mio cuore non c'era stato posto per altri. Quando essi giungevano a liberare i compagni assaliti dagli indiani, sentivo che la loro piccola guizzante[12] bandiera rappresentava la libertà; e mi sarei scagliato alla gola di coloro che parteggiavano per il Cervo Bianco e per il Figlio dell'Aquila. Quando i carri della carovana, costretta a disporsi in cerchio per fronteggiare l'assalto degli indiani assassini, tornavano allegri e veloci a inseguirsi per immense e deserte praterie e per profonde gole di monti, mi pareva che gli uomini avessero di nuovo conquistato il diritto di percorrere il mondo. I nomi di quei cavalieri – sapevo tutti i nomi degli eroi di tutti i romanzi a dispense e di tutti i film – erano sempre sulla mia bocca. Valutavo ogni persona confrontandola con loro e ben pochi resistevano al confronto. Quando lessi che a due passi, si può dire, da casa mia, c'erano uomini che prendevano al laccio cavalli selvaggi, che domavano tori, che vestivano come nel Far-West o press'a poco, che bivaccavano[13] la notte sotto il cielo stellato ravvolti in coperte intorno a grossi fuochi e con accanto il fucile e il cane fedele,

[11] *calzettoni pelosi*: calzettoni di lana grezza.
[12] *guizzante*: agitata dal vento.
[13] *bivaccavano*: passavano la notte all'aperto.

risi di cuore. Neppure le storie dei cani fedeli, comuni e accettate in ogni parte del mondo, riuscii a prendere sul serio. Guardai tante carte geografiche e sempre più mi convinsi che in quella zona così vicina a me, larga quanto una moneta da un soldo, non era possibile vi fossero bestie selvagge, uomini audaci e probabilità di avventure. Né le dolcissime donne brune che cantavano sui carri coperti di tela e che, all'occorrenza, caricavano le armi dei compagni. Una brutta copia degli eroi di mia conoscenza. I cavalieri dei libri e dei film combattevano continuamente contro indiani e predoni;[14] ma lì, a due passi da me, che predoni potevano esserci? Lontano il tempo degli antichi famosi briganti, se mai erano esistiti: anche su di loro avevo i miei dubbi.

Quando andai a studiare a F. la pensavo proprio così. Perciò non potevo gradire il soprannome di «maremmano».

Giocavo al calcio con abilità, ma anche con una certa rudezza, nonostante fossi piccolo e magro. Mi feci notare subito la prima volta che scesi in campo coi miei compagni, e mi misero mezzala[15] sinistra nella squadra che rappresentava il liceo nel campionato studentesco. Giocai alcune partite riscotendo molti applausi.

«Il maremmano è bravo» dicevano, «deve essersi allenato coi puledri selvaggi. I butteri gli hanno insegnato un sacco di diavolerie.»

I frizzi e le stoccate,[16] siccome ero certo contenessero una lode sincera, non m'irritavano affatto. Sorridevo e gli altri tacevano presto. Eravamo ormai vicini alla fine del campionato con molta probabilità di riuscirvi primi e mi ripromettevo, per i servizi resi all'onore del liceo, pensate che una partita era stata vinta per un unico punto segnato da me, di non essere, in avvenire chiamato «maremmano», quando nell'ultimo incontro accadde un brutto incidente. Durante una discesa mi tro-

[14] *predoni*: banditi, rapinatori.
[15] *mezzala*: calciatore che gioca in avanti, con il compito di contribuire alle azioni di attacco e di tenere i collegamenti tra attaccanti e mediani.
[16] *frizzi e stoccate*: prese in giro e frecciate.

vai a voltare le spalle alla porta avversaria. Dalla destra mi passarono il pallone. Mi girai per colpire al volo. Il portiere aveva intuito la mossa e si gettò in avanti per bloccare gamba e pallone, ma il mio calcio lo prese in piena bocca. Svenne. Gli avevo rotto tre denti. I suoi compagni mi furono addosso minacciosi. Dissi che non l'avevo fatto apposta, che era stata una disgrazia, che ero amicissimo del portiere il quale alloggiava nella mia stessa pensione, ma gli studenti sostenitori dell'altra squadra, assai numerosi tra il pubblico, cominciarono a urlare: «Maremmano, maremmano, maremmano».

Persi il lume degli occhi, e voltatomi dalla parte del pubblico che gridava di più, feci un gesto sconcio. L'arbitro mi mandò fuori del campo. Mentre uscivo dal recinto di giuoco le grida e le offese raddoppiarono. Vidi che gridavano anche le ragazze.

«Maremmano, maremmano, maremmano; viene da G.»

Tra coloro che urlavano dovevano esserci anche i miei compagni. Infatti, come potevano tutti sapere che ero nato a G.? Mi sentii privo di ogni solidarietà e camminai a capo basso verso gli spogliatoi.

«Maremmano, maremmano, ha ancora i calzettoni pelosi.»

Che i miei calzettoni non piacessero agli altri non m'importava. Era questione di gusti. La roba di lana mi è sempre piaciuta fatta a mano e piuttosto grossa. Per me i calzettoni erano bellissimi e io non davo loro la colpa dei miei guai, nonostante fossero continuamente oggetto di rilievi e di satira.[17] Anche quella volta più che per ogni altra cosa mi arrabbiai per l'ingiustizia che si commetteva ai danni di G. continuando a crederla in Maremma. Andai fra il pubblico e cercai di spiegare a quegli ignoranti l'errore che commettevano, ma a forza di risa, di grida, di spinte e persino di calci nel sedere fui cacciato negli spogliatoi.

Il giorno dopo il preside mi chiamò e mi sospese per una settimana a causa del gesto fatto al pubblico, gesto che disonorava il liceo. Mi sfogai col preside sperando che almeno lui

[17] *di rilievi e di satira*: di osservazioni malevole e di prese in giro.

capisse che G. non era in Maremma. Egli mi ascoltò a lungo, ma sul volto aveva la stessa aria canzonatoria dei miei compagni e, alla fine del mio discorso, confermò la punizione. Forse mi credette un po' scemo.

Primo impulso fu quello di scrivere a casa e pregare il babbo e la mamma di mandarmi a studiare in un'altra città. Ma come spiegare le mie pene? Non sarei stato compreso, anzi mi avrebbero sgridato. Essi facevano dei sacrifici per mantenermi al liceo. Decisi di sopportare ancora. Al mio ritorno a scuola dopo la sospensione, le offese contro G. e contro di me si moltiplicarono. Però si avvicinava l'estate e con l'estate sarebbero venute le vacanze. A casa avrei pensato al da farsi per l'anno dopo; forse avrei abbandonato gli studi e sarei andato a lavorare. Ma proprio allora mi capitò il guaio più grosso.

Una domenica mattina, uscito di buon'ora dalla pensione per godermi i freschi colori della inoltrata primavera, vidi i muri pieni di manifesti vivaci e molta gente in crocchio che stava ad ammirarli. Le tre figure che campeggiavano nei manifesti mi fecero subito arricciare il naso; un toro a capo basso quasi nell'atto di lanciarsi nella strada, un puledro esile e scalpitante e un buttero che guardava le due bestie con un'espressione di sprezzante sicurezza. Mi avvicinai. I manifesti annunziavano che la prossima domenica, in un prato vicino all'ippodromo,[18] per la prima volta in una città, i cavalieri di Maremma si sarebbero esibiti in emozionanti prodezze.

Non ero mai stato in Maremma, né avevo veduto butteri altro che nelle fotografie. Migliore occasione di quella per ridere di loro non poteva capitarmi. Inoltre mi piaceva immensamente il luogo ove si sarebbe svolta la giostra. Il fiume, uscendo dalla città, si allontana, con bizzarre svolte, nella campagna, finalmente libero da case e da ponti. Tra la riva destra del fiume e una fila di colline ci sono parchi molto belli, con caffè di legno e alberi enormi; e belli sono alcuni prati verdi circondati da ben curate siepi di bossolo,[19] che si aprono all'improv-

[18] *ippodromo*: area attrezzata per le corse dei cavalli.
[19] *bossolo*: bosso, pianta sempreverde.

viso in mezzo agli alberi. In uno di quei prati era allora l'ippodromo. I prati e le siepi verdi mi piacevano più d'ogni altra cosa a F. e non mancavo mai, nei pomeriggi in cui non avevo lezione, di recarmi a visitarli. Sedevo ai margini, accanto al bossolo, e di lì osservavo l'erba bassa e tenera che mi empiva l'animo di gioia.

«Ci andrò domenica» decisi e, a mezzogiorno, di ritorno alla pensione, invitai i miei compagni di tavola, il portiere che avevo ferito durante la partita di calcio e due alunni del mio stesso liceo, a recarsi con me allo spettacolo.

«Avevamo già veduto il manifesto» disse il portiere. «Verremo ad ammirare i tuoi maestri.» Anche gli altri accettarono e il giorno fissato c'incamminammo verso il luogo dello spettacolo. Vi era una grande folla quale non mi aspettavo, richiamata lì, pensai, più dalla splendida giornata che dai butteri e dalle loro bestie. Signore e ragazze belle, come alle corse. Avevo cominciato in quel luogo a guardare le donne andando a passeggiare la domenica nei pressi dell'ippodromo. Procedendo dietro alla folla entrammo in un prato, su un lato del quale erano state costruite alcune tribune di legno. Improvvisamente mi accorsi di non essere più con i miei compagni; forse la calca[20] ci aveva diviso. Trovai un posto a sedere.

Entrarono nella lizza un puledro selvaggio e alcuni butteri vestiti alla maniera dei cavalieri d'oltre Oceano. Ne fui subito urtato. Il puledro prese a vagare disordinatamente per il prato. Un buttero gli si precipitò dietro. Compito del buttero era quello di montare in groppa al puledro mentre correva e di rimanerci a dispetto delle furie della bestia. Ma il puledro, scorto l'uomo, si fermò e si lasciò avvicinare. Allora il buttero, forse impressionato dalla presenza di tanta gente, spiccò un salto andando a finire cavalcioni quasi sul collo del puledro. Era come montare su un cavallo di legno, eppure cavallo e cavaliere caddero in terra. Accorsero gli altri butteri. Il puledro non voleva rialzarsi e teneva l'uomo prigioniero premendogli con la pancia sulle gambe. Il pubblico cominciò a gridare. Fi-

[20] *calca*: folla.

nalmente il puledro si decise a rimettersi in piedi e, quieto quieto, si fece condurre fuori dal prato.

«Non è da domare» gridò uno spettatore. «È una pecora.»

Scoppiarono risate e clamori. Anch'io ridevo di gusto.

Entrò nello spiazzo verde un toro. Subito un buttero l'affrontò tentando di afferrarlo per le corna e di piegarlo. La folla tacque. Il toro sembrava più sveglio del puledro. Infatti ben presto le parti s'invertirono. Pareva fosse il toro che avesse l'incarico di atterrare il buttero. Cominciò la bestia ad agire con una specie di strana malizia: si produsse in una lunga serie di finte come un giocatore di calcio che vuole superare un avversario: infine caricò l'uomo mandandolo a gambe levate. Una carica però piena di precauzione, senza malanimo, quasi che il toro avesse voluto burlarsi del burbero atteggiamento del nemico, e gli spettatori compresero subito che il cavaliere non si era fatto alcun male. Di nuovo gli altri butteri corsero in aiuto del compagno. Allora il toro prese a correre allegramente e quei poveri diavoli dietro. Si diresse verso le siepi, e compiuti due giri torno torno al prato, trovato un varco, si precipitò in direzione del fiume. I butteri, disperati, scomparvero anch'essi oltre la siepe fra gli schiamazzi del pubblico.

La folla gridava e imprecava. Infine, saputo che altre attrazioni non ci sarebbero state, cominciò a sfollare.

«Truffatori» urlavano.

«È uno scandalo.»

«Un ladrocinio.»[21]

«Abbasso i maremmani.»

«Vogliamo i denari che abbiamo pagato.»

Io urlavo insieme con gli altri. Qualcuno tirò delle legnate sul casotto dove prima si vendevano i biglietti delle tribune. Io tirai una pietra sulle tavole di legno: avrei desiderato veder tutto distrutto. All'uscita i miei compagni mi circondarono.

«Ti cercavamo» disse uno.

«Ti sei nascosto, eh!»

«Belli i tuoi compaesani. Dovresti rendere a tutti gli spettatori i denari del biglietto.»

[21] *ladrocinio*: furto, imbroglio.

«È un maremmano anche lui» disse il portiere, indicandomi alle persone vicine.

«È proprio un maremmano come questi truffatori che ci hanno preso in giro.»

Numerosi ragazzi mi vennero addosso e cominciarono a canzonarmi come se mi avessero sempre conosciuto.

«Non credete che sia maremmano?» disse ancora il portiere. «Guardategli i calzettoni. È roba di Maremma.»

«Domani mi metterò i calzettoni di cotone» dissi. «Faccio così ogni anno quando viene il caldo.» Poi aggiunsi: «G. non è in Maremma».

Al nome di G. anche i grandi fecero causa comune con i ragazzi.

«Di' ai tuoi compaesani che sono dei ladri» disse un giovanotto. Gli altri risero. Con le lacrime agli occhi cercai allora di spiegare il gravissimo errore che commettevano credendo che G. si trovasse in Maremma.

«È un po' tocco?» chiese uno a un mio compagno.

«Altro che poco» rispose il mio compagno.

I ragazzi urlarono più di prima. Mi dettero perfino delle spinte, e i grandi non erano da meno di loro.

Sopraggiunse un giovane; rideva e raccontò di essere stato sul fiume. Il toro si era gettato nell'acqua e i butteri piangevano, bestemmiavano e pregavano i santi e il toro, ma non riuscivano a tirarlo fuori. A queste notizie raddoppiarono gli schiamazzi contro di me.

«Sarà il figlio del padrone dei butteri se li difende tanto» disse una ragazza.

«No» gridai. «Non li difendo. Li odio. Non c'entro nulla con loro. Mio nonno aveva poderi. Mia madre è una signora. È lei che ha fatto questi calzettoni.»

«Sono di lana caprina,» disse un vecchio signore. Un ragazzo fece: «Bee,» un altro «Muu,» e un altro ancora mi dette un pugno.

Mi voltai. Stavo in mezzo a uno dei viali che portano alla città. La gente mi veniva dietro a semicerchio. Piangevo. Forse era molto tempo che piangevo. Mi staccai dal gruppo e mi appoggiai a un albero. Lontano, sul greto[22] del fiume, intravidi i miei compagni che correvano in direzione opposta. Forse andavano a vedere il toro che si era buttato nell'acqua.

(da *Il processo di Mary Dugan*, Einaudi)

[22] *greto*: la striscia marginale del letto di un fiume, non coperta dall'acqua se non nei periodi di grande piena.

ANNA FRANK

Per alcuni giorni non ho scritto nulla...

Sabato, 20 giugno 1942

Per alcuni giorni non ho scritto nulla,[1] perché prima ho voluto riflettere un poco su questa idea del diario. Per una come me, scrivere un diario fa un curioso effetto. Non soltanto perché non ho mai scritto, ma perché mi sembra che più tardi né io né altri potremo trovare interessanti gli sfoghi di una scolaretta di tredici anni. Però, a dire il vero, non è di questo che si tratta; a me piace scrivere e soprattutto aprire il mio cuore su ogni sorta di cose, a fondo e completamente.

«La carta è più paziente degli uomini»;[2] rimuginavo[3] entro di me questa massima in una delle mie giornate un po' melanconiche mentre sedevo annoiata con la testa fra le mani, incerta se uscire o restare in casa, e finivo col rimanermene nello stesso posto a fantasticare. Proprio così, la carta è paziente, e siccome non ho affatto intenzione di far poi leggere ad altri questo quaderno rilegato di cartone che porta il pomposo nome di «Diario», salvo il caso che mi capiti un giorno di trovare un amico o un'amica che siano veramente *l'amico* o *l'amica*,

[1] *Per... nulla*: il diario, autentico, da cui è tratta questa pagina è stato scritto da Anna Frank, una ragazza ebrea che, nell'Olanda occupata dai nazisti, fu costretta a vivere, con i suoi familiari e altri ebrei, in un alloggio segreto fino a che venne scoperta e deportata in un campo di concentramento, dove morì poco prima di compiere sedici anni.

[2] *«La carta... uomini»*: variante, inventata da Anna, di un proverbio olandese che dice: «La carta è paziente».

[3] *rimuginavo*: continuavo ad analizzare, a considerare.

così la faccenda non riguarda che me. Eccomi al punto da cui ha preso origine quest'idea del diario: io non ho un'amica.

Per essere più chiara debbo aggiungere una spiegazione, giacché nessuno potrebbe credere che una ragazza di tredici anni sia sola al mondo. Neppur questo è vero: ho dei cari genitori e una sorella di sedici anni; conosco, tutto sommato, una trentina di ragazze di alcune delle quali potreste dire che sono mie amiche, ho un corteo di adoratori che mi guardano negli occhi e, se non possono fare altrimenti, in classe cercano di afferrare la mia immagine servendosi di uno specchietto tascabile. Ho dei parenti, care zie e cari zii, un buon ambiente familiare; no, apparentemente non mi manca nulla, salvo *l'amica*. Con nessuno dei miei conoscenti posso far altro che chiacchiere né parlar d'altro che dei piccoli fatti quotidiani. Non c'è modo di diventare più intimi, ecco il punto. Forse questa mancanza di confidenza è colpa mia; comunque è una realtà, ed è un peccato non poterci far nulla.

Perciò questo diario. Allo scopo di dar maggior rilievo nella mia fantasia all'idea di un'amica lungamente attesa, non mi limiterò a scrivere i fatti del diario, come farebbe qualunque altro, ma farò del diario l'amica, e l'amica si chiamerà Kitty.

(da *Diario*, Einaudi, trad. Arrigo Vita)

Primo amore

«Qui la vita diventa ogni giorno più bella» scrive Anna Frank nel suo diario mentre sta nascendo l'amore tra lei e Peter. Eppure Anna vive rinchiusa nell'alloggio segreto per sfuggire ai tedeschi, deve sopportare privazioni e sa che ogni giorno potrebbe essere quello dell'arresto e della deportazione.
Ma per gli adolescenti l'amore è un'emozione così intensa che può far dimenticare ogni altro aspetto della realtà.
Oltre alla pagina tratta dal Diario *di Anna Frank, la sezione propone quattro testi che rappresentano momenti e modi diversi dell'innamoramento adolescenziale.*
Sul ghiaccio *è un racconto autobiografico in cui Hermann Hesse rievoca con scrittura smagliante l'esaltazione gioiosa di quando ha desiderato per la prima volta il bacio di una ragazza.* L'addio *di Beppe Fenoglio analizza gli stati d'animo di un adolescente timido e chiuso, avvilito dalla sua povertà di pastore, che vive un amore malinconico e mai rivelato.*
Con La storia di Pronto Soccorso e Beauty Case *cambiano del tutto lo scenario e il registro espressivo: Stefano Benni ci racconta sorridendo, con un linguaggio che riprende molte espressioni del gergo giovanile, la storia di un amore fatto di corse in moto più che di sospiri e sguardi appassionati. E un tipico ragazzo di oggi è anche Adrian Mole, il protagonista di* Il mio diletto amore lascia questi lidi domani... *di Sue Townsend, una narrazione in forma di diario che traccia con ironia ma anche con grande tenerezza la cronaca della breve separazione tra due giovani innamorati.*

Sul ghiaccio

«Baciato! Era un suono che proveniva da un mondo estraneo, celato, immaginato con timore, aveva il profumo invitante del frutto proibito, aveva un che di segreto, poetico, innominabile...»

L'addio

«Non voleva incontrar Nella, moriva di paura a pensarci, ma voleva veder da vicino il suo tetto e le piante che ci crescevano intorno e sentir l'aria che lei respirava».

La storia di Pronto Soccorso e Beauty Case

«...Pronto arrivò nel vialetto dei giardini guidando senza mani e con un piede che strisciava per terra, se no non era abbastanza pericoloso. Vide Beauty e cacciò una inchiodata storica»

Ieri è stata una giornata molto importante per me...

«Quando mi guarda con quegli occhi e con quel sorriso arguto, è come se una luce si accendesse dentro di me».

Il mio diletto amore lascia questi lidi domani...

«Ma come si fa a spiegare l'amore *a una donna di settantasei anni che crede che è una parolaccia?»*

HERMANN HESSE

Sul ghiaccio

In quel tempo vedevo ancora il mondo con altri occhi. Avevo dodici anni e mezzo ed ero ancora completamente preso nel mondo colorato e rigoglioso delle gioie e fantasticherie fanciullesche. Fu allora che nel mio animo stupito spuntò per la prima volta, timido e avido, il tenue chiarore della giovinezza più dolce e tenera.

Era un inverno lungo, rigido, e il nostro bel fiume della Foresta Nera[1] si gelò per settimane. Non posso dimenticare la sensazione strana, di paura ed estasi[2] insieme, che mi colse quando nel primo mattino di gelo mi avventurai sul fiume: era profondo, e il ghiaccio era così trasparente che si poteva vedere sotto di sé, come attraverso un velo sottile, l'acqua verde, il fondo di sabbia e ciottoli, gli intrecci fantastici delle piante acquatiche e, di tanto in tanto, il dorso scuro di un pesce.

Passavo pomeriggi interi sul ghiaccio con i miei compagni, le guance accaldate e le mani bluastre, il cuore inturgidito[3] dai movimenti vigorosi e ritmati del pattinaggio, colmo della meravigliosa e spensierata capacità di godimento della fanciullezza. Ci esercitavamo nella corsa, nel salto in lungo, nel salto in alto, giocavamo ad acchiapparci, e quelli che ancora portavano legati agli stivali gli antiquati pattini di osso non correvano affatto peggio degli altri. Uno di noi tuttavia, il figlio di un in-

1 *Foresta Nera*: regione della Germania sud-occidentale.
2 *estasi*: incanto, felicità quasi sovrumana.
3 *inturgidito*: come gonfiato dalla maggior rapidità della circolazione del sangue.

dustriale, aveva un paio di «Halifax», che erano fissati alla scarpa senza legacci o cinghie e si potevano mettere e togliere in pochi attimi. Da allora la parola Halifax comparve per anni sulla lista dei regali che desideravo per Natale, ma inutilmente; e quando dodici anni più tardi, volendo acquistare un paio di pattini veramente buoni, chiesi se in negozio avessero gli Halifax, con mio grande dolore vidi crollare un ideale e una certezza fanciullesca quando mi sentii assicurare con un sorriso che Halifax era un sistema antiquato, da tempo superato.

Di preferenza pattinavo da solo, spesso fino all'imbrunire. Correvo via veloce, imparavo a fermarmi e a voltare a qualsiasi velocità e in qualsiasi punto, mi libravo in ampie volute,[4] in equilibrio su una gamba, con la sensazione di volare. Molti dei miei compagni utilizzavano i pomeriggi sul ghiaccio per correre dietro alle ragazze e corteggiarle. Per me le ragazze non esistevano. Mentre altri compivano azioni cavalleresche, giravano intorno ad esse desiderosi e timidi oppure, audaci e disinvolti, le invitavano a pattinare in coppia, io gustavo solo il piacere incontrastato del guizzare via. Per quelli che conducevano le ragazzine non provavo che pena o scherno. Dalle confessioni di alcuni amici credevo infatti di sapere quanto i loro piaceri galanti fossero in fondo relativi.

Un giorno, mentre l'inverno già volgeva alla fine, mi giunse notizia di una novità nel nostro ambiente di scuola: il «nordista»,[5] recentemente, aveva di nuovo baciato Emma Meier mentre si toglievano i pattini. D'improvviso la notizia mi fece montare il sangue alla testa. Baciato! Era ben altra cosa rispetto ai discorsi scipiti[6] e alle timide strette di mano che di solito venivano esaltati come le massime delizie del pattinare a coppie. Baciato! Era un suono che proveniva da un mondo estraneo, celato, immaginato con timore, aveva il profumo invitante del frutto proibito, aveva un che di segreto, poetico, innominabile, faceva parte di quell'ambito dolce-oscuro, pau-

[4] *mi libravo in ampie volute*: prendevo quasi il volo formando ampie spirali.
[5] *il «nordista»*: come si chiarirà nelle righe seguenti, è un ragazzo originario di Amburgo, grande città del nord della Germania.
[6] *scipiti*: insulsi, banali.

rosamente affascinante, da noi tutti passato sotto silenzio ma tuttavia presagito, illuminato a tratti dalle mitiche avventure amorose dei donnaioli che erano stati espulsi dalla scuola. Il «nordista» era uno scolaro quattordicenne di Amburgo capitato Dio sa come tra noi, che io ammiravo e la cui fama, che prosperava lontano dalla scuola, spesso non mi faceva dormire. E Emma Meier era certo la ragazza più carina di Gerbersau, bionda, agile, fiera e della mia stessa età.

A partire da quel giorno cominciai a rimuginare progetti e problemi. Baciare una ragazza superava di gran lunga tutti i miei precedenti ideali, sia come cosa in sé e sia perché senza dubbio era vietato e interdetto dalle regole della scuola. Mi resi presto conto che il solenne servizio amoroso della pista ghiacciata era l'unica buona occasione per farlo. Per prima cosa cercai quindi, per quanto possibile, di rendere il mio aspetto più acconcio al corteggiamento. Dedicai tempo e cura ai miei capelli, controllai minuziosamente la pulizia dei miei vestiti, mi calcai con garbo il berretto di pelo sulla fronte e pregai le mie sorelle di darmi il loro foulard di seta rosa. Nello stesso tempo, sul ghiaccio, cominciai a salutare cortesemente le ragazze che potevano essere prese in considerazione, e credetti di vedere che quell'omaggio insolito veniva notato con sorpresa ma non senza piacere.

Molto più difficile fu il primo approccio, perché in vita mia non avevo mai «invitato al ballo» una ragazza. Cercai di spiare i miei amici mentre eseguivano quel solenne cerimoniale. Alcuni si limitavano a fare un inchino e a porgere la mano, altri balbettavano qualcosa di incomprensibile, i più si servivano dell'elegante formula: «Posso avere l'onore?» Questa formula mi impressionò molto e mi esercitai a casa, in camera mia, facendo l'inchino davanti alla stufa e pronunciando le parole solenni.

Era giunto il giorno del primo, difficile passo. Già il giorno precedente avevo avuto intenzione di iniziare il corteggiamento, ma ero tornato a casa scoraggiato, senza avere osato niente. Quel giorno mi ero prefisso di fare immancabilmente ciò che temevo e insieme desideravo. Con il batticuore, angosciato a morte come un criminale, andai verso la pista di ghiaccio; credo mi tremassero le mani mentre mi mettevo i pattini. Poi mi gettai nella mischia con ampi movimenti circolari, cercando di mantenere un po' della mia abituale espressione di sicurezza e naturalezza. Percorsi due volte la pista in tutta la sua lunghezza, al massimo della velocità, e l'aria frizzante e i movimenti vigorosi mi fecero bene.

D'improvviso, proprio sotto il ponte, mi scontrai in pieno con qualcuno e barcollai per qualche passo, sgomento. Sul ghiaccio era seduta la bella Emma, che evidentemente cercava di reprimere il dolore, e mi guardava piena di rimprovero. Il mondo, davanti ai miei occhi, girava vorticosamente.

«Aiutatemi a tirarmi su!» disse alle sue amiche. Allora, con il viso in fiamme, mi tolsi il berretto, mi inginocchiai accanto a lei e la aiutai ad alzarsi.

Rimanemmo uno di fronte all'altra, impauriti e sbalorditi, e nessuno di noi parlò. La pelliccia, i capelli e il volto della bella ragazza, così estranei e vicini, mi stordivano. Pensai invano a un modo per scusarmi, ancora con il berretto stretto in mano. E d'improvviso, mentre un velo mi offuscava la vista, feci meccanicamente un profondo inchino e balbettai: «Posso avere l'onore?»

Lei non rispose, però prese le mie mani tra le sue dita sottili il cui calore riuscii a sentire attraverso i guanti, e si avviò con me. Mi pareva di essere in uno strano sogno. Una sensazione di felicità, vergogna, calore, desiderio e imbarazzo quasi mi toglieva il fiato. Pattinammo per un buon quarto d'ora. Poi, in una piazzola, liberò piano le piccole mani, disse «Grazie tante» e proseguì da sola, mentre io mi toglievo troppo tardi il berretto di pelliccia e rimanevo lì per un po', immobile. Solo più tardi mi resi conto che per tutto quel tempo non aveva detto una sola parola.

Il ghiaccio si sciolse e io non potei ripetere il mio tentativo. Fu la mia prima avventura amorosa. Tuttavia passarono ancora diversi anni prima che il mio sogno si avverasse e la mia bocca potesse sfiorare una rossa bocca di fanciulla.

(da *Racconti*, Mondadori, trad. M. Bistolfi)

BEPPE FENOGLIO

L'addio

Dopo la terza elementare suo padre lo tolse da scuola, inutilmente il vecchio maestro Alliani venne su fino alla Collera[1] per dire a suo padre che era un peccato, che a continuare le scuole quel suo figlio poteva riuscire maestro, o veterinario o speziale.[2] Poteva avere tutto quel pane nelle mani, ma suo padre non poteva dargli il lievito per cominciarlo.[3] Disse al maestro Alliani che sapeva far la firma, scrivere una lettera ai parenti se in casa fosse mancato qualcuno, e per contare sapeva contare fino a una cifra che non avrebbe mai avuta in soldi. E poi gli disse: «Come volete che lo tenga agli studi, se non posso nemmeno passarvi il caffè a voi che per l'interessamento avete montata una collina, alla vostra età!».

Suo padre aveva in testa di metterlo subito da servitore su una qualche langa[4] e dové ringraziare una pleurite[5] che gli venne nell'autunno se il servizio venne procrastinato.[6] Durante la malattia sua madre fece una pratica per farlo entrare nel seminario di Mondovì,[7] padrone poi lui di prendere la veste o

[1] *Collera*: è il nome della cascina dove vive e lavora la famiglia del protagonista.
[2] *speziale*: farmacista.
[3] *Poteva... cominciarlo*: espressione figurata per dire che al padre mancano le possibilità economiche per mantenere il figlio agli studi e consentirgli così di mettere a frutto le sue capacità.
[4] *langa*: termine piemontese per «collina». E «Langhe» è appunto il nome della zona collinosa del Piemonte meridionale in cui si colloca la vicenda del racconto.
[5] *pleurite*: grave malattia ai polmoni.
[6] *venne procrastinato*: venne rimandato.
[7] *Mondovì*: cittadina del Piemonte, nella zona di Cuneo, come gli altri paesi citati più avanti (Murazzano, Mombarcaro ecc.).

di tornare nella vita con un'istruzione. Ma avevano da offrire troppo poco per venire in qualcosa almeno pari e del seminario non si parlò più. Mentre si aspettava che lui si rimettesse dalla pleurite, faceva le solite cose di quando andava a scuola: tagliar legna, tirar l'acqua al pozzo e soprattutto pascolare.

Pascolare gli piaceva, a differenza degli altri ragazzi che ci pativano tra bestie, erba e nuvole, e passavano il tempo pensando alle mattinate di festa che potevano giocare al pallone ai tetti[8] od alle sere nelle stalle che potevano giocare a carte, con la posta di bottoni, ai pericolosi giochi dei padri.[9] Gli altri ragazzi si chiamavano, da bricco a bricco,[10] con grida selvagge, col solo nome facevano tutto un discorso. Lui, il ragazzo della Collera, non chiamava mai, non sentiva il bisogno di discorrere con nessuno. Il suo stroppo[11] era il più piccolo di tutti, e le pecore erano disciplinate da non richiedere nemmeno una guardata di tanto in tanto, e lui da quando veniva a quando sentiva l'Ave[12] al campanile di Murazzano pensava e girava gli occhi tutt'intorno. Guardava su a Mombarcaro e giù a San Benedetto, e poi Niella e Bossolasco e la punta del campanile di Serravalle, guardando lungo e profondo nella valle di Belbo,[13] arrivava con gli occhi fin dove per la lontananza le ultime colline non eran più che una nuvola d'incenso in chiesa. E gli faceva effetto pensare che andar da servitore voleva dire anzitutto lasciar questi posti e tutti i giorni se li imprimeva bene negli occhi, era arrivato al punto che chiudeva gli occhi e puntava il dito e riaperti gli occhi il dito era puntato sul campanile del paese fissato per il gioco. E c'era sempre un silenzio che lui poteva sentire l'uggiolo[14] del suo cane dalla Collera lontana, legato alla catena trecentosessantacinque giorni dell'anno.

[8] *giocare al pallone ai tetti*: giocare al pallone tra le case del paese.
[9] *potevano... padri*: potevano giocare, con bottoni al posto delle monete, agli stessi giochi di carte nei quali i loro padri rischiavano grosse somme.
[10] *da bricco a bricco*: da una cima all'altra. «Bricco» è un termine della parlata regionale piemontese.
[11] *stroppo*: termine regionale per «gregge».
[12] *a quando sentiva l'Ave*: all'ora del tramonto.
[13] *Belbo*: fiume che attraversa le Langhe gettandosi poi nel Tanaro.
[14] *uggiolo*: mugolio, guaito.

A un ragazzo al pascolo non succede mai niente, ma lui non ne soffriva perché proprio mentre era al pascolo si faceva succedere nella testa tutto quel che voleva.

Ma un giorno, successe proprio qualcosa. Per la strada della langa, dritto sul suo prato, vennero un cinque o sei ragazze delle cascine tutt'intorno a Murazzano, che lui conosceva solo di vista. Andavano certo per funghi e portavano arrotolato alla vita il gran grembiale delle loro madri, come per una raccolta mai vista. Lui s'era appiattito sull'erba, come aveva visto spuntar le loro teste per l'erta,[15] ma le ragazze si fermarono proprio sul fosso del suo prato e una gli mandò una voce. Una forza oscura lo teneva contro la terra e per alzarsi fece uno sforzo che anche a lui diede la sensazione di quanto era stato goffo. Venne incontro al fosso, ma non poteva sopportare lo sguardo fisso di quelle cinque ragazze, e pensò bene di girarsi un paio di volte a guardare indietro le sue bestie.

«Tu sei il ragazzo della Collera» gli fece una di quelle.

«Son proprio io» disse lui con la voce che gli mancava.

«Tu che sei pratico di questi posti più alti dei nostri, dicci dove vengono meglio i funghi.»

Lui parlò, checchezzando,[16] dei boschi sotto Costalunga, e mostrò loro la strada.

Le ragazze accennarono della testa, ma non si muovevano. Forse volevano solo prender fiato dopo l'erta di Monte Berico, ma lui perse la testa e senza fare o dire scappò giù per il suo prato, oltre le bestie, fino in fondo e si intanò nel castagneto. Gli arrivò dietro una sola alta e lunga risata da una di quelle ragazze, e quando lui sentì i loro passi lontanare alzò la testa e tornò sul prato.

Era spaventato e umiliato come se gli fosse capitato qualcosa di vergognoso e che purtroppo non sarebbe finito lì, si rimise giù a sedere col petto premuto da un qualcosa. Di quelle cinque ragazze lui ne aveva notata, pur col suo sguardo spa-

[15] *erta*: salita.
[16] *checchezzando*: balbettando. Il verbo, evidentemente onomatopeico, è un'invenzione linguistica dell'autore.

ventato, una: aveva i capelli biondi e quando girò la testa per seguire il suo dito che segnava Costalunga lui vide che li aveva riuniti dietro in un'unica treccia. Le altre avevano le calze di lana nera, lei invece era a gambe nude, e le sue gambe erano dritte e sottili, quasi senza ginocchio, come quelle dei capretti. Ripensandoci, trovò che le aveva preso anche gli occhi, o forse era solo una sua invenzione di dopo, e che erano più profondi e più vecchi di quelli delle altre ragazze. Non doveva mangiare più di quel che mangiava lui.

Cominciò a pensarla, da quello stesso giorno, e tutti i giorni aggiungeva un pezzo alla figura di lei: non poteva pensare più a nient'altro, e questo nuovo motivo gli faceva più ricca e curiosa la vita, lo faceva svegliar più presto ed addormentarsi più tardi.

Seppe chi era e il suo nome la domenica dopo: lei era in chiesa e passò poi con le altre alla dottrina. Chiedere gli costò molto, ma il ragazzo di cui si fidò gli disse tutto quel che voleva sapere: si chiamava Nella ed era detta Nella della Mellea perché i suoi avevano in mezzadria[17] la cascina della Mellea, che era la più povera di tutto il territorio di Murazzano. Ed era sorella di quattro fratelli. Due dei più giovani erano suoi compagni della dottrina. Ebbene, quei due ragazzi, che prima gli erano lontani come se vivessero dieci colline distante, adesso gli apparivano importanti, perché spartivano con Nella la vita di tutti i giorni e la vedevano fare e la sentivano dire tutto quello che faceva e diceva. Adesso lui si sentiva di difenderli contro Emiliano del Fado, che era il più forte di loro ragazzi, così forte che i vecchi gli pronosticavano un avvenire famoso per sfide e vittorie. Ebbene lui per loro sarebbe andato contro ad Emiliano del Fado che poteva abbatterlo con un dito.

Lungo le settimane lui la pensava tanto che non gli sembrava impossibile che un giorno o l'altro lei gli comparisse davanti, chiamata, portata via da dove stava da quella stessa forza che gliela faceva pensare. Seduto sul prato, gli occhi fissi al-

[17] *in mezzadria*: la mezzadria, oggi praticamente scomparsa, è un contratto agrario per cui il padrone della terra e il colono che la prende in affitto si spartiscono a metà i prodotti agricoli ottenuti nel corso dell'anno.

l'orizzonte ma senza veder niente, aveva la facoltà e la felicità di chiamar Nella e di vederla subito comparire dove lui sceglieva, uscire dal folto del castagneto se lui voleva riceverla immobile, oppure profilarsi sulla strada se lui voleva voltarsi. Nella si muoveva, parlava, stava, tutto come voleva lui, salutava arrivando e partendo proprio come voleva lui, con gesti e parole che lui aveva preparato per lei, fatti e dette nella misura e col tono che lui voleva. Diceva lei poche parole, ma davano il via a lunghi discorsi di lui che lei ascoltava in un modo che mai nessun uomo ebbe una ragazza a pendergli dalle labbra così e nessun uomo guardato con occhi più stregati[18] di Nella.

In quel tempo suo padre lo portò con sé alla fiera di Carrù e così lui comprò per Nella un boccettino,[19] spendendoci tutti i suoi dieci soldi,[20] e lo teneva a casa sotto il pagliericcio, aspettando il giorno che avrebbe potuto darglielo e potevano correrci degli anni.

Tutte le domeniche la vedeva alla messa, sempre alla stessa distanza, ma a lui bastava che ci fosse, e vedendola si convinceva che gli bastava, che non avesse il bisogno di parlarle. Solo una cosa gli bruciava di sapere, se era stata lei a ridere quella prima volta dei funghi. Era l'unico suo brutto pensiero, e se ci si fermava sopra allora finiva col dirsi che Nella l'aveva già perduta quel primo giorno.

Venne, a rinforzargli in testa quella disperazione, la festa di San Lorenzo, una festa nella quale egli avrebbe voluto essere sottoterra. Avevano impiantato in piazza i giochi e c'era intorno tutta la gente e ci vide tra i suoi fratelli Nella. C'erano le pignatte e l'albero della salsiccia,[21] e in più un gioco nuovo,

18 *stregati*: innamorati, affascinati.

19 *un boccettino*: di profumo o, come dicevano i contadini delle Langhe, «acqua di odore».

20 *soldi*: il soldo era un ventesimo della lira.

21 *pignatte... albero della salsiccia*: due giochi molto in uso nelle feste popolari di un tempo. Nel gioco della pignatta chi fosse riuscito, bendato, a rompere con un bastone un recipiente di terracotta, ne avrebbe ricevuto in premio il contenuto. L'albero della salsiccia, invece, era un palo unto di grasso e dunque molto scivoloso, al quale erano appese delle salsicce. Chi fosse riuscito ad arrampicarsi fino in cima, avrebbe avuto le salsicce.

quello di prender con la lingua uno scudo[22] d'argento appiccicato al fondo sporco di una casseruola sospesa ad un filo: era sporco di fuliggine e di sterco di gallina. Già alcuni ragazzi ci avevano provato, ma la monetina era sempre là incollata, e quelli se ne erano andati tra la gente che rideva con bestemmie da grandi e sputando e togliendosi lo sporco dalla bocca. Era tremendamente difficile poi, ad ogni leccata la pentola oscillava e tornava in faccia al ragazzo, che l'aspettava inginocchiato su una sedia come uno che fosse da giustiziare.

Lui si atterrì quando suo padre lo mandò a provarcisi. Lui gridò di no. «Perché tu no? Ci si sono provati dei ragazzi che i loro padri possono accecar di soldi il tuo di padre»[23] disse suo padre. Lui ripeté di no, per Nella, solo per lei, parlava forte mentre suo padre parlava basso perché la gente intorno non sentisse che lui lo sforzava. Lui disse che provava alle pignatte, c'erano dentro salami e uova. Ma suo padre gli disse: «Vai alla moneta, val più lo scudo che tutte le pignatte». E si mise a gridare per chiedere il passo alla gente, rideva e diceva che suo figlio ce l'avrebbe fatta. Lui passò davanti a Nella, sentendola senza vederla, si inginocchiò davanti alla sedia chiamando dentro sua madre come avrebbe fatto in punto di morte e quando fu pronto dettero l'andi[24] alla pentola.

Gli diedero più tempo che agli altri, ma lui per il piangere non vedeva nemmeno la moneta, fuggì rovesciando la sedia, e inghiottendo lo sporco fuggì verso la chiesa. Sentiva dietro di sé la corsa pesante di suo padre e quando fu per essere raggiunto deviò verso il muro della chiesa e ci rimase lì come schiacciato contro da un carro, che piangeva disperato, sporco in faccia e con in bocca quel sapore. Suo padre lo pulì bene col fazzoletto, s'era messo ginocchioni sul selciato per farlo, si guardava in giro e poi gli disse: «Non dirlo a tua madre. Adesso ti porto a casa, ma tu non dirlo a tua madre».

Ma per lui non contava sua madre, contava la figura con

22 *scudo*: moneta da cinque lire.
23 *possono... padre*: sono molto più ricchi di tuo padre.
24 *l'andi*: l'avvio, il movimento.

Nella che se aggiunta a quella risata l'aveva persa una volta per tutte.

Ad ogni modo pensava sempre a Nella, e se la sognava persino di notte, ed al mattino se ne ricordava subito e bene, dimodoché passava la giornata con indosso un senso di destino.

Un giorno non poté più star lontano e lasciando le pecore da loro che se i suoi venivano a saperlo l'ammazzavano, calò verso la Mellea. Non voleva incontrar Nella, moriva di paura a pensarci, ma voleva veder da vicino il suo tetto e le piante che ci crescevano intorno e sentir l'aria che lei respirava. Ci stette chissà quanto, senza che sentisse un rumore nella casa, o che uno della famiglia uscisse sull'aia. Alzando gli occhi lesse l'ora nel colore dell'aria e spaventato scappò su al suo bricco.

Poi venne a sapere per un discorso che fece a casa suo padre che quel disperato del padre di Nella emigrava in Francia per non crepare a Murazzano di fame e sotto i debiti. Ne aveva parlato all'osteria e aveva già detto quel che avrebbero fatto una volta in Francia, con un po' di fortuna. Lui avrebbe fatto il vinattiere,[25] i figli da servitori nelle campagne e Nella la filandiera.[26] Aveva venduto tutto il cavià[27] per fare il viaggio.

Lui seppe la mattina che partivano e uscì dal letto e da casa come un topo. Andò a nascondersi dietro una gaggia,[28] prima dell'ultima curva della pedaggera[29] al mare. Aspettò lì e vide poi venir su il carro pieno di masserizie e le persone aggrappate a quelle. Gli passarono davanti e lui vide bene un'ultima volta la treccia unica ed il profondo sguardo di lei. Andò dietro per un tratto, avanzando curvo dietro la gaggia. Sul carro erano tutti silenziosi e nessuno si voltava indietro. Prima di voltare nell'ultima curva della pedaggera, il padre fermò il cavallo e disse ai figli: «Figlioli, voltatevi e guardate bene Mu-

[25] *vinattiere*: vinaio, oste.
[26] *filandiera*: operaia nella filanda, opificio in cui si lavoravano le fibre tessili.
[27] *tutto il cavià*: tutti i suoi averi. «Cavià» è una voce dialettale del Piemonte del sud.
[28] *gaggia*: grande arbusto dai fiori gialli.
[29] *pedaggera*: sono dette così le strade sulle quali, un tempo, si doveva pagare un pedaggio, cioè una tassa di transito.

razzano perché è l'ultima volta che lo vedete». Tutti si voltarono in silenzio e lui poté veder bene Nella. Poi si rivoltarono e l'uomo ridiede al cavallo[30] e se ne andarono. Lui non seguì oltre, perché l'aveva vista bene Nella e poi l'ultima curva della pedaggera era per lui la fine del mondo.

Se ne tornò a casa, così pronto e disposto, adesso, ad andar lontano da servitore.

(da *Un giorno di fuoco*, Einaudi)

[30] *ridiede al cavallo*: incitò nuovamente il cavallo.

STEFANO BENNI

La storia di Pronto Soccorso e Beauty Case

> Quando il gioco diventa duro
> i duri incominciano a giocare.
> JOHN BELUSHI

Il nostro quartiere sta proprio dietro la stazione. Un giorno un treno ci porterà via, oppure saremo noi a portar via un treno. Perché il nostro quartiere si chiama Manolenza, entri che ce l'hai ed esci senza. Senza cosa? Senza autoradio, senza portafogli, senza dentiera, senza orecchini, senza gomme dell'auto. Anche le gomme da masticare ti portano via se non stai attento: ci sono dei bambini che lavorano in coppia, uno ti dà un calcio, tu sputi la gomma e l'altro la prende al volo. Questo per dare un'idea.

In questo quartiere sono nati Pronto Soccorso e Beauty Case. Pronto Soccorso è un bel tipetto di sedici anni. Il babbo fa l'estetista di pneumatici, cioè ruba gomme nuove e le vende al posto delle vecchie. La mamma ha una latteria, la latteria più piccola del mondo. Praticamente un frigo. Pronto è stato concepito lì dentro, a dieci gradi sotto zero. Quando è nato invece che nella culla l'hanno messo in forno a sgelare.

Fin da piccolo Pronto Soccorso aveva la passione dei motori. Quando il padre lo portava con sé al lavoro, cioè a rubare le gomme, lo posteggiava dentro il cofano della macchina. Così Pronto passò gran parte della giovinezza sdraiato in mezzo ai pistoni, e la meccanica non ebbe più misteri per lui. A sei anni si costruì da solo un triciclo azionato da un frullatore. Faceva venti chilometri con un litro di frappé: dovette smontarlo quando la mamma si accorse che le fregava il latte.

Allora rubò la prima moto, una Guzzi Imperial Black Mammuth 6700. Per arrivare ai pedali guidava aggrappato sotto al serbatoio, come un koala[1] alla madre: e la Guzzi sembrava il vascello fantasma,[2] perché non si vedeva chi era alla guida.

Subito dopo Pronto costruì la prima moto truccata, la Lamboturbo. Era una comune lambretta ma con alcune modifiche faceva i duecentosessanta. Fu allora che lo chiamammo Pronto Soccorso. In un anno si imbussò[3] col motorino duecentoquindici volte, sempre in modi diversi. Andava su una ruota sola e la forava, sbandava in curva, in rettilineo, sulla ghiaia e sul bagnato, cadeva da fermo, perforava i funerali, volava giù dai ponti, segava gli alberi. Ormai in ospedale i medici erano così abituati a vederlo che se mancava di presentarsi una settimana telefonavano a casa per avere notizie.

Ma Pronto era come un gatto: cadeva, rimbalzava e proseguiva. A volte dopo esser caduto continuava a strisciare per chilometri: era una sua particolarità. Lo vedevamo arrivare rotolando dal fondo della strada fino ai tavolini del bar.

«Sono caduto a Forlì» spiegava.

«Be', l'importante è arrivare» dicevo io.

Beauty Case[4] aveva quindici anni ed era figlia di una sarta e di un ladro di Tir. Il babbo era in galera perché aveva rubato un camion di maiali e lo avevano preso mentre cercava di venderli casa per casa. Beauty Case lavorava da aspirante parrucchiera ed era un tesoro di ragazza. Si chiamava così perché era piccola piccola, ma non le mancava niente. Era tutta curvettine deliziose e non c'era uno nel quartiere che non avesse provato a tampinarla, ma lei era così piccola che riusciva sempre a sgusciar via.

[1] *koala*: piccolo animale australiano simile a un orsetto. Porta i piccoli in una tasca del ventre detta marsupio.

[2] *vascello fantasma*: veliero che, secondo una antica leggenda, percorreva i mari senza equipaggio.

[3] *si imbussò*: andò a sbattere contro qualcosa.

[4] *Beauty Case*: in inglese, letteralmente: scatola di bellezza. Il termine si usa per indicare la borsetta da viaggio che contiene il necessario per il trucco.

Era una sera di prima estate, quando dopo un lungo letargo gli alluci vedono finalmente la luce fuori dai sandali. Pronto Soccorso gironzolava tutto pieno di cerotti e croste sulla Lambroturbo e un chilometro più in là Beauty mangiava un gelato su una panchina.

Aggiungo tre particolari:

Uno: in estate Beauty portava delle minigonne che la mamma le faceva con le vecchie cravatte del babbo. Con una cravatta gliene faceva tre.

Due: quando Beauty si sedeva, accavallava le gambe come neanche la più top delle top model, e aveva delle bellissime gambe con la caviglia snella e scarpini rossi con un tacco che ti si infilzava dritto nel cuore.

Tre: quando Beauty leccava un gelato, tutto il quartiere si fermava. Avete presente il film quando Biancaneve canta nella foresta, e si ritrova intorno tutti i coniglietti e i daini e le tortore e i pappataci[5] che cantano con lei? Bene, la scena era uguale.

Allora, dicevamo che era una sera di prima estate e gli uccellini stavano sugli alberi senza cinguettare perché col casino che faceva la moto di Pronto era fatica sprecata. Si udì da lontano la famosa accelerata in quattro tempi andante mosso allegretto[6] scarburato e poi Pronto arrivò nel vialetto dei giardini guidando senza mani e con un piede che strisciava per terra, se no non era abbastanza pericoloso. Vide Beauty e cacciò un'inchiodata storica. L'inchiodata per la verità non ci fu perché, per motivi di principio, Pronto non frenava mai. La prima cosa che faceva quando truccava un motorino era togliere i freni. «Così non mi viene la tentazione» diceva.

Quindi Pronto andò dritto e finì sullo scivolo dei bambini, decollò verso l'alto, rimbalzò sul telone del bar, finì al primo piano di un appartamento, sgasò nel tinello, investì un frigorifero, uscì nel terrazzo, piombò giù in strada, carambolò con-

[5] *pappataci*: insetti simili ai moscerini.
[6] *andante... allegretto*: termini specialistici del linguaggio musicale, qui usati scherzosamente per descrivere le fasi dell'accelerazione.

tro un bidone della spazzatura, sfondò la portiera di una macchina, uscì dall'altra e si fermò contro un platano.

«Ti sei fatto male?» disse Beauty.

«No» disse Pronto. «Tutto calcolato.»

Beauty fece «ah» con la lingua mirtillata in bella vista. Restarono alcuni istanti a guardarsi, poi Pronto disse:

«Bella la tua minigonna a pallini.»

E Beauty disse:

«Belli i tuoi pantaloni di pelle.»

Quali pantaloni? stava per chiedere Pronto. Poi si guardò le gambe: erano talmente piene di crostoni, cicatrici e grattugiate sull'asfalto che sembrava avesse le braghe di pelle. Invece aveva le braghe corte.

«Sono un modello Strade di fuoco»[7] disse. «Vuoi fare un giro in moto?»

Beauty ingoiò il gelato in un colpo solo, che era il suo modo per dire di sì. Salì in moto e si strinse forte al petto di Pronto e disse:

«Ma tu la sai guidare la moto?»

A quelle parole Pronto fece un sorriso da entrare nella storia, sgasò una nube di benzoleone[8] e partì zigzagando contromano. Chi lo vide, quel giorno, dice che faceva almeno i duecentottanta. La forza dell'amore! Si sentiva il rumore di quel tornado che passava, e non si vedeva che un lampo di stella filante. Pronto curvava così piegato che invece dei moscerini in faccia doveva stare attento ai lombrichi. E Beauty non aveva neanche un po' di paura, anzi strillava di gioia. Fu allora che lui capì che era la donna della sua vita.

Quando Pronto arrivò davanti a casa di Beauty, impennò la moto e Beauty volò attraverso la finestra, precisa sulla poltrona del salotto. La mamma se la vide davanti e disse:

«Dov'eri che non ti ho neanche sentita rientrare?»

In quello stesso momento si udì il rumore di Pronto che si fermava contro la saracinesca di un garage. Si tirò su: la moto

[7] *modello Strade di fuoco*: la frase di Pronto si riferisce all'abbigliamento del protagonista di *Strade di fuoco*, un film del regista americano W. Hill.
[8] *benzoleone*: termine d'invenzione per indicare il gas di scarico del motore.

aveva perso una ruota e il serbatoio. Roba da ridere: si riempì la bocca di benzina e tornò a casa su una ruota sola sputando un sorso alla volta nel carburatore.

Si stese sul letto e dichiarò a quattro scarafaggi:

«Sono innamorato.»

«E di chi?» chiesero quelli.

«Di Beauty Case.»

La sera dopo Pronto e Beauty uscirono di nuovo insieme. Dopo trenta secondi Pronto chiese se poteva baciarla. Beauty ingoiò il gelato.

Iniziarono a baciarsi alle nove e un quarto e stando ad alcuni testimoni il primo a respirare fu Pronto alle due di notte.

«Baci bene, dove hai impara...» voleva dire, ma Beauty gli si era incollata di nuovo e finirono alle sei di mattina.

Quando tornò a casa e la mamma chiese «Cos'hai fatto con quel ragazzo del motorino?» Beauty disse: «Niente mamma, solo due baci». Non mentiva, la ragazza.

Così l'amore tra i due illuminò il nostro quartiere, e ci sentivamo così felici che quasi non rubavamo più.

Sì, eravamo tutti dei cittadini modello o quasi, finché un brutto giorno non arrivò nei quartiere Joe Blocchetto, l'asso degli agenti della Polstrada. Arrivò con la divisa di cuoio nera, stivali sadomaso e occhiali neri. Sopra il casco portava la scritta: *«Dio sa ciò che fai ogni ora, io quanto fai all'ora»*.

Ogni motorizzato della città tremava quando sentiva il nome di Joe Blocchetto. Non c'era mezzo al mondo che lui non avesse multato. Quando capitava in una strada dove c'erano auto in sosta vietata, estraeva il blocchetto e sparava multe come un mitra. Tutti, prima di parcheggiare, guardavano se Joe Blocchetto sostava nei paraggi. Se non c'era, facevano la marcia indietro e quando si voltavano trovavano già la multa sul tergicristallo. Così colpiva veloce e invisibile Joe Blocchetto, l'uomo che aveva multato un carro armato perché non aveva i cingoli[9] di scorta.

Joe arrivò una sera nel quartiere sulla sua Misubishi Mu-

[9] *cingoli*: nastri formati da segmenti metallici collegati da ganci. Si applicano alle ruote di certi autoveicoli per consentire la marcia su terreni accidentati.

stang blindata, una moto giapponese da duecento all'ora. Al suo passaggio i tergicristalli delle auto si rattrappivano per la paura, e le gomme si sgonfiavano. Posteggiò davanti al bar ed entrò. Si sfilò lentamente i guanti guardandoci con aria di sfida. Alla cintura gli vedemmo i due blocchetti per le multe, calibro cinquantamila.

«Qualcuno di voi» disse «conosce un certo Pronto Soccorso che si diverte a correre da queste parti?»

Nessuno rispose. Nel silenzio Blocchetto fece risuonare gli stivali sul pavimento, e si fermò alle spalle di un giocatore di carte.

«Lei è il signor Podda Angelo, proprietario di un'auto targata CRT 567734?»

«Sì» ammise il giocatore di carte.

«Tre anni fa io la multai perché aveva le gomme lisce. Dissi che se non le cambiava la prossima volta le avrei ritirato la patente.»

Nulla sfuggiva alla memoria di Joe Blocchetto.

«Allora» incalzò l'agente, implacabile «vuole dirmi dove posso trovare Pronto Soccorso o andiamo a dare una controllatina alla sua auto?»

«Parlerò» disse il giocatore. «Pronto passa tutte le sere all'incrocio di via Bulganin con la quarantaduesima.»

Era la verità. Dopo essere andato a prendere Beauty, tutte le sere Pronto attraversava il grande incrocio. Passava col rosso a una velocità vicina ai centocinquanta, con Beauty dietro che sventolava come un fazzoletto.

A quell'incrocio si mise in agguato Joe Blocchetto. Nascondersi era una sua specialità. Sul cavalcavia proprio sopra l'incrocio c'era il cartellone pubblicitario di uno spumante. Lo slogan diceva: «Sapore per pochi». Era una foto di nobiluomini e nobildonne che sorseggiavano coppe in un grande giardino. Sullo sfondo una villa settecentesca, e sullo sfondo ancora le officine Bazzocchi fumanti e puzzolenti: quella non era pubblicità, era il nostro quartiere. Appena messo su il cartellone era stato affumicato dai miasmi industriali, e i nobiluomini e le nobildonne erano neri di polvere e intossicati e sembravano dire: meno male che è un sapore per pochi. Guardando bene la fotografia, tra i signori in smoking e le signore in lungo, si poteva notare dietro il buffet un volto inconfondibile con gli occhiali neri. Era Joe Blocchetto mimetizzato.

Quella sera come tutte le sere Pronto Soccorso passò sotto la finestra di Beauty e la chiamò con un fischio. Beauty si lanciò dalla finestra atterrando sulla moto. Erano ormai abilissimi in questa manovra. Quando arrivarono all'incrocio, il semaforo era rosso. Appena Pronto lo vide lanciò la moto a tutta manetta. Fu allora che ci fu movimento nel cartellone pubblicitario e si vide Joe Blocchetto farsi largo tra la gente in abito da sera, ribaltare un vassoio di bicchieri e saltar giù nella strada.

Mancavano meno di cento metri all'incrocio. Pronto vide Joe attenderlo coi due blocchetti di multe puntati e non esitò. Frenò con i piedi e fece girare la Lambroturbo su se stessa. Mentre la moto ruotava vertiginosamente e mandava scintille, continuava a frenare con tutto: con le mani, con la borsetta di Beauty, con un cacciavite che piantava nell'asfalto, con i denti. Uno spettacolo impressionante: il rumore era quello di una fresa, volavano in aria pezzi di strada e brandelli di moto. Ma Pronto Soccorso fu grande. Con un'ultima sbandata azzannò l'asfalto e si fermò esattamente con la ruota sulla striscia pedonale.

Joe Blocchetto ingoiò la bile e si avvicinò lentamente. La moto fumava come una locomotiva e le gomme erano fuse. Joe Blocchetto girò un po' intorno e poi disse:

«Gomme un po' lisce, vero?»

«Quella moto le ha più lisce di me» disse Pronto.

«Quale moto?» disse Blocchetto, e si girò. Quando si rigirò Pronto aveva già montato due gomme nuove.

Ma Blocchetto non si diede per vinto.

«Su questa moto non si può andare in due.»

«E mica siamo in due.»

Era vero. Non c'era più traccia di Beauty. Joe Blocchetto la cercò sotto il serbatoio, ma non la trovò. Beauty si era infilata nella marmitta. Ma non resistette al calore e dopo un po' schizzò fuori mezzo arrostita.

Joe Blocchetto lanciò un urlo di trionfo.

«Duecentomila di multa più il ritiro della patente più le responsabilità penali con la signorina minorenne. Hai chiuso con la moto, Pronto Soccorso!»

Dal cavalcavia dove osservavamo la scena, rabbrividimmo. Pronto senza moto era come un fiore senza terra. Sarebbe avvizzito. E con lui quell'amore di cui tutti eravamo fieri. Che fare?

Joe aveva già appoggiato la penna sul blocchetto fatale quando sentì un rumore di clacson. Si voltò e...

Tutta la strada era piena di auto. Alcune erano posteggiate contromano, altre sul marciapiede: c'era chi l'aveva messa verticale appoggiata a un albero, chi sopra il tetto di un'altra. Due auto erano posteggiate a sandwich[10] intorno alla moto di Joe Blocchetto, una stava a ruote all'aria in mezzo al ponte con la scritta "Torno subito". Due camionisti facevano a codate con i rimorchi in mezzo allo svincolo dell'autostrada.[11] I vecchi del quartiere erano usciti con biciclette anteguerra e guidavano chi senza mani, chi con un piede sul manubrio, chi in gruppi piramidali di cinque: sembrava il carosello[12] dei carabinieri. Completavano il quadro una vecchietta che guidava una mietitrebbia[13] e sei gemelli su una bicicletta senza freni.

Joe Blocchetto prese a tremare come se avesse la malaria. Era in aspra tenzone[14] con se stesso. Da una parte c'era Pronto in trappola, dall'altra la più spaventosa serie di infrazioni mai vista a memoria di vigile. La mascella gli andava su e giù come un pistone.

Ed ecco che gli passò vicino un cieco su una Maserati rubata senza marmitta, gli sgasò in faccia e disse:

[10] *posteggiate a sandwich*: disposte in modo da tenere chiusa in mezzo la moto di Joe Blocchetto. «Sandwich» è un termine inglese largamente usato anche in italiano per «panino imbottito».

[11] *svincolo dell'autostrada*: tratto di strada che fa da raccordo tra la rete stradale ordinaria e l'autostrada.

[12] *carosello*: sfilata, parata.

[13] *mietitrebbia*: grande macchina agricola.

[14] *in aspra tenzone*: in dura lotta.

«Ehi pulismano,[15] dov'è una bella strada frequentata da far due belle pieghe a tutta manetta?»

Joe Blocchetto si portò il fischietto alla bocca, ma non riuscì a cavarne alcun suono. Stramazzò al suolo. Avevamo vinto.

Ora Joe Blocchetto è stato dimesso dal manicomio e dirige un autoscontro al Luna-Park.

Pronto e Beauty si sono sposati e hanno messo su un'officina.

Lui trucca le auto, lei le pettina.

(da *Il bar sotto il mare*, Feltrinelli)

[15] *pulismano*: versione scherzosamente italianizzata del termine inglese *policeman*, «poliziotto».

ANNA FRANK

Ieri è stata una giornata molto importante per me...

Domenica, 19 marzo 1944

Cara Kitty,

ieri è stata una giornata molto importante per me.[1] Avevo deciso di aprirmi finalmente con Peter.[2] Poco prima di andare a tavola gli mormorai: «Farai stenografia[3] questa sera, Peter?». «No» rispose. «Ti vorrei ugualmente parlare, più tardi.» Egli accondiscese. Dopo la lavatura dei piatti, per salvare le apparenze rimasi un po' vicino alla finestra nella camera dei suoi genitori, ma poco dopo mi recai da Peter. Egli stava in piedi alla sinistra della finestra aperta, io andai a pormi alla destra e conversammo. Era molto più facile parlare presso la finestra aperta in quella relativa oscurità che in piena luce, e credo che Peter fosse dello stesso avviso.[4]

Ci raccontammo tante cose, tante che non saprei neppur ripeterle, ma fu assai bello; la più bella sera che io abbia mai passato nell'alloggio segreto. Posso tuttavia accennarti in breve ai diversi argomenti. Prima parlammo dei litigi, di fronte ai quali io ora avevo assunto tutto un altro atteggiamento, poi del nostro scostarci dai genitori.

[1] *Ieri... per me*: queste pagine sono tratte dal *Diario* di Anna Frank (vedi la nota 1 a pag. 75 nella sezione «Solitudine»). Il diario è scritto in forma di lettera perché Anna finge di rivolgersi a Kitty, la sua immaginaria amica del cuore.
[2] *Peter*: è il ragazzo di un'altra famiglia ebrea che si è unita ai Frank nell'alloggio segreto.
[3] *stenografia*: scrittura rapida, basata sull'uso di particolari abbreviazioni.
[4] *avviso*: opinione, idea.

Parlai a Peter di mamma e di papà, di Margot[5] e di me stessa. A un dato momento egli domandò:

«Voialtri avete l'abitudine di darvi la buona notte con un bacio, non è vero?»

«Uno solo? Molti, e voi no?»

«No, io non ho quasi mai baciato nessuno.»

«Nemmeno per il tuo compleanno?»

«Allora sì.»

Parlammo della nostra mancanza di confidenza coi nostri genitori, e come i suoi avrebbero ben desiderato godere la sua, ma era stato lui a non volerla concedere. Ci raccontammo che io sfogavo il mio corruccio a letto piangendo, e lui andava ad imprecare in soffitta; che Margot e io ci conosciamo bene da poco tempo e tuttavia non ci diciamo tutto, perché stiamo sempre insieme. Parlammo di tutto; oh, Peter è davvero come me lo immaginavo! Poi il discorso cadde sul 1942.[6] Come eravamo diversi! Nessuno dei due si riconosce più in quello di allora. Ricordammo che qui, al principio, non ci potevamo sopportare. Egli mi trovava faccendiera[7] e molesta e io in lui non trovavo proprio nulla, non capivo perché non mi corteggiava; ma ora sono felice. Menzionò anche la sua tendenza a isolarsi, e io gli dissi che fra il mio chiasso e il suo silenzio non c'è tanta differenza, che anch'io amo la quiete e non ho nulla per me sola, salvo il mio diario. Si dichiarò felice che i miei genitori abbiano figli e io dissi che sono felice di averlo qui, che ora comprendo la sua riservatezza e il suo contegno di fronte ai suoi genitori e lo aiuterei tanto volentieri. «Mi aiuti già sempre» disse. «E come?» domandai tutta stupita. «Con la tua gaiezza!» Fu la cosa più bella che egli mi abbia detto. Che gioia! Credo che abbia cominciato a volermi bene, ma da buon compagno, e per ora mi basta. Non ho più parole tanto sono grata e felice, e tu mi devi scusare, Kitty, se il mio stile oggi è piuttosto scadente.

5 *Margot*: è la sorella maggiore di Anna.
6 *1942*: è l'anno in cui è iniziata la «prigionia» nell'alloggio segreto.
7 *faccendiera*: impicciona, ficcanaso.

Ho scritto quello che mi veniva in mente. Ora ho la sensazione che Peter e io siamo partecipi di un segreto. Quando mi guarda con quegli occhi e con quel sorriso arguto[8] è come se una luce si accendesse dentro di me. Spero che duri così, e che potremo ancora passare tante piacevoli ore insieme.

La tua Anna grata e felice

Lunedì, 20 marzo 1944

Cara Kitty,

stamane Peter mi domandò se non potevo andarlo a trovare un po' più spesso la sera, e disse che non lo disturbavo affatto, che in camera sua come c'era posto per uno c'era posto per due. Gli feci osservare che non potevo venire tutte le sere, che i miei non lo trovavano conveniente, ma lui ribatté che non mi dovevo preoccupare di questo. Gli promisi allora di venire il sabato sera, e lo pregai di avvertirmi prima se ci fosse stata la luna. «Allora andremo sotto ad ammirare la luna» rispose.

Frattanto un'ombra è caduta sulla mia felicità. Già da un pezzo pensavo che anche Margot avesse simpatia per Peter. Fino a che punto gli voglia bene non lo so, ma ne sono molto seccata. Ogni volta che m'incontro con Peter debbo darle un grande dolore, e il bello è che riesce a dissimularlo[9] perfettamente.

So che io mi dispererei per la gelosia, ma Margot dice soltanto che non occorre io abbia pietà di lei.

«Dev'essere spiacevole per te far la parte del terzo incomodo» aggiunsi io. «Ci sono abituata» rispose con amarezza.

A Peter non oso raccontarlo, forse gliene parlerò dopo, per ora abbiamo ancora tante cose da dirci.

Ieri sera mamma mi ha dato uno scappellotto, che ho ben meritato. Nella mia indifferenza verso di lei non posso andare

[8] *arguto*: vivace.
[9] *dissimularlo*: nasconderlo.

troppo oltre. Bisogna dunque che provi di nuovo, nonostante tutto, a essere cortese e a tenere per me le mie osservazioni.

Anche Pim[10] non è più così cordiale. Cerca di trattarmi meno da bambina, ma allora diventa troppo freddo. Vedremo che succederà.

Per ora basta, non posso fare altro che guardare Peter e ho l'animo colmo!

La tua Anna

Una prova della bontà di Margot; questa lettera che ho ricevuto oggi, 20 marzo 1944:

Anna, quando ieri ti ho detto di non essere gelosa di te, ero sincera solo a metà. Il fatto è questo, che io non sono gelosa né di te né di Peter. Mi dispiace solamente di non avere ancora trovato, *io*, nessuno a cui confidare i miei pensieri e i miei sentimenti; e certamente per ora non lo troverò. Ciò non significa che io invidi voi due perché siete divenuti amici. Vi mancano già troppe cose, qui, che per tutti gli altri sono fuori discussione.

D'altra parte sono sicura che con Peter non sarei mai andata troppo avanti, perché sento che avrei bisogno di trovarmi su di un piede d'intimità con colui che dovesse diventare mio amico. Dovrei avere la sensazione che egli mi comprenda, anche senza che io gli dica molto. Ma allora dovrebbe essere una persona a cui io riconosca una superiorità spirituale su di me, e questo non è certamente il caso di Peter. Fra voi due invece posso benissimo pensare che sia Peter ad avere la posizione preminente.

Non ti devi dunque affatto rimproverare di avermi tolto qualche cosa o di fare qualche cosa che spetterebbe a me; non sarebbe vero. Tu e Peter non avete che da guadagnare, frequentandovi.

Ed ecco la mia risposta:

Cara Margot, la tua lettera è molto cara, ma non mi ha messo tranquilla.

Per ora fra Peter e me non c'è affatto quella completa intimità che tu immagini, ma presso una finestra aperta e al buio ci si dicono più cose che in pieno sole. E i propri sentimenti si confidano meglio mormorandoli che strombazzandoli.[11] Credo che tu senta per Peter una

10 *Pim*: è l'affettuoso soprannome con cui Anna si riferisce al padre.
11 *strombazzandoli*: gridandoli ad alta voce.

specie di affetto fraterno e che tu sia ben disposta ad aiutarlo, almeno quanto lo sono io. Forse lo potrai anche fare, sebbene ciò non significhi quell'intimità che intendiamo noi. Penso infatti che l'intimità e la confidenza debbono essere reciproche, e credo pure che questa sia la ragione per cui fra il babbo e me sono rimaste incomplete.

E ora smettiamola e non parliamone più; se vuoi sapere altro, ti prego di chiedermelo per iscritto, perché riesco a esprimermi molto meglio così che a voce.

Tu non sai quanto io ti ammiri; vorrei soltanto avere io un po' della bontà tua e del babbo, perché in questo non v'è molta differenza fra voi due.

La tua Anna

Mercoledì, 22 marzo 1944

Cara Kitty,

ieri sera ho ricevuto questa lettera da Margot:

Carissima Anna, dopo la tua lettera di ieri ho la sgradevole impressione che tu provi dei rimorsi di coscienza quando vai a lavorare o a parlare con Peter; ma non ce n'è motivo. Nel mio intimo sento che qualcuno avrà diritto un giorno alla mia confidenza, ma per ora non tollererei Peter a quel posto.

È proprio così come tu scrivi: io considero Peter una specie di fratello, ma... un fratello minore; è come se avessimo emesso delle antenne l'uno verso l'altro cercando un contatto affettuoso e fraterno fra i nostri sentimenti, che forse si stabilirà più tardi e forse mai; finora siamo ben lungi da ciò. Non occorre dunque che tu abbia alcuna pietà di me. Goditi quanto più puoi la compagnia che ti sei trovata.

Intanto qui la vita è sempre più bella. Credo, Kitty, che questo nostro rifugio sarà forse il teatro di un vero e grande amore. Non penso affatto a sposarlo, sai, non so come diventerà, lui, col passare degli anni. Non so nemmeno se ci ameremo tanto da desiderare di sposarci. Che anche Peter mi voglia bene, ne ho ormai la certezza; come, non lo so.

Non sono ancora riuscita a scoprire se egli desidera soltanto un buon compagno o se io lo attraggo come ragazza, o come una sorella.

Quando disse che gli sono sempre di aiuto nei litigi fra i suoi genitori, mi riempì di gioia, come se avessi fatto un primo passo nella conquista della sua amicizia. Ieri gli domandai che cosa farebbe se qui ci fossero una dozzina di Anne e andassero sempre da lui. Mi rispose: «Se fossero tutte come te non sarebbe un gran male!». È straordinariamente cortese nell'accogliermi, e credo davvero che gli faccia piacere vedermi. Intanto studia il francese assiduamente, anche a letto, fino alle dieci e un quarto. Oh, se penso a quel sabato sera, alle nostre parole, al nostro stato d'animo, per la prima volta sono soddisfatta di me; intendo dire che, contrariamente al mio solito, ripeterei esattamente le stesse cose senza cambiar nulla.

È tanto bello, sia quando ride che quando guarda quietamente innanzi a sé, è tanto caro e buono. Credo che ciò che più lo ha sorpreso sia stato l'accorgersi che non sono affatto l'Anna superficiale che appare agli altri, ma una creatura sognante quanto lui e alle prese con le sue stesse difficoltà.

La tua Anna

(da *Diario*, Einaudi, trad. Arrigo Vita)

SUE TOWNSEND
Il mio diletto amore lascia questi lidi domani...

Venerdì 17 luglio
Luna piena

Il mio diletto amore lascia questi lidi domani.[1] L'accompagno all'aeroporto. Spero che il suo aereo non soffra di fatica del metallo.[2] Ho appena guardato l'atlante per vedere dov'è la Tunisia: meno male che Pandora non deve sorvolare il Triangolo delle Bermude.[3]

Se le succede qualcosa non potrò mai più sorridere.

Le ho portato un libro da leggere durante il viaggio. Si intitola *Crash!*[4] di un certo William Goldenstein III. È molto utile perché ti insegna cosa fare se succede il patatrac.

Sabato 18 luglio

Pandora ha letto *Crash!* sul pullman per l'aeroporto. Quando hanno chiamato il suo volo era leggermente isterica e suo papà ha dovuto trascinarla sulla scaletta. Ho salutato l'aereo

1 *Il mio... domani*: queste pagine sono tratte dal *Diario segreto di Adrian Mole di anni 13 e 3/4* di Sue Townsend, un romanzo scritto, come annuncia il titolo, in forma di pagine di diario. A differenza di Anna Frank (vedi pagg. 75, 100, 234) e di Grete, la ragazzina viennese (vedi pagg. 158, 198, 232), Adrian Mole dunque non è un personaggio reale ma una figura immaginaria, nella quale si riflettono però molti aspetti della vita dei ragazzi di oggi.
2 *non soffra... metallo*: le continue sollecitazioni a cui sono sottoposti gli aerei possono provocare dei cedimenti nelle loro strutture metalliche.
3 *Triangolo delle Bermude*: zona di mare al largo della costa atlantica degli Stati Uniti, in prossimità delle isole Bermude, dove sono avvenute strane sparizioni di navi e di aerei.
4 *Crash!*: in inglese, «scontro». È evidentemente parola onomatopeica.

con la mano finché non è sparito in una nuvola, poi tristemente sono tornato a casa. Come farò queste due settimane non lo so. Buona notte, mia bella tunisina!

Domenica 19 luglio
Quinta dopo la SS. Trinità

Sono stato a letto a guardare la carta geografica della Tunisia.

Lunedì 20 luglio

Ancora nessuna cartolina del mio amore.

Martedì 21 luglio

Oggi è venuto a trovarmi Bert.[5] Dice che la Tunisia è un paese pieno di pericoli.

Mercoledì 22 luglio

Perché non ho ancora ricevuto nessuna cartolina? Cosa sarà successo?

Giovedì 23 luglio

Ho chiesto al postino come sono le comunicazioni tra Inghilterra e Tunisia. Dice che sono «diaboliche». Dice che il servizio postale tunisino si serve ancora dei cammelli.

Venerdì 24 luglio
Ultimo quarto

Sono andato a trovare il signor Singh.[6] Dice che la Tunisia è antigienica. Tutti sanno tutto della Tunisia tranne me!

[5] *Bert*: vecchio signore solo, amico di Adrian.
[6] *il signor Singh*: è il proprietario di un piccolo emporio indiano che Adrian frequenta.

Sabato 25 luglio

Pandora! Pandora! Pandora!

Oh mio amor!
Ti brama il mio cuor!
Riarsa è la bocca, sì!
Riarsa è l'anima mia!
Tu in Tunisia,
io qui.
Ricordati di me,
versa una lacrima.
Torna abbronzata nera e in forma gran!
Beata te che tuo papà ci ha il gran!

Fra sei giorni è qui.

Domenica 26 luglio
Sesta dopo la SS. Trinità

Sono andato a prendere il tè dalla nonna. Ero triste e abbattuto a causa del soggiorno di Pandora in Tunisia. La nonna mi ha chiesto se ero stitico. A momenti le dicevo qualcosa, ma come si fa a spiegare *l'amore* a una donna di settantasei anni che crede che è una parolaccia?

Lunedì 27 luglio

La cartolina cammellata! Dice così:

Tesoro mio, qui le condizioni economiche sono terribili. Volevo comprarti un regalo ma invece ho dato tutti i miei soldi a un accattone.[7] Hai il cuore generoso tu, Adrian, e sono sicura che capirai.
Tutto il mio amore per l'eternità.

Per sempre tua
Pandora

Ma che bella idea dare i soldi del mio regalo a uno schifoso fannullone! Anche il postino è disgustato.

[7] *accattone:* poveraccio che chiede la carità.

Venerdì 31 luglio
Luna nuova

Pandora, l'amica del mendicante, torna a casa domani.

Sabato 1º agosto

Il volo di Pandora è stato sospeso a causa di uno sciopero dei facchini tunisini.

Domenica 2 agosto
Settima dopo la SS. Trinità

I facchini sono sempre in sciopero. Un accattone ha rubato al padre di Pandora la carta di credito dell'American Express. Pandora dice che sua mamma è stata morsicata da un cammello ma adesso la stanno medicando nella toilette delle donne all'aeroporto di Tunisi. È stato bellissimo risentire la sua voce al telefono, ci siamo parlati per più di mezz'ora. Com'è stata in gamba a riuscire a telefonare a carico del ricevente dalla Tunisia!

Lunedì 3 agosto
Giornata festiva in Scozia e nella repubblica d'Irlanda

I facchini tunisini hanno accettato di sedersi al tavolo delle trattative. Se tutto va bene dice Pandora che saranno a casa giovedì.

Martedì 4 agosto

I facchini tunisini vedono la luce in fondo al tunnel.
Pandora vive di datteri e mentine.

Mercoledì 5 agosto

I facchini tunisini hanno ricominciato a sfacchinare! *Pandora sarà a casa venerdì sera!*

Giovedì 6 agosto

Mio papà ha rifiutato una telefonata dalla Tunisia a carico del destinatario. Ci hanno tagliato le comunicazioni!

Venerdì 7 agosto
Primo quarto

Mentre mio papà faceva il bagno ho telefonato in Tunisia. Ha gridato a chi telefonavo. Gli ho detto che telefonavo all'ora esatta.

L'aereo di Pandora è regolarmente decollato. Dovrebbe arrivare intorno a mezzanotte.

Sabato 8 agosto

Alle sette del mattino mi ha telefonato Pandora dalla stazione di St. Pancras. A causa di lavori in corso sulla linea ferroviaria il treno arriverà in ritardo.

Mi sono vestito e sono andato alla stazione. Ho fatto il biglietto d'ingresso e ho aspettato per sei fredde e solitarie ore sul marciapiede del secondo binario. Quando sono tornato a casa ho trovato un biglietto di Pandora. C'era scritto:

Adrian,
ti confesso che la tua noncuranza, al mio arrivo, mi ha spezzato il cuore. Contavo che ci saremmo riabbracciati con passione sul marciapiede del terzo binario. Invece così non è stato.
Adieu.

Pandora

Sono andato a casa di Pandora. Le ho spiegato tutto. Ci siamo riabbracciati con passione nel ripostiglio degli attrezzi di suo papà.

(da *Diario segreto di Adrian Mole,* Frassinelli, trad. Carlo Brera)

Conflitti

Il mondo dei ragazzi e quello degli adulti costituiscono due realtà molto differenti, talvolta così inconciliabili da portare allo scontro.
Il conflitto può essere nella diversità dei punti di vista, come accade ai due protagonisti di I nostri amici, i topi *di William Saroyan, che, in contrasto con l'atteggiamento duramente utilitaristico dei «grandi», si oppongono allo sterminio degli «amici topi».*
Ma il conflitto può essere ben più profondo e sostanziale, come nei racconti Il veldt *di Ray Bradbury e* A che servono gli amici? *di John Brunner, due testi che, attraverso situazioni diverse e con esiti opposti, mettono in forte evidenza quanto possano essere distruttive le reazioni dei ragazzi a scelte educative che, a torto o a ragione, giudicano ingiuste e sbagliate.*
Anche la mancanza di considerazione da parte degli adulti, l'essere trattati da bambini, il vedere messi in ridicolo i propri sentimenti diventano cause di rabbia ed esasperazione, come efficacemente esprime l'anonima diarista di Ieri ci siamo arrabbiate da morire...
Infine, il conflitto può essere anche tra coetanei: in Barry Kent mi ha detto che se non gli dò venticinque pence al giorno... *Sue Townsend ci parla – senza drammatizzare e anzi con sottile umorismo – di quello che sta diventando però un problema grave e diffuso: le estorsioni che molti ragazzi subiscono da parte di compagni di scuola o di gioco.*

Il veldt

«I due bambini erano come isterici. Urlavano e saltavano e scaraventavano le cose in terra. Singhiozzavano, maledicevano, imploravano e tiravano calci ai mobili.»

A che servono gli amici?

«In fondo gli amici servono a questo, a migliorarci come esseri umani.»

I nostri amici, i topi

«Io pensavo che era bene avere in casa nostra quei piccoli, timidi esseri furtivi e li pensavo come topi nostri, topi di casa nostra e parte della nostra vita.»

Ieri ci siamo arrabbiate da morire...

«Non scriverò mai più lui *con la maiuscola: non lo merita.»*

Barry Kent mi ha detto che se non gli dò venticinque pence al giorno...

«Perché i ragazzi grossi se la prendono con i ragazzi piccoli?»

RAY BRADBURY

Il veldt[1]

«George, dovresti dare un'occhiata alla nursery.»[2]

«Qualcosa che non funziona?»

«Non lo so.»

«E allora?»

«Vorrei solo che tu dessi un'occhiata o che la facessi vedere a uno psicologo.»

«E che c'entra uno psicologo con la nursery?»

«Sai benissimo in che senso c'entra.» Sua moglie si fermò in mezzo alla cucina e guardò i fornelli automatici che ronzavano indaffarati a preparare la cena per quattro.

«Dico solo che la nursery è diversa da com'era prima.»

«Bene, andiamo a vedere.»

Attraversarono l'ampia entrata della loro Casa Vitabella, a prova di rumore, che avevano pagata trentamila dollari pronta per l'uso, questa casa che li vestiva e nutriva e cullava nel sonno, che suonava e cantava per loro, questa casa amica. Avvicinandosi, entrarono nel raggio di una cellula[3] nascosta e le luci della nursery si accesero di scatto quando giunsero a tre metri dalla porta. Allo stesso modo, dietro di loro, nei corridoi e nelle stanze, le luci si accendevano e spegnevano al loro passaggio, con silenzioso automatismo.

1 *veldt*: zona pianeggiante, senza alberi, dall'erba secca e bruciata dal sole. Il veldt è un ambiente tipico dell'Africa tropicale.
2 *nursery*: termine inglese con cui si indica il locale o i locali della casa riservati ai bambini.
3 *cellula*: particolare meccanismo elettronico in grado di avvertire la presenza di qualcuno o qualcosa in un determinato raggio.

«Allora?» disse George Hadley.

Si trovavano sul pavimento di paglia della nursery. Una stanza lunga quindici metri, larga altrettanto e alta dieci; era costata, da sola, altri quindicimila dollari. «Ma i nostri bambini devono avere tutto quel che c'è di meglio» aveva detto George.

La nursery era silenziosa, deserta come una radura[4] nella giungla sotto il sole a picco di mezzogiorno. Le pareti apparivano nude e bidimensionali.[5] Ora, mentre George e Lydia Hadley erano fermi al centro della stanza, i muri cominciarono a ronzare e a retrocedere, così parve, in una cristallina lontananza, e a un tratto apparve un veldt africano, a tre dimensioni, su tutti e quattro i lati, a colori, esattamente riprodotto fino all'ultimo ciottolo e filo di paglia. Sopra di loro il soffitto divenne un vasto cielo con un sole giallo e ardente.

George Hadley sentì gocce di sudore formarglisi sulla fronte.

«Togliamoci da questo sole» disse. «È un po' troppo reale. Ma non ci vedo niente di strano.»

«Aspetta un momento, vedrai» disse sua moglie.

Ora l'impianto odorofonico[6] cominciò a suscitare verso le due persone ferme in mezzo al paesaggio riarso[7] un vento ricco di suggestioni: l'odore caldo, come di paglia, dell'erba della giungla, il fresco odore verde della polla d'acqua nascosta, l'acre,[8] prepotente odore degli animali, l'odore della polvere come paprica nell'aria soffocante. E poi i suoni: il tonfo lontano di zampe di antilope sull'erba rasa, il fruscio di carta degli avvoltoi. Un'ombra oscurò un istante il volto sudato, rivolto verso l'alto, di George Hadley.

«Bestiacce schifose» disse sua moglie.

«Gli avvoltoi.»

[4] *radura*: spazio privo di alberi in una zona boscosa.
[5] *bidimensionali*: a due dimensioni, quella dell'altezza e quella della larghezza.
[6] *impianto odorofonico*: impianto per la produzione degli odori e dei suoni adatti a rendere più realistiche le scene apparse sulle pareti.
[7] *riarso*: arido, secco.
[8] *acre*: pungente.

«Vedi, ci sono dei leoni, laggiù, da quella parte. Ora vanno ad abbeverarsi alla sorgente. Hanno appena finito di mangiare» disse Lydia. «Non so che cosa.»

«Qualche animale.» George Hadley alzò la mano a ripararsi gli occhi socchiusi nella luce abbagliante. «Forse una zebra, o una piccola giraffa.»

«Sei sicuro?» La voce di sua moglie era stranamente turbata.

«No, è un po' tardi per essere sicuri» disse lui, divertito. «Non vedo niente, laggiù, salvo delle ossa ripulite e gli avvoltoi che si tuffano su quel che è rimasto.»

«Hai sentito quel grido?» chiese lei.

«No.»

«Sarà stato un minuto fa.»

«No, non ho sentito niente.»

I leoni stavano arrivando.

E ancora una volta George Hadley si sentì prendere d'ammirazione per il genio meccanico che aveva concepito questa stanza. Un miracolo di perfezione venduto a un prezzo davvero irrisorio. Avrebbe dovuto essercene una in ogni casa. Certo, di tanto in tanto vi spaventavano con la loro clinica precisione,[9] vi coglievano di sorpresa, vi facevano saltare il cuore in gola, ma per lo più che magnifico passatempo per tutti, non solo per vostro figlio e vostra figlia, ma anche per voi, se vi veniva il desiderio di fare una visita lampo in una terra straniera, di un rapido mutamento di scena. Eccolo qui, a vostra disposizione!

C'erano, adesso, anche i leoni, lontani non più di tre metri, così reali, così febbrilmente e prodigiosamente reali, che potevate sentire il vello pungente[10] sulla vostra mano, e in bocca il sapore stopposo, polveroso, del loro pelame accaldato, e il giallo dei loro corpi vi riempiva gli occhi come il giallo di uno squisito arazzo[11] francese, i gialli dei leoni e dell'erba d'estate,

[9] *clinica precisione*: precisione scientifica.
[10] *vello pungente*: pelame ispido, ruvido.
[11] *arazzo*: particolare tessuto sul quale, grazie a una paziente lavorazione a mano, vi sono figure e decorazioni. Viene usato di solito per ornare le pareti.

e l'ansito del loro respiro nel silenzio del mezzogiorno, e il puzzo di carne che esalava dalle loro bocche gocciolanti.

I leoni, immobili, guardavano George e Lydia Hadley con terribili occhi gialloverdi.

«Attento!» gridò Lydia.

I leoni balzarono verso di loro.

Lydia si volse di scatto e si mise a correre. Istintivamente George si precipitò dietro a lei. Fuori, nell'atrio, con la porta chiusa, egli cominciò a ridere mentre lei piangeva, e si guardarono, ciascuno sbalordito dalla reazione dell'altro.

«George!»

«Lydia! Mia povera Lydia.»

«Devi dire a Wendy e a Peter di non leggere più niente sull'Africa.»

«Certo, certo.» Le batté affettuosamente sulla spalla.

«Me lo prometti?»

«Sta' tranquilla.»

«E chiudi a chiave la nursery per qualche giorno, finché i miei nervi non si sono calmati.»

«Ma lo sai quanto ci tiene Peter. Quando il mese scorso ho voluto punirlo chiudendo la nursery solo per poche ore, ti ricordi il pandemonio che ha fatto! E Wendy è lo stesso. La nursery è la loro vita.»

«Bisogna chiuderla, ti dico.»

«Va bene.» A malincuore George chiuse a chiave la pesante porta. «Hai lavorato troppo. Hai bisogno di riposo.»

«Non so... Non so» disse sua moglie, soffiandosi il naso e sedendosi su una poltrona che immediatamente cominciò a cullarla e a confortarla. «Forse non ho abbastanza da fare. Forse ho troppo tempo per pensare. Perché non chiudiamo addirittura la casa per qualche giorno e ci prendiamo una vacanza?»

«Vuoi dire che ti piacerebbe prepararmi la colazione?»

«Sì.» Lydia annuì col capo.

«E rammendarmi le calze?»

«Sì.» Lydia tornò ad annuire disperatamente, gli occhi pieni di lacrime.

«E scopare la casa?»
«Sì, sì... oh sì!»
«Ma se non sbaglio, la casa l'abbiamo comperata proprio per evitare un mucchio di seccature, per non aver più niente da fare.»
«Ma è appunto questo! Qui mi sento come un'estranea. È la casa che fa da moglie e da madre, adesso, e da domestica. Come posso competere con una giungla africana? Come posso far fare ai bambini un bagno e strofinarli con la stessa efficienza e rapidità del bagno automatico? Impossibile. E non si tratta solo di me, ma anche di te. Sei terribilmente nervoso da qualche tempo.»
«Sarà che ho fumato troppo.»
«Anche tu hai l'aria di uno che si domanda che cosa ci sta a fare in questa casa. Ogni mattina fumi un po' di più, ogni pomeriggio bevi un po' di più e ogni sera prendi un po' più di sedativo. Anche tu incominci a sentirti superfluo.»
«E lo sono!» Tacque e cercò di scrutare in se stesso, di vedere che cosa ci fosse realmente in lui.
«Oh George!» Lydia guardò oltre lui, alla porta della nursery. «Quei leoni non possono uscire di là, vero?»
George si volse e vide la porta tremare come se dall'interno qualcosa l'avesse investita con forza.
«No, naturalmente» disse.

A cena mangiarono soli, perché Wendy e Peter erano a una speciale fiera plastica all'altro capo della città e avevano avvertito col fonovisore[12] che avrebbero tardato, loro due cenassero pure. Così George Hadley sedeva imbronciato con gli occhi fissi sul tavolo della sala da pranzo, che continuava a sfornare piatti fumanti dalle proprie viscere meccaniche.
«Abbiamo dimenticato il ketchup»[13] disse.
«Spiacente» disse una vocina dentro la tavola e il ketchup apparve.

[12] *fonovisore*: apparecchio telefonico che trasmette anche le immagini.
[13] *ketchup*: salsa piccante a base di pomodoro e spezie.

Quanto alla nursery, pensò George Hadley, non sarà male che i bambini[14] ne stiano lontani per qualche tempo. Qualunque cosa finisce per nuocere se la dose è troppo forte. E ormai era chiaro che i bambini s'erano concentrati un po' troppo sull'Africa. Quel sole. Ancora se lo sentiva sul collo, come una zampa calda. E i leoni. E l'odore del sangue. Straordinario come la nursery assimilava le emanazioni telepatiche della mente dei bambini e riproduceva la vita seguendo ogni loro desiderio. I bambini pensavano ai leoni, e i leoni apparivano. I bambini pensavano alle zebre, e apparivano le zebre. Sole-sole. Giraffe-giraffe. Morte e morte.

Cominciò a masticare svogliatamente la carne che la tavola aveva già tagliato per lui. Pensieri di morte. Erano ancora giovanissimi Wendy e Peter, per avere dei pensieri di morte. O forse no, non si era mai troppo giovani, in realtà. Molto tempo prima di sapere che cosa sia la morte, già la auguriamo a qualcun altro. A due anni già spariamo alla gente con pistole di latta.

Ma questo – l'ampio, torrido[15] veldt africano – l'atroce morte, tra le fauci di un leone. E ripetuto innumerevoli volte.

«Dove vai?»

Non rispose alla domanda di Lydia. Preoccupato, camminava verso la nursery senza badare alle luci che si accendevano in silenzio davanti a lui e si spegnevano alle sue spalle. Appoggiò l'orecchio alla porta. Lontano, un leone ruggì. George infilò la chiave nella serratura e girò la maniglia. Un attimo prima di entrare udì un fioco grido a grande distanza. E poi un altro ruggito dei leoni, che subito si acquetarono.

Mosse i primi passi in Africa. Quante volte lo scorso anno aveva aperto questa porta e trovato Il Paese delle Meraviglie, Alice, la Finta Tartaruga, oppure Aladino con la sua Lampada Magica, o il Mago di Oz. Tutti gli allegri personaggi di un mondo immaginario. Quante volte aveva visto Pegaso[16] li-

[14] *la nursery... bambini*: la stanza recepisce in modo immediato, extrasensoriale, i pensieri e i desideri dei bambini, senza bisogno che questi li esprimano.
[15] *torrido*: caldissimo.
[16] *Pegaso*: cavallo alato della mitologia greca.

brarsi nel cielo del soffitto, aveva visto cascate di fuochi artificiali, o udito voci angeliche cantare. Ma ora c'era solo quest'Africa gialla e afosa, questo forno che cuoceva ogni giorno una strage. Forse Lydia aveva ragione. Forse avevano bisogno di prendersi una vacanza, di allontanarsi da quelle fantasticherie che stavano diventando un po' troppo realistiche per dei bambini di dieci anni. Era un'ottima cosa esercitare la mente e l'immaginazione in tutte le direzioni, ma quando l'agile mente infantile si ferma su un unico tema...? Ora ricordava, o gli pareva di ricordare, di aver udito a distanza per tutto lo scorso mese il ruggito dei leoni, di aver percepito il loro odore, così forte che filtrava fino alla porta del suo studio. Ma poiché era molto occupato non vi aveva prestato attenzione.

George Hadley era solo in mezzo al veldt. I leoni alzarono gli occhi dal loro pasto e lo guardarono. L'unica crepa[17] in quella perfetta finzione era la porta aperta attraverso la quale poteva scorgere sua moglie, laggiù, all'altro capo dell'atrio in penombra, che mangiava con aria assente, incorniciata come in un quadro.

«Andate via» disse George Hadley ai leoni.

Le bestie non si mossero.

Egli conosceva perfettamente il principio in base al quale funzionava la stanza. Bastava pensare. Qualunque cosa si pensasse, sarebbe apparsa sulle pareti.

«Voglio Aladino e la sua lampada» ordinò.

Il veldt rimase; i leoni rimasero.

«Avanti, stanza! Voglio Aladino!» disse.

Non accadde nulla. I leoni fermi entro il loro pelame dorato mandarono un sordo brontolio.

«Aladino!»

Ritornò in sala da pranzo. «Quella stupida stanza è guasta» disse. «Non reagisce più...»

«E se...»

«Se cosa?»

«E se non potesse più reagire?» disse Lydia. «I bambini

[17] *crepa*: incrinatura, elemento discordante.

hanno pensato all'Africa, ai leoni e alle stragi per tanti giorni che ormai la stanza ci ha preso gusto.»

«Può darsi.»

«O forse Peter l'ha regolata in modo che resti così.»

«Regolata?»

«Si sarà infilato negli ingranaggi e avrà modificato qualcosa.»

«Cosa vuoi che ne capisca Peter di quegli ingranaggi?»

«È molto sveglio per i suoi dieci anni. Il suo quoziente d'intelligenza...»

«Eppure non mi sembra...»

«Ciao mamma. Ciao papà.»

Gli Hadley si volsero. Wendy e Peter erano sulla porta d'ingresso, le guance come canditi, gli occhi come biglie azzurre, e ancora attaccato ai loro maglioni l'odore di ozono[18] della corsa in elicottero.

«Arrivate in tempo per la cena» dissero insieme i genitori.

«Abbiamo fatto una scorpacciata di gelato di fragole e salsicce» dissero i bambini, che si tenevano per mano. «Ma staremo qui a guardare.»

«Sì, parlateci un po' della nursery» disse George Hadley.

Fratello e sorella lo guardarono, poi si guardarono. «La nursery?»

«Sì, voglio un po' sapere dell'Africa e di tutto il resto» disse il padre con falsa giovialità.

«Non capisco» disse Peter.

«La mamma e io abbiamo fatto un viaggetto in Africa poco fa. C'erano dei bellissimi leoni» disse George Hadley.

«Non c'è nessuna Africa nella nursery» disse Peter con calma.

«Oh, andiamo Peter. Se ti dico che l'abbiamo vista.»

«Non ricordo di aver visto l'Africa» disse Peter a Wendy. «E tu?»

«No.»

[18] *ozono*: elemento presente nell'aria atmosferica. Aumenta in quantità per effetto delle scariche elettriche.

«Fa' una corsa a vedere.»

La bambina obbedì.

«Wendy, torna subito qui!» disse George Hadley, ma era troppo tardi. E le luci della casa la seguirono come uno sciame di lucciole. Solo ora egli si rese conto che aveva dimenticato di chiudere a chiave la nursery dopo la sua ultima ispezione.

«Wendy ci dirà lei cosa c'è» disse Peter.

«Non c'è bisogno che lo venga a dire a me. Ho visto con i miei occhi.»

«Sono sicuro che ti sbagli, papà.»

«Non mi sbaglio Peter. Vieni a vedere.»

Ma Wendy era già di ritorno. «Non è l'Africa» disse ansando.

«Ora vedremo» disse George Hadley, e tutti insieme attraversarono l'atrio e aprirono la porta della nursery.

C'era una foresta verde e meravigliosa, un fiume soave, una montagna violacea, voci bianche[19] che cantavano, e Rima, bellissima e misteriosa, che si aggirava tra gli alberi con sciami multicolori di farfalle, simili a mazzi di fiori animati, che indugiavano nei suoi lunghi capelli. Il veldt, la radura africana, era scomparso. I leoni erano scomparsi. C'era solo Rima qui, ora, e cantava una canzone così bella da far salire le lacrime agli occhi.

George Hadley guardò la scena. «Andate a letto» disse ai bambini.

Wendy e Peter aprirono la bocca.

«Mi avete sentito» disse George.

I bambini raggiunsero la cabina dove una corrente d'aria li avrebbe aspirati come foglie secche lungo il condotto fino alle loro camerette.

George Hadley attraversò il paesaggio ridente e raccolse un oggetto che giaceva in un angolo vicino al punto in cui c'erano prima i leoni. A passi lenti tornò verso sua moglie.

«Che cos'è?» chiese lei.

«Un mio vecchio portafoglio.»

[19] *voci bianche*: voci di bambini.

Glielo fece vedere. Aveva ancora l'odore dell'erba bruciata dal sole e l'odore dei leoni. Sul cuoio si vedevano gocce di saliva, era stato masticato, e c'erano chiazze di sangue su entrambi i lati.

George chiuse la porta della nursery e girò la chiave, più volte.

A metà della notte era ancora sveglio e sapeva che sua moglie era sveglia. «Credi che Wendy l'abbia cambiato?» disse lei finalmente nella stanza buia.

«Naturalmente.»

«Ha trasformato il veldt in una foresta e ha messo Rima al posto dei leoni?»

«Sì.»

«Perché?»

«Non lo so. Ma resterà chiusa finché non ho messo tutto in chiaro.»

«Come c'è arrivato là il tuo portafoglio?»

«Non so niente» disse George, «tranne che comincio a pentirmi di aver comperato quella stanza per i bambini. Per poco che un bambino sia nevrotico,[20] una stanza come quella...»

«Ma dicevano che li aiuta appunto a sfogare le loro nevrosi in un modo sano.»

«Comincio ad avere dei dubbi.» Tacque, gli occhi rivolti al soffitto.

«Abbiamo dato ai bambini tutto quello che volevano, sempre, ed è questa la ricompensa: misteri e disobbedienze.»

«Chi ha detto: "I bambini sono tappeti, di tanto in tanto bisogna batterli"? Non abbiamo mai alzato una mano su di loro. Sono insopportabili... diciamocelo una buona volta. Vanno e vengono come gli pare e piace; ci trattano come se fossimo noi i loro figli. Sono viziati loro e siamo viziati noi.»

«Si comportano in modo strano da quando gli hai proibito di andarsene col razzo a New York, qualche mese fa.»

20 *nevrotico*: il termine definisce chi soffre di qualche problema psicologico.

«Non sono abbastanza grandi per fare un viaggio simile da soli: gliel'ho spiegato.»

«In ogni modo ho notato che da allora sono decisamente freddi con noi.»

«Ho intenzione di far venire David McClean domani mattina stessa perché dia un'occhiata all'Africa.»

«Ma adesso non è più l'Africa, è il verde paese di Rima.»

«Ho idea che prima di domattina sarà di nuovo l'Africa.»

Un attimo dopo udirono gli urli.

Due urli. Due persone che urlavano dal piano di sotto. E poi un ruggito di leoni.

«Wendy e Peter non sono nelle loro stanze» disse sua moglie.

George, immobile sul letto, ascoltava i tonfi del cuore. «No» disse. «Hanno forzato la serratura della nursery.»

«Quegli urli... mi sembra di averli già sentiti.»

«Davvero?»

«Sì, ne sono certa.»

E per quanto li cullassero i loro letti, i due adulti non si lasciarono addormentare per un'altra ora. L'aria era piena di un puzzo di gatti.

«Papà» disse Peter.

«Sì.»

Peter si guardò la punta delle scarpe. Non guardava più in faccia suo padre, né sua madre, mai. «Quanto tempo vuoi tener chiusa la nursery?»

«Dipende.»

«Da che cosa?» replicò Peter.

«Da te e da tua sorella. Se ogni tanto al posto dell'Africa ci mettete qualche altro paese... la Svezia per esempio, la Danimarca, o la Cina...»

«Ci avevi detto che eravamo liberi di giocare a nostro piacere.»

«Certo, ma entro limiti ragionevoli.»

«Ma che c'è di male a guardare l'Africa?»

«Ah, adesso ammetti che l'avete guardata!»

«Non voglio che la nursery sia chiusa a chiave» disse Peter freddamente. «Mai.»

«E invece sai cosa ti dico? Sto pensando addirittura di spegnere tutti i servizi automatici della casa per un mese. Vivremo in pace, ci aiuteremo gli uni con gli altri, sarà una vacanza magnifica.»

«Sarà spaventoso! Dovrò allacciarmi le scarpe da me invece di farlo fare all'allacciatrice? E dovrò lavarmi i denti da solo, e pettinarmi da solo, e fare il bagno da solo?»

«Sarebbe divertente, tanto per cambiare, non ti sembra?»

«No, sarebbe orribile. Non mi sono divertito quando mi hai portato via il servopittore un mese fa.»

«L'ho fatto perché volevo che tu imparassi a dipingere da solo.»

«Io non voglio far niente tranne guardare, ascoltare e annusare; che altro vuoi che faccia?»

«Va bene, vai a giocare in Africa.»

«Vuoi spegnere la casa presto?»

«Ci stiamo pensando.»

«Faresti bene a non pensarci più, papà.»

«Non voglio minacce da un bambino!»

«Va bene.» E Peter si avviò verso la nursery.

«Sono in ritardo» disse David McClean.

«Colazione?» disse George Hadley.

«Grazie, l'ho già fatta. Cosa c'è che non va?»

«David, tu sei uno psicologo.»

«Lo spero.»

«Allora vieni a dare un'occhiata alla nostra nursery. L'hai vista un anno fa, l'ultima volta che sei venuto a trovarci; avevi notato niente di strano, allora?»

«Non direi proprio; una certa violenza, come al solito, certe leggere manifestazioni di paranoia[21] qua e là, che del resto sono normali nei bambini, dato che si sentono costantemente perseguitati dai genitori, ma... no, niente di grave.»

21 *certe... paranoia*: qualche piccola difficoltà psicologica.

Attraversarono l'ingresso. «Avevo chiuso a chiave la nursery» spiegò il padre, «e i bambini hanno forzato la porta durante la notte. Li ho lasciati dentro in modo che avessero il tempo di formare le loro immagini preferite, per fartele vedere.»

Urla terribili vennero dalla nursery.

«Senti?» disse George Hadley. «Vedi un po' tu cosa ne capisci.»

Entrarono di sorpresa, senza bussare.

Le urla erano finite. I leoni stavano mangiando.

«Uscite un momento bambini» disse George Hadley. «No, non cambiate la combinazione mentale. Lasciate i muri così come sono. Su, andate!»

Usciti i bambini i due uomini si fermarono al centro della stanza a guardare i leoni, raccolti lontano in gruppo, intenti a sbranare avidamente la loro preda, quale essa fosse.

«Mi piacerebbe sapere che cos'è» disse George Hadley. «A volte riesco quasi a distinguere che cos'hanno ammazzato. Credi che con un binocolo molto potente...»

David McClean ebbe una risata secca. «Non credo.» Si volse a studiare le quattro pareti della stanza. «Da quanto dura questa storia?»

«Da un po' più di un mese.»

«Fa una brutta impressione, sai? Questo te lo posso dire subito.»

«Voglio dei fatti da te, non delle impressioni.»

«Mio caro George, uno psicologo non vede mai dei fatti. Coglie solo delle sensazioni, cose vaghe. E qui c'è del marcio, te lo dico io. Fidati del mio istinto e delle mie antenne. Io ho un fiuto speciale per le cose gravi. E questa è molto grave. Il consiglio che ti do è di sbaraccare immediatamente questa maledetta stanza e di portarmi i tuoi bambini tutti i giorni, per un anno di cura.»

«A questo punto?»

«Ho paura di sì. In origine, uno degli scopi di questa nursery era di permetterci di studiare a nostro agio gli schemi lasciati sui muri dalla mente del bambino, per poterlo aiutare. In questo caso, però, la stanza si è trasformata in un canale orientato verso... pensieri distruttivi, invece di essere un mezzo per liberarne il bambino.»

«E prima non te n'eri accorto?»

«M'ero accorto solo che avevate viziato i vostri bambini più di quanto faccia la media dei genitori. E ora in qualche modo dovete averli traditi. In che modo?»

«Non ho voluto lasciarli andare a New York.»

«Che altro?»

«Ho portato via dalla casa qualche macchina, e un mese fa li ho minacciati di chiudere la nursery se non facevano i compiti. E l'ho chiusa davvero per qualche giorno perché capissero che facevo sul serio.

«Ah!»

«C'è un rapporto secondo te?»

«Eccome! Capisci, al posto di Babbo Natale adesso vedono un aguzzino.[22] I bambini preferiscono Babbo Natale. Tu hai lasciato che questa casa si sostituisse a te e tua moglie nell'affetto dei tuoi bambini. Questa stanza è diventata per loro padre e madre, nella loro vita è molto più importante dei loro genitori reali. E adesso arrivi e gliela vuoi portar via. Non mi stupisce che qui l'atmosfera sia carica d'odio. Lo senti venir giù dal cielo. Senti quel sole. George, tu devi cambiare vita. Anche tu come tanti, come troppi, ti sei lasciato conquistare dalle comodità, dagli automi. Se domani si guastasse qualcosa nella tua cucina moriresti di fame. Non sapresti neppure rompere un uovo. Adesso basta: devi lasciar perdere tutto e cominciare da capo. Ci vorrà del tempo. Ma in un anno trasformeremo completamente i tuoi bambini, vedrai.»

«Ma non sarà una scossa troppo forte per loro? Trovarsi di colpo privati della stanza?»

«Non voglio che questa cosa duri un minuto di più, ecco tutto.»

I leoni avevano finito il loro rosso banchetto.

I leoni erano fermi sul bordo della radura e guardavano i due uomini.

[22] *aguzzino*: torturatore, persecutore.

«Adesso ce l'hanno con me, lo sento» disse McClean. «Usciamo di qui. Non mi sono mai andate a genio queste maledette stanze. Mi rendono nervoso.»

«Sembrano proprio veri, i leoni voglio dire» disse George Hadley. «Non ci sarà il modo...»

«Cosa?»

«... di farli *diventare* reali?»

«Non che io sappia.»

«Un guasto nel meccanismo, una manomissione[23] o qualcosa?»

«No.»

Erano giunti sulla porta.

«Immagino che alla stanza non farà piacere venire spenta» disse il padre.

«A nessuno fa piacere morire... neppure a una stanza.»

«Chissà se mi odia perché voglio spegnerla?»

«Ma state diventando tutti matti in questa casa» disse David McClean. Si chinò a raccogliere una sciarpa insanguinata. «È tua?»

«No.» Il volto di George Hadley si irrigidì. «È di Lydia.»

Andarono al quadro dei comandi e abbassarono la leva che uccise la nursery.

I due bambini erano come isterici.[24] Urlavano e saltavano e scaraventavano le cose in terra. Singhiozzavano, maledicevano, imploravano e tiravano calci ai mobili.

«Non potete far questo alla nursery, non potete fare una cosa simile.»

«Basta, bambini.»

I bambini si gettarono su un sofà,[25] piangendo.

«George» disse Lydia Hadley, «ridagliela, solo per pochi minuti. Non bisogna essere così bruschi.»

«No.»

«Non puoi essere così severo.»

[23] *manomissione*: intervento volto a relizzare una modificazione, un'alterazione.
[24] *come isterici*: come in preda a una crisi di nervi.
[25] *sofà*: divano.

«Lydia, l'ho spenta, e ormai resta spenta. E di qui a un momento spegnerò tutta questa maledetta casa. Più vedo in che pasticcio ci siamo messi, più mi viene la nausea. Siamo rimasti a guardarci il nostro ombelico meccanico-elettronico per degli anni. Mio Dio, abbiamo proprio bisogno di prendere un po' d'aria pura!»

E a grandi passi fece il giro di tutta la casa, disinnestando gli orologi parlanti, i forni, i fornelli e i radiatori automatici, i lustrascarpe, gli allacciastringhe, gli strigliatori e i massaggiatori e ogni altra macchina che gli capitava tra le mani. La casa sembrava piena di cadaveri. Un cimitero meccanico. Un tale silenzio. Scomparsa la ronzante, segreta energia delle macchine pronte a funzionare al tocco di un pulsante.

«Non lasciateglielo fare!» implorò Peter al soffitto, come se stesse parlando alla casa, alla nursery. «Non lasciategli ammazzare tutto.» Si volse a suo padre. «Ti odio! Ti odio!»

«Gli insulti non ti serviranno a niente.»

«Vorrei vederti morto!»

«Eravamo morti tutti quanti, e da un pezzo. Adesso cominceremo a vivere veramente. Saremo noi a vivere, d'ora in poi, e non la nostra casa.»

Wendy continuava a piangere e Peter ricominciò anche lui. «Solo un minuto, un minuto solo, ancora un minuto di nursery» imploravano.

«George, senti» disse Lydia, «che male può fare?»

«E va bene, va bene, purché la smettiate di frignare. Un minuto solo, però, siamo intesi; per l'ultima volta.»

«Papà, papà, papà!» cantarono i bambini, ridendo tra le lacrime.

«E poi partiamo tutti per una bella vacanza. David McClean sarà qui tra mezz'ora a darci una mano e ad accompagnarci all'aeroporto. Io vado su a vestirmi. Aprigli la nursery per un minuto, Lydia; un minuto solo, non di più.»

I due bambini e la madre uscirono, e George si lasciò aspirare al piano superiore dal condotto pneumatico. Si stava ancora vestendo quando lo raggiunse Lydia.

«Mi sentirò meglio quando saremo partiti» sospirò.

«Li hai lasciati nella nursery?»

«Dovevo vestirmi anch'io. Quell'Africa! È una cosa orribile! Che cosa mai ci troveranno, mi domando.»

«Tra cinque minuti saremo fuori di qui, per fortuna. Dio, come abbiamo potuto chiuderci in questa casa? È un incubo che abbiamo comprato.»

«Sarà meglio che scendiamo prima che i bambini ricomincino con quei loro maledetti leoni.»

Fu allora che sentirono le voci dei bambini chiamare. «Papà, mamma, venite, presto... presto!» Scesero a pianterreno nel condotto pneumatico e attraversarono di corsa l'atrio. I bambini non si vedevano. «Wendy? Peter?»

Si precipitarono nella nursery. Il veldt era deserto: c'erano solo i leoni in attesa che li fissavano.

«Peter! Wendy!»

La porta sbatté.

«Wendy! Peter!»

George Hadley e sua moglie si volsero di scatto e corsero alla porta.

«Aprite!» gridò George Hadley, girando la maniglia. «L'hanno chiusa a chiave dal di fuori! Peter!» Picchiò coi pugni contro la porta. «Avanti, apri!»

Sentì la voce di Peter vicinissima, al di là della porta.

«Non lasciategli chiudere la nursery e la casa» diceva suo figlio.

George e Lydia Hadley tempestavano i battenti. «Su bambini, non è il momento di scherzare. Dobbiamo partire. Il signor McClean sarà qui a minuti e...»

E in quel momento udirono i rumori. I leoni venivano verso di loro da tre lati, frusciando tra l'erba gialla e secca del veldt, un brontolio sordo nella gola.

I leoni.

George Hadley guardò sua moglie e si volse con lei a guardare le fiere che si avvicinavano adagio, acquattate nell'erba, le code diritte. Il signore e la signora Hadley urlarono.

E in quello stesso istante capirono perché, prima, avevano creduto di riconoscere quelle urla.

«Eccomi qua» disse David McClean fermandosi sulla soglia della nursery. «Oh, siete voi.» Guardò i due bambini seduti al centro della radura, intenti a mangiare tranquillamente, come a un picnic. Laggiù, in distanza, s'intravedeva la sorgente tra la distesa d'erba gialla. Il sole era alto nel cielo infuocato.

McClean cominciò a sudare. «Dove sono papà e mamma?»

I bambini alzarono gli occhi e sorrisero. «Saranno qui a momenti.»

«Bene, dobbiamo sbrigarci.» In lontananza vide i leoni contendersi a zampate qualcosa, poi acquietarsi e avvicinarsi a mangiare in silenzio all'ombra di un albero.

Riparandosi gli occhi con la mano, cercò di vedere meglio. Ora i leoni avevano finito il loro pasto, e venivano verso la sorgente ad abbeverarsi.

Un'ombra trascorse rapida sul volto accaldato di David McClean; poi molte altre ombre. Gli avvoltoi scendevano ad uno ad uno dal cielo accecante.

«Una tazza di tè?» chiese Wendy nel silenzio.

(da *Le meraviglie del possibile*, Einaudi, trad. Carlo Fruttero)

JOHN BRUNNER

A che servono gli amici?

Dopo che Tim ebbe ucciso e seppellito il terrier[1] di razza purissima che apparteneva ai loro vicini di casa, i Patterson lo portarono dallo psichiatra[2] più noto (e più caro) di tutto lo Stato, il dottor Hend.

Trascorsero quaranta dei quarantacinque costosi minuti di terapia[3] litigando nella sala d'aspetto dello studio, interrompendosi soltanto quando dalla stanza isolata acusticamente erompeva un urlo o qualche altro tremendo rumore, per poi riprendere ancor più furiosamente un attimo dopo.

Finalmente Tim fu portato fuori, urlante, da un infermiere robusto e apparentemente insensibile ai calci che quel ragazzino di otto anni gli sferrava nella pancia. I Patterson entrarono nello studio del medico, dove non si vedeva traccia dello scompiglio provocato dal bambino. Il dottor Hend era specializzato in casi del genere, ed evidentemente si era organizzato in modo tale da rimediare con facilità a simili contrattempi.

«Allora, dottore?» chiese Jack Patterson, in tono autoritario.

Il dottor Hend lo osservò per un istante con aria meditativa, poi guardò di sfuggita la moglie, Lorna, quasi per confermare l'idea che si era fatto di loro. L'uomo, di bell'aspetto e vestito con abiti costosi, sembrava l'immagine stessa del suc-

[1] *terrier*: cane da caccia di razza pregiata.
[2] *psichiatra*: medico specialista che cura nelle loro diverse forme e manifestazioni le malattie mentali e le difficoltà psicologiche.
[3] *terapia*: cura.

cesso. La donna era riuscita a valorizzare al massimo quella che sarebbe stata, altrimenti, una bellezza piuttosto comune; indossava abiti ancor più costosi di quelli del marito, e la pettinatura, il trucco e il profumo erano all'ultima moda.

«Vostro figlio finirà in tribunale, anche se ha soltanto otto anni» disse infine il medico.

«Cosa?» esclamò Jack Patterson. «Ma se siamo venuti qui per...»

«Siete venuti qui» lo interruppe il medico «perché vi dicessi la verità. Avete o no deciso di avere un figlio pre-condizionato?[4] A suo tempo vi hanno informato di quel che la vostra scelta comportava, e ora dovete assumervi le vostre responsabilità.»

«Ma siamo venuti qui per cercare aiuto!» esplose Lorna.

Suo marito le diede un'occhiataccia: «Stai zitta!».

«Posso dedicarvi ancora sette minuti» disse il dottor Hend, spazientito. «Avete intenzione di passarli litigando, o preferite ascoltarmi? Posso continuare?»

I Patterson si scambiarono uno sguardo torvo,[5] poi annuirono.

«Grazie. Se non volete che vostro figlio sia chiuso in riformatorio, c'è una sola alternativa. Procurargli un Amico.»

«E far capire a tutti che non sappiamo come cavarcela?» disse Jack Patterson, con voce stridula. «Ma lei è matto!»

Il dottor Hend si limitò a fissarlo.

«Sono... sono spaventosamente cari, non è vero?» sussurrò Lorna.

Lo psichiatra sprofondò nella sedia e congiunse le punte delle dita.

«Matto? Ebbene, sono in buona compagnia. Su tutti i pianeti abitati è normale affidare lo sviluppo dei bambini a degli Amici, programmati secondo regole stabilite da altre razze intelligenti. Un tempo c'era un proverbio che diceva: "A furia

[4] *un figlio pre-condizionato*: come verrà poi chiarito, nell'epoca del futuro in cui si colloca la vicenda è possibile predeterminare, cioè scegliere prima della nascita, le caratteristiche fisiche e le qualità mentali dei figli.
[5] *torvo*: bieco, pieno di rancore e di ostilità.

di guardare gli alberi non si riesce a vedere il bosco". È stato provato che, se si vogliono valorizzare adeguatamente le doti dei giovanissimi, i consigli migliori vengono da chi è in grado di valutare in modo oggettivo e spassionato il sistema sociale del luogo. Molte famiglie, ormai, si garantiscono i servizi di un Amico per scelta, non per necessità; sempre che se lo possano permettere, naturalmente.

«Per quel che riguarda la spesa... ha proprio ragione, signora Patterson: qualunque cosa debba essere trasportata a distanze interstellari, non può costare poco. Ma rifletta: il cane dei vostri vicini di casa, oltre ad essere il prediletto della loro bambina, era un autentico campione, con tanto di pedigree.[6] Immagino che in tribunale otterranno una bella somma, come risarcimento danni. A proposito, Tim si è giustificato dicendo che non sopportava l'abbaiare della povera bestia, non è vero?»

«Ecco...» Jack Patterson si passò la lingua sulle labbra. «Sì.»

«Avevo il sospetto che se lo fosse inventato. E sembra altrettanto fasullo il motivo per cui ha rotto il braccio al bambino che era il miglior battitore della squadra di baseball, ed ha appiccato il fuoco alla palestra della scuola... Temo dobbiate accettare il fatto che il programma di pre-condizionamento ha reso vostro figlio un perfetto egocentrico.[7] Non ha mai incontrato sufficienti difficoltà per lasciarsi alle spalle la fase emotiva[8] che tutti i bambini superano, quando imparano a camminare. Fisicamente è al di sopra della media, per la sua età. Emotivamente, è interessato solo alla propria gratificazione.[9] È incapace di provare empatia[10] o simpatia, e di rispettare le opinioni altrui. Il suo è un tipico caso di arresto dello sviluppo della personalità.»

6 *pedigree*: certificato che attesta la purezza della razza di un animale.
7 *egocentrico*: il termine definisce chi non prende minimamente in considerazione gli altri, mirando solo a soddisfare le proprie esigenze.
8 *fase emotiva*: momento, tappa nello sviluppo della personalità.
9 *gratificazione*: soddisfazione.
10 *provare empatia*: «mettersi nei panni» di qualcuno e dunque condividere i suoi sentimenti e i suoi problemi.

«Ma abbiamo fatto tutto quel che potevamo per...»

«Sì, lo avete proprio fatto. Ma non basta.» Il dottor Hend fece una pausa, come per sottolineare il commento pepato, poi continuò.

«Parlavamo di spese. Permettetemi di ricordarvi quanto costa mantenere Tim nella scuola speciale dove siete stati costretti a mandarlo, dopo che ha reso la vita impossibile ai suoi compagni di classe nella scuola normale. La compagnia di un Amico è legalmente equiparata alla frequenza scolastica. Forse non lo sapevate.»

«Certo» disse seccamente Jack. «Ma... accidenti! L'idea di affidare mio figlio a un manufatto alieno[11] non mi va proprio giù!»

«Capisco che possa sembrarvi una misura drastica,[12] ma riguardo al disadattamento giovanile resta valido un vecchio detto: a mali estremi, estremi rimedi. E avete pensato a cosa succederà, se non troverete una soluzione radicale?»

A giudicare dalla loro espressione tetra, era evidente che ci avevano già pensato, ma il medico lo spiegò ugualmente.

«Decidendo di avere un figlio pre-condizionato, vi siete resi responsabili del suo mantenimento e della sua buona condotta per un periodo minimo di vent'anni, indipendentemente da un vostro eventuale divorzio o da altri avvenimenti. Se Tim verrà giudicato socialmente pericoloso, sarete obbligati a tenerlo in riformatorio a tempo indeterminato. Attualmente mantenere un ragazzo in un istituto del genere costa trentamila dollari l'anno. Dato l'attuale tasso di inflazione, la cifra raddoppierà prima che lui abbia vent'anni, e considerati i notevoli cambiamenti che avete voluto far introdurre nel suo bagaglio genetico,[13] credo sia improbabile che il tribunale vi liberi dal vostro impegno, fra soli dodici anni. Vi assicuro che ricorrere ad un Amico è l'unica soluzione ragionevole, per voi... indipendentemente da quel che pensate sul modo in cui le in-

[11] *manufatto alieno*: oggetto fabbricato in un altro pianeta.

[12] *misura drastica*: intervento molto energico.

[13] *bagaglio genetico*: insieme delle caratteristiche fisiche e psicologiche che un individuo possiede già al momento della nascita (in questo caso per effetto del «pre-condizionamento», vedi nota n. 4).

telligenze aliene considerano la nostra società. Tra l'altro non siete obbligati a comperarne uno. Potete anche affittarlo.»

Diede un'occhiata all'orologio sulla scrivania.

«Il vostro tempo è scaduto, a quel che vedo. Arrivederci. La mia parcella vi arriverà per telefax oggi pomeriggio.»

Quella notte dal soggiorno dei Patterson vennero i suoni tipici di un tremendo litigio. Tim era a letto, con la porta socchiusa, e ascoltava con un ghigno che andava dall'una all'altra delle piccole e graziose orecchie. Era un bambino bellissimo, con i capelli biondi e ricciuti, i lineamenti perfetti, i denti assolutamente regolari, gli occhi azzurri come un laghetto di montagna e, in conformità alle richieste dei suoi, una spruzzatina di lentiggini gli dava un tocco sbarazzino, rendendolo meno angelico. Era alto, per la sua età, e anche questa caratteristica corrispondeva ai requisiti indicati.

In confronto a un ragazzino non pre-condizionato possedeva un vastissimo vocabolario e, anche se nessun test l'aveva mai confermato, aveva un Q.I.[14] molto alto, perciò capiva tutto quel che i suoi genitori stavano dicendo.

«Colpa della tua maledetta vanità! I capelli biondi e ricci, gli occhi azzurri e innocenti... perfino le lentiggini, hai preteso! E adesso quel piccolo demonio rischia di mandarci in rovina! Hai visto quanto costa un Amico, perfino un modello di Procyon, di quelli meno cari?»

«E smettila di dare tutta la colpa a me! Ti avevano avvertito che chiedere un bambino così alto e robusto poteva essere controproducente, ma tu no, non hai sentito ragione...»

«Ma è un maschietto, accidenti, e se tu non avessi insistito per farlo somigliare a una femmina...»

«Non è vero! Lo volevo bello, ecco tutto, e tu... tu volevi una specie di bruto tutto muscoli! Solo perché non sei riuscito a farti ammettere nella squadra dei gladiatori,[15] all'Università, prima ancora che nascesse lo hai condannato a...»

[14] *Q.I.*: sigla per Quoziente di Intelligenza.
[15] *gladiatori*: atleti che si impegnano in lotte molto dure. Propriamente, i gladiatori erano coloro che, nell'antica Roma, combattevano nei circhi duelli mortali con uomini o belve.

«Se dici ancora una parola su quel che NON sono riuscito a fare, ti faccio saltare i denti! E se invece parlassimo di quel che ho realizzato, tanto per cambiare? Sono il più giovane Direttore di zona della mia Società, e diventerò il più giovane dei Vice-Presidenti... e per questo non devo certo ringraziare te. Quando penso a dove potrei essere arrivato, se tu non fossi il peso morto che sei...»

Il sorriso di Tim si allargò tanto da diventare quasi doloroso. Si stava addormentando (la crisi di collera nello studio del medico lo aveva stancato), ma prima voleva fare una certa cosa. Scivolò fuori del letto, si avvicinò in punta di piedi alla porta della stanza e pian piano fece pipì attraverso lo spiraglio, sulla moquette del pianerottolo. Poi, con un risolino soffocato, tornò in fretta sotto le coperte e in un attimo sprofondò in un mondo di sogni colorati.

Il campanello della porta suonò mentre sua madre era in bagno e suo padre telefonava all'avvocato, per sapere se fosse possibile sistemare la faccenda del cane prima che arrivasse in tribunale.

Subito Lorna strillò: «Tim, rimani dove sei! Vado io!».

Ma Tim si stava già precipitando verso la porta, a tutta velocità. Gli piaceva dare il benvenuto agli ospiti, presentandosi nudo come un verme se questi erano particolarmente moralisti,[16] o urlando che il padre lo aveva frustato senza pietà (e in questo caso esibiva i lividi che si era fatto urtando contro i mobili, e il sangue che gocciolava da tagli e graffi). Ma oggi gli era venuta un'idea anche migliore, perciò fece una velocissima incursione in cucina, pescando rapidamente nel secchio delle immondizie.

Con la sinistra aprì la porta, e con la destra scagliò vigorosamente una manciata di frutta marcia, avanzi di verdura e fondi di caffè là dove avrebbe dovuto esserci la faccia di un adulto.

[16] *moralisti*: il termine indica chi si attiene (o dice di attenersi) in modo rigoroso ai princìpi morali e dunque anche a quelli relativi al pudore.

Mezzo secondo dopo, l'orribile poltiglia gli schizzò addosso, prendendolo in faccia (ne sentì in bocca il tremendo sapore) e sul petto, e infilandosi dentro la camicia aperta. Contemporaneamente, una voce disse, in tono di rimprovero: «Tim! Sono il tuo Amico! E questo non è affatto il modo di trattare un amico, non ti pare?».

Gonfiò i polmoni, contrasse i muscoli: stava per urlare, ma quando vide la creatura ferma sulla soglia restò a bocca aperta, mentre l'urlo nascente lasciava il posto a uno sguardo pieno di stupore.

L'Amico era un umanoide[17] un po' più alto di lui e notevolmente più largo, con due braccia, due gambe, una bocca, un paio di orecchie... il tutto ricoperto da una lunga, ispida pelliccia di un brillante verde smeraldo. Il suo unico ornamento (a parte una traccia di immondizia multicolore sul palmo della mano sinistra) era una cintura con un'etichetta su cui era scritto, in lettere d'un rosso fiammante: «Biofatto Autonomo Autorizzato (Auto-Consegnante)». Seguiva l'indirizzo della famiglia Patterson.

«Non mi inviti ad entrare?» disse l'apparizione. «Non è educato lasciare gli amici sulla porta, sai, e io, come ti ho già detto, sono il tuo Amico.»

«Tim! Tim!» Sua madre emerse dal bagno annodandosi la cinta dell'accappatoio, con un asciugamano, sui capelli appena lavati. Alla vista dell'ospite si fermò di colpo.

«Ma l'agenzia di noleggio aveva detto di non aspettarla fino al...» Si interruppe. Era la prima volta, in vita sua, che rivolgeva la parola ad un biofatto alieno, benché ne avesse visti molti in carne ed ossa ed anche in Tri-D.

«Siamo riusciti a stivare più merce del previsto nell'ultimo carico da Procyon» disse l'Amico. «Abbiamo fatto progressi, nei metodi di imballaggio. Mi consenta di identificarmi.» Oltrepassò Tim e si tolse la cintura, etichetta compresa, porgendola a Lorna. «Credo che mi troverà in perfetta regola.»

«Brutto schifoso! Non voglio che tu venga a rompermi le

[17] *umanoide*: essere artificiale che ha caratteristiche simili a quelle degli umani.

scatole in casa mia!» urlò Tim. Non aveva idea di cosa significassero esattamente le parole che aveva appena adoperato, ma sapeva che facevano immancabilmente arrabbiare i suoi genitori.

L'Amico non lo guardò neppure e disse: «Tim, avresti dovuto presentarmi a tua madre. Dato che non l'hai fatto, mi presenterò da solo. Farai bene a non peggiorare le cose interrompendomi.»

«Fuori di qui!» urlò Tim, e si lanciò contro l'Amico, tempestandolo di calci e pugni. Di colpo, si trovò sospeso a trenta centimetri da terra: la cintura dei suoi calzoni era stretta in una morsa simile a quella di una gru.

L'Amico disse a Lorna: «Dovete soltanto premere il pollice sull'etichetta, in modo da lasciare la vostra impronta, e rimandare il tutto all'agenzia di noleggio, per telefax. Se mi accettate, naturalmente».

Lorna guardò prima lui, poi il figlio, e applicò il pollice sul retro dell'etichetta con estrema decisione.

«Grazie. E adesso, Tim...» L'Amico lo voltò, in modo da poterlo guardare in faccia. «Mi dispiace vederti così sporco. Non è così che si desidera vedere gli amici. Adesso farai il bagno e ti cambierai.»

«Ho già fatto il bagno!» urlò Tim, impotente, agitando braccia e gambe.

L'Amico lo ignorò e disse: «Signora Patterson, se vorrà gentilmente mostrarmi dove sono i vestiti di Tim, risolverò immediatamente la faccenda».

Lorna fece un ampio, lento sorriso: «Lo sa? Credo che tutto sommato il dottor Hend ci abbia dato un buon consiglio. Venga, per di qua. E... come dobbiamo chiamarla?»

«Secondo l'usanza, è il mio giovane protetto che deve trovarmi un nome.»

«Tim, se lo conosco bene, è capace di scegliere un nome così volgare da non poter essere usato in pubblico.»

Il bambino smise per un attimo di urlare: ecco una cosa alla quale non aveva ancora pensato.

«Meglio evitarlo» disse Lorna. «D'ora in poi la chiameremo semplicemente Buddy. Va bene?»

«Memorizzerò il dato all'istante. Andiamo, Tim!»

«Immagino sia un'ottima cosa, trovare un servizio così puntuale, di questi tempi» mormorò Jack Patterson, guardando la sagoma di Buddy accovacciata davanti alla porta di Tim. Dalla stanza veniva un flusso costante di grida, urla e gemiti, ma nell'ultima mezz'ora il volume era diminuito, e di tanto in tanto il bailamme[18] si interrompeva per un paio di minuti, come se il bambino cominciasse ad esaurire le energie. «Non oso pensare a quel che diranno i vicini. Credo che non ci sia niente di più brutto, per dei genitori, che mandare in giro il figlio con uno di quei cosi alle calcagna. È come dichiararsi sconfitti.»

«Smetti una buona volta di pensare a quel che diranno i vicini e pensa a come mi sento io, invece!» replicò sua moglie. «Tu hai avuto una giornata tranquilla...»

«Tranquilla un corno! Quei maledetti avvocati!»

«Te ne sei stato comodamente seduto in un bell'ufficio! Ma io, se non fosse stato per Buddy, avrei avuto doppia razione del mio solito inferno! Secondo me, il dottor Hend ha avuto un'idea stupenda. Mi ha fatto un'ottima impressione.»

«Sei sempre la stessa!» brontolò Jack.

«Quando non ce la fai con questo, compri una macchina, quando non te la cavi con quello, ne compri un'altra... E adesso, a quanto pare, non riesci a cavartela neanche con tuo figlio. A me non ha fatto per niente una buona impressione!»

«Sei uno sporco...»

«Stammi a sentire. Ho sborsato un mucchio di soldi per avere un figlio intelligente, versatile e con un mucchio di doti, e l'ho avuto. Ma chi l'ha allevato? Tu! Sei tu che l'hai rovinato, con la tua pigrizia e il tuo cattivo carattere!»

«E tu, quanto tempo gli dedichi?» Lo fronteggiò con le mani sui fianchi e gli occhi che lanciavano fiamme. «Sempre la stessa storia, ogni sera, ogni fine settimana: "Toglimelo di torno, sono stanco morto!".»

«Ma vuoi star zitta? Si direbbe che finalmente si è addor-

[18] *bailamme*: confusione, baraonda.

mentato. Vuoi svegliarlo e peggiorare le cose? Io mi bevo un bicchierino. Ne ho proprio bisogno.»

Girò sui tacchi e corse giù per le scale. Lorna lo seguì furibonda.

Buddy, davanti alla porta della camera di Tim, rimase immobile. Solo una delle sue grandi orecchie si mosse lievemente, arricciandosi in punta.

Il giorno dopo, a colazione, Lorna preparò una farinata calda per tutti; gli Amici del modello di Buddy potevano mangiare gli stessi cibi della famiglia cui erano assegnati, il che rappresentava un bel vantaggio.

Tim, appena il piatto gli fu messo davanti, lo tirò a Buddy con tutte le sue forze. L'Amico lo afferrò al volo, con tale destrezza che sul tavolo non cadde neppure una goccia.

«Grazie, Tim» disse, e ingoiò il tutto in un unico rumoroso boccone. «Mi hanno detto che adori questo tipo di cibo, perciò sei stato molto generoso ad offrirmelo, anche se avresti potuto porgermi il piatto in modo più delicato.»

Il volto angelico di Tim si corrugò, come una maschera di cartapesta bagnata. Inspirò profondamente, poi si lanciò in avanti, con la precisa intenzione di rovesciare il tavolo. Ogni cosa era infrangibile (una lunga e dolorosa esperienza aveva insegnato ai Patterson a comperare solo stoviglie di robustissima plastica), ma il latte, lo zucchero, il succo di frutta e tutto il resto, mescolandosi insieme, avrebbero prodotto una magnifica poltiglia.

Ad un millimetro dall'oggetto più vicino (la bottiglia del latte) Tim fu bloccato da una presa delicata ma ferrea.

«Credo sia ora di cominciare le lezioni» disse Buddy. «Mi scusi, signora Patterson. Porterò Tim in giardino, dove c'è più spazio.»

«Le lezioni?» gli fece eco Lorna. «Ma... ma se non ha ancora fatto colazione!»

«Se mi permette, in un certo senso l'ha fatta: ha deciso di non mangiare. È un pochino sovrappeso, e se il pranzo verrà servito alla solita ora, come presumo, è improbabile che da qui a mezzogiorno soffra la fame. Inoltre, ciò mi offre un ottimo spunto per una dimostrazione pratica delle nozioni di massa, inerzia e attrito.»[19]

Senza altri commenti, Buddy si alzò e, portando Tim senza sforzo, marciò verso la porta che dava sul giardino.

«Come si è comportata, oggi, quella spaventosa bestia verde?» chiese Jack.

«È davvero fantastico. Finalmente comincio a capire qual è il suo sistema». Lorna si appoggiò allo schienale della poltrona, con aria soddisfatta.

«Davvero?» L'espressione di Jack, invece, si incupì. «E cioè?»

«Ecco, sopporta qualunque cosa faccia Tim (e ti assicuro che nostro figlio non si risparmia) e la interpreta nel modo più favorevole possibile, insistendo sul fatto che lui è il suo Amico e quindi agisce in modo assolutamente amichevole.»

Jack la guardò con disprezzo. «Ma di che diavolo stai parlando?»

«Se mi ascoltassi, forse lo sapresti!» scattò lei. «Tim gli ha lanciato addosso il piatto con la farinata, e lui l'ha afferrato al volo, l'ha mandata giù e l'ha ringraziato. Poi, quando Tim si è arrampicato per prendere il barattolo con le caramelle, Buddy gliel'ha tolto di mano, le ha mangiate tutte e l'ha ringraziato di nuovo e... Oh, è un piano davvero intelligente, il suo.»

«Ma sei matta? Permetti a quella mostruosità di mangiare la prima colazione di Tim e anche le sue caramelle, e non cerchi neanche di fermarlo?»

«Evidentemente non hai letto le istruzioni» disse Lorna.

«Non farmi venire i nervi! Sì che le ho lette!»

«Allora saprai che se interferisci con le azioni di un Amico, il contratto viene immediatamente annullato e devi pagare il costo del noleggio tutto in una volta!»

«Ma dare un'altra colazione al proprio figlio per sostituire quella mangiata da un orribile mostro verde, non è un'interferenza!»

[19] *nozioni... attrito*: concetti della fisica relativi al movimento dei corpi.

«Ma Tim gli ha tirato il piatto...»

«Se tu gli dessi da mangiare in modo decente forse lui...»

E così di seguito. Al piano di sopra, sul pianerottolo davanti alla stanza di Tim, Buddy drizzava le orecchie, immagazzinando tutto quel che sentiva.

«Tim!»

«Stai zitto, rompiscatole!»

«Tim, se continui ad arrampicarti su quell'albero, dopo la prima biforcazione troverai un ramo che non è abbastanza robusto per reggere il tuo peso. Cadrai da un'altezza di tre metri circa, e il terreno è piuttosto duro, perché il tempo è stato alquanto asciutto, quest'estate.»

«Stai zitto! Voglio solo allontanarmi da te!»

CRACK!

«Ecco, questo è un livido, il cui nome scientifico è emorragia subcutanea ovvero una perdita di sangue sotto la pelle. Mi pare anche che tu accusi una leggera lesione del tendine di Achille, a sinistra. C'è un muscolo che...»

«Tenuto conto delle tue limitate capacità nel nuoto, non credo sia prudente allontanarsi troppo dal bordo della piscina. Oltre i due metri la profondità aumenda improvvisamente.»

«Fai silenzio! Sto cercando di allontanarmi da te, e... *glub!*»

«La quantità di ossigeno presente nell'acqua è insufficiente a mantenere in vita una creatura che respira aria, come l'essere umano. D'altro canto, i pesci possono utilizzare questa piccola quantità di ossigeno perché sono dotati di branchie, invece che di polmoni. I tuoi antenati...»

«Ehi, c'è quel piccolo verme di Tim Patterson! E guardate chi si trascina dietro! Ehi, Tim! Come mai devi stare con questo buffo orsacchiotto verde? Ti hanno costretto ad andare dallo strizzacervelli, eh?»[20]

[20] *strizzacervelli*: termine scherzoso per indicare il medico specialista che si occupa di coloro che soffrono di malattie mentali o anche soltanto di problemi psicologici e disturbi nel comportamento.

Tim fu subito circondato da una dozzina di ragazzi del quartiere, di entrambi i sessi, tra i nove e i quattordici anni.

«La testa di Tim, come potete vedere, non è stata affatto "strizzata". Io sono l'Amico che gli è stato assegnato.»

«Non dire stupidaggini! Chi mai vorrebbe essere amico di Tim? Ha rotto il braccio a mio fratello e poi si è messo a ridere!»

«Ha dato fuoco alla palestra della scuola!»

«Ha ammazzato il mio cane... Il mio bel cagnone!»

«Sì, me l'hanno detto. Questa è un'ottima occasione per chiedere scusa, vero Tim?»

«Ma quel cane faceva un sacco di rumore, abbaiava sempre...»

«Vigliacco! Hai ucciso il mio cane!»

«Aiuto, Buddy! Aiuto!»

«Come ti stavo dicendo, Tim, questa è proprio una magnifica occasione per scusarti... No, no, bambina cara, metti giù quel sasso. È veramente da maleducati (e pericoloso, per di più) tirare una cosa simile a qualcuno.»

«Stai zitto!»

«Suoniamogliele per bene! Così tornerà a casa piangendo e racconterà che dei ragazzini cattivi gli sono saltati addosso. Vediamo se gli piace, essere ripagato della stessa moneta!»

«Siete pregati di non danneggiare il bambino che mi è stato assegnato.»

«Ti ho detto di far silenzio, Verdone!»

«Bada, ti ho avvertita: è pericoloso e incivile tirar sassi alle persone. Credo che dovrò informare i tuoi genitori. Vieni, Tim.»

«No!»

«Bene, come vuoi. Allora lascerò andare questa signorina, che sarà libera di prenderti a sassate.»

«No!»

«Tim, i tuoi desideri sono contraddittori. O vieni con me per informare i genitori di questa bambina del suo riprovevole comportamento, o dovrò lasciarla andare e ti tirerà altri sassi... troppi, probabilmente, perché io possa bloccarli tutti.»

«Io... ecco... Mi dispiace di aver fatto del male al tuo cane. Però mi esasperava, non smetteva mai di abbaiare.»

«Ma non è vero che abbaiava sempre! Aveva una zampa ferita, e chiedeva aiuto a modo suo!»

«Invece sì, non la finiva di abbaiare!»

«Non è vero. Lo ha fatto solo quella volta, e tu ti sei arrabbiato.»

«Io... io... allora, forse...»

«Se vogliamo essere precisi, sono stati in molti a protestare perché il tuo cane faceva chiasso. Tu lo lasciavi solo per parecchie ore, ogni volta che uscivi.»

«È proprio così! Grazie, Buddy!»

«Ma non c'era bisogno di ammazzarlo, per questo!»

«Ha ragione, Tim, non ce n'era bisogno. Avresti potuto diventare suo amico, e occupartene quando lo lasciavano solo.»

«Già, e chi avrebbe avuto voglia di occuparsi di un cane come quello?»

«Forse qualcuno che non aveva mai potuto avere un cane tutto per sé, non credi?»

«E va bene! Sì, volevo un cane, e non me l'hanno mai permesso. Dicevano che l'avrei tormentato, e cose del genere. Allora mi sono detto: se è questo che credete vi faccio contenti!»

«Come mai è tutto così tranquillo, stasera?» chiese Jack Patterson. «Cosa sta succedendo?»

«Devi ringraziare Buddy» rispose Lorna.

«Davvero? E cosa ha fatto, stavolta, che io non avrei potuto fare?»

«Ha convinto Tim ad andare a letto all'ora giusta, senza tanti strilli.»

«Non raccontare storie! Convinto... L'avrà terrorizzato!»

«Ma se stasera ha voluto che Buddy dormisse in camera sua, invece che davanti alla porta, sul pianerottolo!»

«Dici sempre che non ho letto le istruzioni, e invece sei tu che non le hai lette! Gli Amici non dormono, stanno all'erta ventiquattr'ore su ventiquattro!»

«Oh, smettila! È la prima sera di pace che abbiamo da non so quanto tempo a questa parte, e tu vuoi rovinarla ad ogni costo!»

«Non è vero.»

«Perché non stai zitto, allora?»

Al piano di sopra, dietro la porta della stanza di Tim, come sempre socchiusa, le orecchie di Buddy erano ben tese, e le punte arricciate rendevano acutissimo il suo udito.

«E tu chi sei? Ah! Ti conosco! Tim Patterson, se non sbaglio! Allora, cosa vuoi?»

«Io... Io...»

«Tim vorrebbe sapere se suo figlio può giocare con lui, signora.»

«Vuoi scherzare? Il mio Teddy dovrebbe giocare con Tim, dopo che lui gli ha spezzato il gomito con una mazza di baseball!»

«Ma è successo molto tempo fa, signora, e...»

«No! E questa è la mia ultima parola!»

La porta fu sbattuta con decisione.

«Grazie per aver provato, Buddy. Non fa niente, davvero. Sarebbe stato divertente, ma non ha importanza!»

«Guarda quella bambina, Tim, non dovrebbe giocare così vicina alla superstrada... Santo cielo, ragazzo, dammi una mano, questa è un'emergenza! Togliti la cintura e mettila intorno alla gamba della piccola. Benissimo. Adesso stringi. Vedi, la perdita di sangue diminuisce. La cintura, messa al punto giusto, proprio dove un'arteria passa quasi sottopelle, fa da laccio emostatico. Se perdesse troppo sangue, potrebbe anche morire. Ha una penna nella tasca del vestito. Scrivile una T[21] sulla fronte, e poi aggiungi l'ora precisa (laggiù c'è un orologio). Quando arriverà all'ospedale, il chirurgo saprà per quanto tempo ha tenuto il laccio emostatico. La circolazione del sangue può essere fermata al massimo per venti minuti.»

[21] *T*: è l'iniziale di *time*, in inglese «tempo» e «ora».

«Oh, Buddy... Non so scrivere una T, e non so neanche leggere l'ora.»

«Ma quanti anni hai?»

«Otto e mezzo.»

«Già, a dire il vero lo sapevo, e so anche che non sei capace di fare certe cose. Dammi la penna, per favore. Ecco. Adesso vai a bussare alla casa più vicina e chiedi a qualcuno di chiamare l'ambulanza. A meno che in questa macchina che sta facendo marcia indietro non ci sia un telefono.»

«Desiderate, prego?» Jack Patterson fissò la coppia che aveva inaspettatamente bussato.

«Signor Patterson? Sono William Vickers, e questa è mia moglie Judy. Abitiamo nel Blocco 1100. Sentivamo di dover venire da voi, oggi, dopo quel che ha fatto vostro figlio. Luisa, la nostra bambina, è ancora in ospedale, ma dicono che presto starà bene.»

«Che diavolo state dicendo?» Lorna venne fuori dal soggiorno, con il viso arrossato, accompagnata dall'odore acuto del gin. «Tim ha mandato vostra figlia all'ospedale? È davvero troppo! Jack Patterson, non ho nessuna intenzione di sprecare un minuto di più per occuparmi di tuo figlio! Ne ho abbastanza di lui, e anche di te! Hai capito? Basta!»

«Ma no, avete capito male» disse timidamente Vickers. «Grazie alla sua prontezza, e all'Amico che lo accompagnava, Luisa se l'è cavata con poco: solo qualche graffio, e una modesta perdita di sangue. Niente, in confronto a quel che può capitare quando si finisce sotto una macchina.»

Lorna restò a bocca aperta, come un pesce. Dopo un po' Judy Vickers tirò il marito per la manica.

«Caro, forse siamo venuti nel momento sbagliato. Sarà meglio che andiamo a casa. Comunque... sappiate che vi siamo molto, molto riconoscenti.»

Si voltò e il marito, dopo aver rivolto a Jack e a Lorna uno sguardo perplesso, la seguì.

«Cretina!» urlò Jack. «Ma perché devi subito tirare le conclusioni sbagliate? Due persone ci vengono a trovare per ringraziarci, o per qualunque altra cosa, e tu pensi subito al peggio! Ma non hai proprio nessuna considerazione per tuo figlio... non gli vuoi neanche un po' di bene?»

«Ma certo, che gli voglio bene! Sono sua madre! Certo che m'importa di lui!» Lorna tornò in soggiorno, la testa voltata indietro per continuare a strillare contro il marito.

«Per te, invece, è solo un oggetto, una cosa di tua proprietà, un simbolo della tua condizione sociale, un...»

«Non è esatto, signora Patterson» disse una voce ferma. Lei, sorpresa, si voltò. Buddy era fermo al centro del soggiorno, e il verde brillante della sua pelliccia stonava orribilmente col blu pavone del tappeto rettangolare su cui si era piazzato.

«Che cosa fai qui?» esplose Jack. «Dovresti essere di sopra, con Tim!»

«Tim dorme profondamente, per il momento» disse calmo l'Amico. «Io, però, vi suggerirei di parlare a voce bassa.»

«Stammi a sentire, io non prendo ordini da...»

«Signor Patterson, non intendevo darle un ordine. Volevo soltanto chiarire un malinteso. Sua moglie ha definito con esattezza il suo atteggiamento verso vostro figlio (ed è proprio così, lei non l'ha mai considerato una persona, ma solo un oggetto che doveva contribuire a migliorare la sua immagine, che è poi quella del funzionario di successo di una società importante). Allo stesso tempo, però, sua moglie continua a pensare, sbagliando, di essere lei quella che "ama" Tim. Io credo, invece, che l'aggressività del bambino le faccia comodo, perché le offre il modo di scaricare la rabbia che nutre nei confronti di suo marito. No, signora Patterson, le sconsiglierei di ricorrere alla violenza. Sono stato dotato di riflessi infinitamente più pronti di quelli degli esseri umani.»

Lorna, che aveva già alzato il braccio ed era pronta a tirare un pesante bicchiere di cristallo, sospirò e si trattenne.

«Già. Ti ho visto afferrare al volo tutto quello che ti lancia Tim. Però adesso fai silenzio, va bene?» Tornò ad infuriarsi: «Non è affar tuo, criticare me o Jack, capito?».

«È vero!» insorse Jack. «Non sono mai stato insultato in questo modo, in tutta la mia vita.»

«Forse le avrebbe giovato, sentirsi dire qualche verità spiacevole» disse Buddy. «Il mio compito è quello di contribuire a valorizzare le doti e i talenti che, sono costretto a ricordarglielo, lei, proprio lei ha voluto fossero inclusi nel patrimonio genetico di Tim. Lui non ha chiesto di nascere così, né di essere figlio di due genitori tanto vanitosi da non sapersi accontentare di un bambino normale. Avete voluto un "modello di lusso", e ne avete sistematicamente sprecato le capacità. Nessun bambino di otto anni e sei mesi, con un Q.I. tra 160 e 175[22] dovrebbe essere incapace di leggere, scrivere, contare, leggere l'ora, e così via. Siete stati voi a mettere Tim in questa infelice situazione.»

«Se non stai zitto ti...»

«Signor Patterson, torno a suggerirle di parlare piano.»

«Non ho intenzione di dar retta alle tue stupidaggini, specie di mostro verde!»

«E neanch'io!» gridò Lorna. «Come osi dire che non amo mio figlio, e che me ne servo per ferire Jack!»

«Giusto! E quanto a me, non sopporterò di sentirmi dire che lo tratto come un soprammobile, un... come l'hai chiamato?»

«Un oggetto che serve a migliorare la sua immagine» rispose Buddy, pronto.

«Ma guarda un po'.» Jack si avvicinò all'Amico a grandi passi. «Mi prendi in giro, vero?»

«È proprio così, ci prende in giro!» gridò Lorna.

«Basta, sono stufo! Domani mattima chiamerò l'agenzia per chiedere che ti portino via; sono stufo di essere trattato come un deficiente e un incapace, e soprattutto sono stufo di affidare mio figlio a un... Tim! Che cosa fai qui? Dovresti essere a letto!»

«Vi avevo detto di parlare più piano» mormorò Buddy.

«Torna subito in camera tua!» urlò Lorna alla piccola figura in pigiama azzurro, con i capelli arruffati, che stava scendendo

[22] *Q.I. tra 160 e 175*: è un quoziente molto alto, che indica un'intelligenza decisamente superiore alla norma.

le scale. Le luci del soggiorno facevano brillare le lacrime che gli scorrevano sulle guance.

«Hai sentito cos'ha detto tua madre?» urlò Jack. «Torna subito a letto!»

Ma Tim continuava a scendere a passi lenti e decisi, finché arrivò in fondo alla scala e andò dritto verso Buddy. Poi mise le sue dita rosee fra quelle pelose dell'Amico, e disse:

«Non potete mandarlo via! È amico mio!»

«Non usare quel tono con tuo padre! Farò esattamente quel che voglio, con quella cosa!»

«E invece no!» Tim parlava in tono deciso. «Non puoi. Ho letto il contratto, e dice che non puoi.»

«Cosa vuol dire, hai letto il contratto?» chiese Lorna, con voce stridula. «Se non sai leggere, piccolo imbecille!»

«Per vostra informazione, sa leggere» disse tranquillamente Buddy. «Gliel'ho insegnato questo pomeriggio.»

«Che cosa?»

«Gli ho insegnato a leggere, questo pomeriggio. Ne era perfettamente capace, e ho solo dovuto rimuovere il blocco[23] che gli impediva di farlo. Ora che è in grado di collegare i suoni ai simboli, in un paio di giorni dovrebbe riuscire a leggere qualunque cosa.»

«E quindi ho letto il contratto!» dichiarò Tim. «Perciò so che Buddy può restare con me per sempre.»

«Adesso esageri» mormorò Buddy.

«Certo, lo so. Ma dieci anni sono lunghi.» Tim strinse la mano di Buddy. «Adesso basta con le stupidaggini. E smettetela di strillare, perché i ragazzini della mia età hanno bisogno di dormire. Io me ne torno a letto. Vieni, Buddy?»

«Sì, certo. Buonanotte, signore e signora Patterson. Vi prego di riflettere sulle mie osservazioni e su quelle di Tim, che vi conosce molto meglio di me.»

Mentre saliva le scale, con Buddy al fianco, Tim si voltò. Sul suo visetto serio le lacrime si erano ormai asciugate.

«Non preoccupatevi» disse. «Non vi darò più tanti proble-

[23] *blocco*: impedimento psicologico, rifiuto mentale.

mi. Adesso ho capito che non è colpa vostra, se vi comportate così.»

«E ha sempre quella maledetta aria di superiorità!» strepitò Jack Patterson, la prima volta che lui e sua moglie tornarono dal dottor Hend. In base all'accordo che aveva sistemato la faccenda del cane, erano costretti a portare Tim dal medico una volta al mese. Era senz'altro meno costoso che affidarsi a uno studio legale computerizzato, capace di evitare il riformatorio al ragazzo.

«Posso immaginarlo» sospirò il dottor Hend. «Ma vedete, un biofatto come Buddy è concepito in modo tale da enfatizzare le caratteristiche umane che i più importanti antropologi[24] di Procyon, Regulus, Sigma Draconis e altri sistemi hanno individuato come positive, e che tuttavia sono tanto rare. Quella più importante è l'empatia, cioè quel che ci consente di sentire con gli altri, di provare compassione, eccetera. Per incoraggiarne lo sviluppo bisogna cominciare a insegnare la pazienza, e ne consegue che bisogna dare il buon esempio.»

«Pazienza? Ma Tim non è affatto paziente» replicò Lorna. «Prima era ostinato, d'accordo, distruggeva tutto, diceva parolacce, ma adesso non ci lascia un momento di pace! È un continuo: "Dammi questo, dammi quello, voglio costruire una barca, voglio fabbricare una navicella spaziale, mi serve un vetro per fare un terrario[25] e osservare le formiche... Voglio, voglio, voglio!" È come prima, o addirittura peggio!»

«È vero!» disse Jack, tetro. «Buddy non ha fatto altro che metterci contro nostro figlio!»

«Al contrario: l'ha messo dalla vostra parte. Anche se in ritardo, sta facendo del suo meglio per darvi quel che avevate chiesto. Volevate un figlio intelligente e con un Q.I. elevato. E l'avete avuto.» Il tono del dottor Hend era quello di chi sta per perdere la pazienza. «È di nuovo in una scuola normale,

[24] *antropologi*: studiosi del comportamento e della mentalità degli uomini.
[25] *terrario*: grande contenitore fornito degli elementi necessari a ricreare le condizioni dell'ambiente naturale. Serve per allevare insetti, rane, piccoli rettili e simili al fine di studiarne i comportamenti e le abitudini.

ha raggiunto risultati eccellenti, è bravo nella ginnastica in caduta libera e in tante altre materie. Buddy l'ha fatto diventare esattamente il figlio che avevate deciso di avere, in origine.»

«Le dico di no!» esplose Jack. «Sembra che ci guardi dall'alto in basso! È una cosa insopportabile.»

«Signor Patterson, provi a pensarci su e vedrà che era inevitabile.»

«E io dico che poteva e doveva essere evitato.»

«Invece no. Per rompere in fretta l'isolamento di Tim e curare la sua incapacità di capire i sentimenti altrui, Buddy ha usato il sistema più pratico. Gli ha dato il senso della pietà: qualcosa che vorrei poter fare anch'io. Non è colpa di Buddy, e nemmeno di Tim, se le prime persone che hanno fatto pena al bambino siete voi. Quindi, se volete che lui cambi e vi rispetti, dovrete chiedere consiglio a Buddy... In fondo gli Amici servono a questo: a migliorarci come esseri umani. E adesso scusatemi, ho altri pazienti che aspettano. Buonasera!»

(da *Storie di giovani mostri*, Mondadori, trad. Francesca Lazzarato)

WILLIAM SAROYAN

I nostri amici, i topi

Nonostante il gatto, c'erano topi in casa nostra.

Di notte, quando le luci erano spente in ogni camera e tutto quieto e noi nei nostri letti, potevamo udire i topi venir fuori dai loro buchi e correre sull'impiantito[1] di legno della cucina, e se stavamo molto attenti potevamo anche udirli squittire[2] ed era molto, molto divertente ascoltarli.

Io pensavo ch'era bene avere in casa nostra quei piccoli, timidi esseri furtivi[3] e li pensavo come topi nostri, topi di casa nostra e parte della nostra vita.

Erano ladri e dovevano rubare per vivere, ma anche così erano una famiglia, né più né meno come noi eravamo una famiglia. E poiché abitavano in casa nostra io sentivo di voler loro bene.

Di notte, alle volte, nell'ascoltarli, capivo che anche mio fratello Krikor li stava ascoltando.

Dormivamo, io e Krikor, nella stessa stanza, eravamo molto vicini, coi letti vicini, e io, se ero sveglio nell'oscurità, sentivo subito che lui pure era sveglio, quando era sveglio, perché era una cosa molto diversa da quando dormiva.

Lo sentivo ascoltare i topi con me, e dicevo:

«Li odi, Krikor?»

E Krikor diceva:

1 *impiantito*: pavimento.
2 *squittire*: emettere suoni brevi e stridenti, come è tipico dei topi e di altri animali, per esempio i pappagalli.
3 *furtivi*: circospetti, cauti, attenti a non far rilevare la loro presenza.

«Zitto. Ora cominciano a giocare.»

Io sentivo ch'era sveglio perché c'era qualcosa del suo essere sveglio nell'oscurità, qualcosa che non ci sarebbe stato se lui avesse dormito; e ascoltando i topi noi ci rendevamo a poco a poco conto, senza affatto volerlo, della nostra più intima realtà, la più minuta realtà, momento per momento, della nostra coscienza che avrebbe potuto riposare nel sonno e invece era sveglia e continuamente tornava sveglia. Se non fosse stato per i topi non ci saremmo resi conto di questo, almeno in quel tempo.

Moog è la parola per dire topo, nella nostra lingua[4] e non implica nulla di scientifico, significa semplicemente una piccola forma di vita dotata di agilità e facile a prendere paura, così che se un bambino è piccolo e timido può venire chiamato *moog*, senz'ombra alcuna di disprezzo. Pensando ai nostri topi nella nostra lingua, noi pensavamo timidezza e vivacità, nulla d'infetto[5] e non riuscivamo assolutamente a sentire ch'essi, i topi di casa nostra, fossero i nemici della nostra salute e i ladri delle nostre provviste.

Davano, essi, qualche innocente rosicchiata qua e là, e alle volte noi trovavamo tracce delle loro orge[6] sull'impiantito, ma questo era il peggio di cui si potesse accusarli. Nessuno di noi prese la malaria[7] per via dei topi e Krikor, parlando con me della cosa, disse che se i topi si ammalavano di malaria morivano, probabilmente, prima di passarcene i germi.

Solo una volta o due noi avevamo visto il nostro gatto con in bocca un topo.

Avevamo visto il gatto giocare col topo e poi mangiarlo, e pur non sapendo spiegarci come qualcosa di vivo potesse esser privato della vita, pur sentendoci riempire di tristezza allo scricchiolìo delle piccole ossa che il gatto spezzava sotto i den-

[4] *nostra lingua*: l'armeno. Di famiglia armena immigrata negli USA, Saroyan attribuisce spesso una analoga origine ai personaggi dei suoi racconti. L'Armenia è una regione asiatica situata tra il Mar Nero e il Mar Caspio.
[5] *infetto*: sporco, pericoloso per la salute.
[6] *orge*: feste sfrenate. Il termine è usato qui con una evidente sfumatura ironica.
[7] *malaria*: malattia trasmessa dalla zanzara anofele. La riflessione del ragazzo è dunque priva di base scientifica.

ti, la cosa ci era, nell'insieme, sembrata giusta perché legittima.

Ai gatti piaceva mangiare i topi, ed era affare dei topi tenersi lontani dai gatti. Un gatto era una cosa viva come un topo, però di altra famiglia e di altro grado, e tanto gatto che topo avevano i loro istinti, e mentre per un gatto era naturale che usasse tutto il suo istinto a cercare di prender topi, per un topo era naturale che usasse l'istinto suo a tenersi fuori dalla strada del gatto.

La situazione era, nel complesso, giusta e leale, e se un topo cascava nelle grinfie di un gatto questo succedeva perché il gatto, affamato o in vena di giocare, metteva fuori una sua abilità speciale, o perché il topo, essendo vecchio o pigro o negligente, mancava della prudenza necessaria, e così il gatto si meritava di mangiare il topo e il topo si meritava d'esser mangiato.

Non vi è altro punto di vista plausibile,[8] io penso, e inutile ritengo parteggiar per i topi, e giudicare i gatti bestie selvagge e perfide quando, in fondo, hanno tutto contro, ed è un miracolo che riescano qualche volta ad acchiappare un topo. Parteggiar per i topi rivela una mente angusta[9] e incapacità di capire le leggi della natura, incapacità di penetrare[10] l'etica[11] del topo e l'etica del gatto insieme.

Io non sono un naturalista,[12] e non conosco i nomi di quegli organismi più piccoli che i topi forse amano mangiare, ma ritengo che ve ne siano, di questi organismi più piccoli, queste più piccole cose viventi, care ai topi da cacciare e mangiare. Se poi i topi mangiano soltanto quello che mangia l'uomo, formaggio e prime edizioni,[13] bene, vuol dire che sono da ammirare assai più di quanto non vengano ammirati.

Avevo già visto delle trappole per topi ma non le avevo mai

8 *plausibile*: accettabile, convincente.
9 *mente angusta*: mente ristretta, meschina.
10 *penetrare*: comprendere.
11 *etica*: insieme dei valori e dei princìpi morali.
12 *naturalista*: studioso di scienze naturali.
13 *prime edizioni*: l'espressione indica qui, genericamente, i libri.

studiate con attenzione, né mai le avevo pensate in riferimento ai nostri topi.

Poi un giorno ne vidi tre, in casa. Mia sorella Lucy voleva assolutamente liberare la casa dai topi.

Presi in mano, allora, una di quelle trappole e l'esaminai. Vidi il ferro che doveva scattare sopra al topo e ucciderlo e vidi la molla che doveva far scattare il ferro, farlo scendere sul topo con forza micidiale.

Quando un gatto ha catturato un topo e con esso gioca non è difficile immaginarsi lo stato d'animo del topo, il suo smarrimento e il suo orrore, la sua tragica speranza di scappare che il gatto così perfidamente incoraggia per divertirsi, ma, nonostante tutto questo, come ho detto, si ha l'impressione che la cosa sia, in complesso, giusta e leale.

Con le trappole, invece, non si può avere questa impressione. Una molla di ferro contro l'istinto di un topo non è cosa leale. Subito io dichiarai, dunque, la mia avversione per le trappole, e rimasi stupito che mio fratello Krikor non trovasse nulla da obiettare.

Egli guardava le trappole senza parlare. Non parlava né in un senso né in un altro.

In armeno io dissi:

«Che hanno fatto i topi? Non hanno fatto niente di niente.»

Mia madre disse che aveva trovato un topo annegato in una caraffa di aceto, e che aveva dovuto buttar via l'aceto. Disse ch'era assurdo tollerare i topi, solo perché a noi ragazzi piaceva ascoltarli la notte.

Così le trappole vennero preparate, col formaggio dentro per esca,[14] e la mattina dopo ne trovammo due occupate. La terza, invece, era vuota, eppure il formaggio era scomparso.

Mia madre trovò la cosa molto strana.

Disse:

«Dev'essere un topo molto furbo quello che ha avuto da fare con questa trappola.»

[14] *esca*: il termine indica ciò che serve ad attirare un animale per ucciderlo o catturarlo.

Io mi rallegrai che uno dei nostri topi fosse riuscito a scamparla, e pensai che questo topo, tornando dagli altri topi, avrebbe detto loro:

«Attenzione, ragazzi! Hanno messo le trappole col formaggio dentro. Uno va a prendere il formaggio e qualcosa scatta, vi piomba addosso e vi uccide. L'ho visto coi miei occhi e per poco non restavo ucciso anch'io, ma sono stato più svelto della trappola. Da ora in poi dovete fare attenzione e tenere gli occhi bene aperti, e non toccare mai formaggio che non sia su qualche piatto o nell'armadio. Se vedete del filo di ferro o del legno, non vi avvicinate... È una trappola, e uccide. Meglio restare a stomaco vuoto e vivere, che morire con un pezzettino di formaggio in bocca.»

I topi che il ferro della trappola aveva uccisi erano rigidi, e dalle loro minuscole membra si poteva vedere quanto avessero sofferto prima di morire.

La sera mia sorella Lucy preparò di nuovo le tre trappole col formaggio dentro, e la mattina dopo ne trovammo occupata solo una. Le altre due erano vuote, senza formaggio né topi. Io pensai che i nostri topi facevano in fretta a imparare, ed ero contento.

La notte seguente mi capitò di svegliarmi e tesi l'orecchio ad ascoltare i topi.

Ascoltai per un pezzo e non udivo nulla, e sentivo che mio fratello Krikor non era sveglio. L'oscurità era vuota della sua presenza.

Poi, ecco, udii una trappola scattare, e pensai al povero topo ch'era stato preso e stava morendo schiacciato dal ferro. In meno di un minuto udii scattare un'altra trappola. E mi domandai cosa diavolo avessero quei topi, perché diavolo non imparassero a tenersi lontani dalle trappole.

Infine udii scattare anche la terza trappola e mi dissi:

«Acciderba, di questo passo, i nostri topi saranno sterminati in meno di una settimana.»

E mi riaddormentai.

La mattina dopo trovammo che tutte e tre le trappole erano scattate, ma senza prendere nessun topo.

A tavola mio fratello Krikor disse:

«Ho letto in un libro che i topi alle volte capiscono il trucco della trappola e non si lasciano giocare. Vanno a mangiarsi il formaggio dal di dietro e la molla scatta senza prenderli. Così fanno i nostri topi.»

Ma non era così, era lui...

Una notte lo sentii tornare in camera e rimettersi a letto.

Mi trovavo sveglio e occupato a riflettere sulle trappole e i nostri topi con tanta intensità che mio fratello Krikor se ne accorse.

Cominciammo allora a sussurrare e mio fratello Krikor disse:

«Sono andato a far scattare le trappole.»

Mi fece ammettere come noi non si voleva che i topi morissero sotto il ferro delle trappole.

«Sono andato a far scattare le trappole» disse. «Ho messo il formaggio in terra, e ora i topi verranno a mangiarlo, e dopo se ne torneranno via. Li udremo ora, quando verranno.»

E cominciammo a stare in ascolto, in attesa di loro, i topi; e passò qualche minuto, li udimmo uscire dai loro buchi.

Disse mio fratello Krikor:

«Non è vero niente dei germi e delle malattie. Sono puliti lo stesso dei gatti... È solo questione che hanno fame e vogliono mangiare, come tutte le altre cose vive. Per questo vengono fuori. Ho messo il formaggio vicino ai buchi. Lo troveranno.»

(da *Che ve ne sembra dell'America?*, Mondadori, trad. Elio Vittorini)

ANONIMA VIENNESE

Ieri ci siamo arrabbiate da morire...

29 dicembre. Ieri ci siamo arrabbiate da morire.[1] Ecco com'è andata. È tantissimo tempo che non giochiamo più con le bambole né con cose del genere, ma ieri mentre frugavo nella cassetta di Hella[2] mi sono capitate in mano le cose della bambola; erano proprio in fondo, dove Hella non le guarda mai. Ho tirato fuori il modello di Parigi e Hella ha detto: «Dammelo e porta qui tutte le cose che ci vanno insieme». Ho messo tutto sul letto e stavamo provando tutte le combinazioni quando sono entrate la mamma e Dora. Dora[3] ha dato un'occhiata sprezzante e ha detto: «Ah, stanno giocando al loro gioco preferito: guarda, Lizzi, son tanto eccitate che sono rosse come gamberi». Che impertinente. Noi giocare alle bambole! E anche fosse, che diritto aveva di prenderci in giro? Hella era furiosa e oggi ha detto: «Non si può mai stare al sicuro dalle spie; per favore metti via tutta quella roba che non la veda più». È veramente troppo stupido dover essere rimproverate se si gioca alle bambole, come se fosse una cosa da non fare. E dopo tutto solo da grandi si capisce come son fatte le cose: a 7 o 8 anni, o più ancora quando si è proprio piccole, non si capisce neppure se le bambole sono belle e ben vestite o no. Però con oggi abbiamo chiuso con le bambole. Un giorno adatto per girare la pagina, perché dopodomani è Capodanno.

1 *Ieri... morire*: queste pagine sono tratte dal diario, autentico, di una ragazza di dodici anni, vissuta a Vienna all'inizio del Novecento.
2 *Hella*: amica e coetanea di Grete, la ragazza di dodici anni autrice del diario.
3 *Dora*: sorella maggiore di Grete; Lizzi, citata poco più avanti, è invece la sorella più grande di Hella.

Ma più di tutto mi secca questa sfacciataggine di Dora; dice che Lizzi ha detto: «Una volta anche noi ci divertivamo con queste cose», ma ero tanto furiosa che non ho sentito. Ma mangiare di nascosto tutti i più bei dolci dell'albero di Natale!!! L'ho visto io, ma *quello* non è niente. Quello sta bene ed è una cosa ben fatta per una ragazza di 15 anni. Ieri sera dopo cena ho chiesto: «Che ne è stato del secondo sandwich di marzapane,[4] son sicura che ce n'erano due sull'albero»; e l'ho guardata fissamente finché è diventata rossa. E dopo un po' ho detto: «È scomparso anche il grosso cesto di verdure». Allora lei ha risposto: «Sì, l'ho preso io, non ho bisogno di chiedere il tuo permesso; e il sandwich l'ha preso Oswald».[5] Ero furibonda e papà ha detto: «Su, su, streghetta, calma la tua rabbia col secondo sandwich e sciacquati la bocca con un sorso di rosolio»;[6] perché il nonno gliene ha mandata una bottiglia.

30 dicembre. Bella fine dell'anno. La scuola non mi interessa più. Noi siamo stupidelle, sfacciate e civette: ecco il ringraziamento per essere andate a scuola, tutti i martedì e i venerdì, alle 8 e mezza per sistemare ogni cosa e spolverare, e dopo tutto questo lui può dire una cosa simile. Non scriverò mai più *lui* con la maiuscola: non lo merita. E devo ingoiare tutto e star zitta perché non devo far inquietare Hella.[7] Mi sono arrabbiata come un cane quando la mamma me l'ha detto, ma però sono contenta perché adesso so come devo trattarlo. Ieri la mamma era in visita e per caso c'era anche la sorella del maestro di ginnastica, che insegna al ginnasio*[8]; lui ha detto alla mamma che suo cugino, il dott. W., è molto seccato perché le ragazze del ginnasio sono così civette e stupidelle e cominciano a far le sciocche fin dalla prima classe. *Per questa ra-*

[4] *sandwich di marzapane*: il marzapane è una pasta fatta con mandorle, zucchero e bianco d'uovo: in pasticceria viene spesso utilizzato per realizzare piccoli dolci con la forma dei più svariati oggetti. Qui, infatti, si parla di dolci di marzapane a forma di panino imbottito e poi di cestino di verdura.
[5] *Oswald*: il fratello di Grete e Dora.
[6] *rosolio*: liquore molto dolce, a bassa gradazione alcolica.
[7] *non devo... Hella*: l'amica di Grete è stata da poco operata di appendicite.
[8] *ginnasio*: il ginnasio era un corso di studi di cinque anni, corrispondente ai tre anni delle medie e ai due del biennio superiore. L'asterisco sta qui al posto del nome della scuola, che non si vuole indicare.

gione preferisce insegnare ai ragazzi, anche loro gli vogliono bene ma non sono una così *infernale seccatura*. Benissimo, adesso che lo so *io* non lo *seccherò* più. Venerdì, quando ci sarà la prossima lezione, andrò là due minuti prima delle nove e porterò la roba in classe senza dire una parola; e lo dirò anche alla Kalinsky, che siamo un'*infernale seccatura* per lui. Come se *noi* fossimo in prima classe, fra l'altro!

1° gennaio 19... Son fuori di me dalla rabbia, per questa storia del prof. W. Hella ha continuato tutto ieri a chiedermi che cosa avevo, che non le parevo la stessa di sempre; ma grazie al cielo son riuscita a non dirle nulla. Devo farlo per il suo bene, anche se finirò con l'ammalarmi io. Tanto che m'importa ormai della vita? Tutti sono così falsi. Sembrava così gentile e simpatico; se penso al modo come mi chiedeva notizie di Hella, e fingeva!!! Se Hella sapesse. Ah, domani!

2 gennaio. L'ho trattato *coi piedi*. Picchiato alla porta: «Buongiorno, signor professore, per favore che cosa occorre oggi per la lezione?». E lui molto gentile: «Niente di speciale oggi. Be', come ha passato il Natale?». Io: «Come il solito, grazie». Lui si è voltato e mi ha guardata: «Non direi, a giudicare dall'umore». Io: «Ho altri motivi». Lui: «Ah, sì?». Può ben dire «Ah, sì?» Non sospetta neanche che so come parla di noi.

6 gennaio. Oggi Hella ha potuto uscire per la prima passeggiata in macchina. Ora sta molto meglio e tornerà a scuola verso la metà del mese. *Devo* dirglielo prima altrimenti sarà un colpo troppo duro. Ieri ha domandato: «D.S. non chiede più di me?». «Oh, sì» ho mentito, «ma non tanto spesso come prima.» E lei ha commentato: «È sempre così, lontan dagli occhi lontan dal cuore». Che cosa accadrà quando le dirò la verità? Ma non lo farò prima che si sia ben rimessa.

10 gennaio. Gliel'ho già dovuto dire. Parlava con entusiasmo di D.S., e io a tutta prima non ho detto nulla, ma poi lei mi ha chiesto: «Perché fai quella faccia? Non ti permette più di preparare le cose per la lezione?». Io: «*Permette*? Certo che mi *permette*, sono io che non *voglio* più». Non ho detto a Hella *quanto* dispiacere mi fa tutto questo; perché *ero* veramente innamorata cotta di lui.

(da *Diario di una giovinetta*, TEA, trad. Elena Spagnol)

Barry Kent mi ha detto che se non gli dò venticinque pence al giorno...

Martedì 17 febbraio

Barry Kent mi ha detto che se non gli dò venticinque pence[1] al giorno mi pesta[2]. Gli ho detto che perde tempo se spera di estorcermi il grano con le minacce perché non ho il grano. Mia mamma mi versa direttamente la mancia sul libretto della cooperativa edilizia[3] salvo quindici pence al giorno per comprare i Mars al cioccolato. Barry Kent ha detto che allora vuole i soldi della mensa! Gli ho spiegato che, da quando il pasto costa mezza sterlina, mio papà paga con un assegno, ma Barry Kent mi ha dato un pugno e se n'è andato dicendo che se volevo ce n'era ancora.

Sono andato all'edicola a far domanda per consegnare i giornali.

Giovedì 19 febbraio
Genetliaco[4] del principe Andrea (1960)

Beato lui che ha le guardie del corpo. Non c'è mica Barry Kent che gli spreme il grano, al principe Andrea. Mezza sterli-

[1] *pence*: plurale di *penny*. Cento pence costituiscono una sterlina.
[2] *Barry... pesta*: queste pagine sono tratte dal *Diario segreto di Adrian Mole, di anni 13 e 3/4* di Sue Townsend, un romanzo scritto, come annuncia il titolo, in forma di pagine di diario. Mole, dunque, non è un personaggio reale ma una figura immaginaria.
[3] *cooperativa edilizia*: impresa edile costituita da un gruppo di soci che diventano proprietari di una casa finanziandone la costruzione.
[4] *Genetliaco*: compleanno. Il termine si usa in genere per le persone importanti.

na sfumata! Vorrei sapere il karatè per rompere il collo a Barry Kent.

Venerdì 20 febbraio

Oggi a geografia Barry Kent ha detto alla signorina Elf di «andare a farsi...» e così la prof. l'ha mandato dal preside. Mi farò amico di Craig Thomas. È uno dei più grossi di Terza. Nell'intervallo gli ho regalato una barretta Mars al cioccolato. Ho fatto finta che stavo male e non mi sentivo di mangiarla io. Ha detto: «'azie Moley» . È la prima parola che mi dice. Se gioco bene le mie carte, entro nella sua banda e Barry Kent non oserà più toccarmi.

Martedì 3 marzo
Ultimo giorno di carnevale

Ho dato a Barry Kent i soldi del pizzo. Come fa a esserci Dio? Se c'era non lasciava andare in giro gente come Barry Kent a minacciare gli intellettuali. Perché i ragazzi grossi se la prendono coi ragazzi piccoli? Forse gli si è guastato il cervello a furia di crescere dalle altre parti, o forse è per via che fanno troppo sport, o magari è che ai ragazzi grossi gli piace proprio minacciare e fare a botte. Quando vado all'università potrei studiare il problema.

La mia tesi sarà pubblicata e ne manderò una copia a Barry Kent. Magari per allora avrà imparato a leggere.

Giovedì 30 aprile

Oggi a scuola sono stato gravemente minacciato. Barry Kent mi ha gettato la valigetta ventiquattrore in cima alla porta da rugby. Poi m'ha detto che se non trovo in fretta le due sterline che gli devo mi attacca a me in cima alla porta da rugby. Non posso neanche chiederle a mio papà che è disperato per i conti in rosso.[5]

[5] *conti in rosso*: debiti con la banca, segnati in rosso nei rendiconti.

Venerdì 1º maggio

Stamattina presto ha telefonato la nonna per dirmi: «Finché maggio non si allontana, è meglio tenersi la maglia di lana».
Sono lieto di annotare che Barry Kent e la sua banda sono stati cacciati via dal circolo giovanile «Via dalla Strada». Ciò significa però che adesso sono sulla strada, che fregatura.

Martedì 19 maggio
Luna piena

Ho raccontato a mio papà delle minacce di Barry Kent. Sono stato obbligato a farlo perché mi aveva strappato lo stemma della scuola dalla giacca. Domani mio papà va a parlare con Barry Kent per farsi ridare tutti i soldi. Ben presto a quanto pare sarò ricco.

Mercoledì 20 maggio

Barry Kent ha negato tutto e quando mio papà gli ha chiesto indietro i soldi si è messo a ridere. Mio papà allora è andato da suo padre, c'è stata una brutta discussione e alla fine ha minacciato di andare alla polizia. Mio papà è coraggiosissimo. Il papà di Barry Kent sembra un gorilla e ha più peli lui sul dorso della mano che mio papà in testa.
Alla polizia hanno detto che non possono fare niente senza prove, così ho chiesto a Nigel di andare a testimoniare sotto giuramento che mi ha visto passare a Barry Kent i soldi della protezione.

Giovedì 21 maggio

Stamattina Barry Kent mi ha affrontato nel vestibolo. Mi ha appeso a un attaccapanni. Mi ha detto che sono una spia e altri insulti troppo brutti da scrivere. La nonna ha scoperto la storia delle minacce (il papà non voleva dirglielo siccome ha il diabete).[6] Ha ascoltato tutto, poi si è messa il cappello, ha stretto le labbra ed è uscita. È stata fuori un'ora e sette minuti, è rientrata, si è tolta il cappotto, il cappello, ha scrollato la testa e ha tirato fuori dalla cintura antiscippo[7] 27 sterline e 18 pence. Mi ha detto: «Non ti disturberà più, Adrian, ma se dovesse farlo, dillo a me». Poi ha preparato il tè con sardine, pomodori e torta allo zenzero.[8] Le ho comprato dal farmacista una scatola di cioccolatini per diabetici in segno della mia grande stima.

Venerdì 22 maggio

La storia che una donna di settantasei anni ha spaventato Barry Kent e suo padre al punto di fargli restituire i soldi ha fatto il giro della scuola. Barry Kent non ha più il coraggio di farsi vedere. La sua banda sta eleggendo un altro capo.

(da *Diario segreto di Adrian Mole*, Frassinelli, trad. Carlo Brera)

6 *diabete*: malattia caratterizzata da una eccessiva quantità di zucchero nel sangue e nelle urine.
7 *cintura antiscippo*: piccola borsa che si porta legata in vita come una cintura, in modo da non essere derubati in strada.
8 *ha preparato... zenzero*: il tè con cibi dolci e salati costituisce spesso il pasto serale delle famiglie inglesi. Lo zenzero è una spezia aromatica e piccante.

Solidarietà

Il giovane protagonista di La storia di Avrom *di Primo Levi impara che cos'è la solidarietà tra gli uomini in una avventura lunga quanto la Seconda guerra mondiale, che lo vede prima vittima delle persecuzioni razziali, poi partigiano nella Resistenza italiana.*
Per Omero, protagonista di La corsa dei duecento metri a ostacoli *di William Saroyan, l'occasione per riflettere sui valori civili viene invece da una gara sportiva, che si fa simbolo della vita umana e dei suoi contrasti.*
I due racconti di questa sezione costituiscono dunque una lezione di «impegno», tanto più viva in quanto espressa non da discorsi astratti ma attraverso figure e situazioni che somigliano al vero.

La storia di Avrom

«... aveva tredici anni nel 1939: era un ebreo polacco, figlio di un cappellaio molto povero di Leopoli.»

La corsa dei duecento metri a ostacoli

«Che un ragazzo sia ricco o povero, cattolico, protestante o ebreo, bianco, nero o giallo, molto sveglio o un po' tardo, un genio o un tonto, non m'importa, purché abbia umanità e cuore...»

PRIMO LEVI
La storia di Avrom

Accade sovente, in questi tempi, di ascoltare gente che dice di vergognarsi di essere italiana. In realtà abbiamo buone ragioni di vergognarci: prima fra tutte, il non essere stati capaci di esprimere[1] una classe politica che ci rappresenti, e di tollerarne da trent'anni invece una che non ci rappresenta. Abbiamo per contro virtù di cui non siamo consapevoli, o di cui almeno non sappiamo quanto siano rare in Europa e nel mondo: ripenso a queste virtù ogni volta che mi avviene di ripetere la storia di Avrom (lo chiamerò così), una storia che sono venuto a conoscere per caso. Per ora, essa vive appunto così, come una saga[2] trasmessa di bocca in bocca, col rischio che venga distorta o adornata, e possa essere scambiata per una invenzione romanzesca. È una storia che mi piace perché contiene un'immagine del nostro paese visto da occhi ingenui e stranieri, in una luce ferma di salvazione,[3] e visto inoltre nella sua ora più bella. La riassumerò qui, scusandomi delle possibili imprecisioni.

Avrom aveva tredici anni nel 1939: era un ebreo polacco, figlio di un cappellaio molto povero di Leopoli.[4] Quando in

[1] *esprimere*: qui nel senso di «darci, sceglierci».
[2] *saga*: leggenda.
[3] *in una luce ferma di salvazione*: per Avrom, l'Italia è il luogo della salvezza e del riscatto, il luogo in cui, da vittima perseguitata, diventa una persona padrona del proprio destino.
[4] *Leopoli*: città della Polonia orientale; attualmente appartiene alla Russia.

Polonia entrarono i tedeschi, Avrom comprese subito che era meglio non aspettarli chiuso in casa; così avevano deciso di fare i suoi genitori, ed erano subito stati catturati ed erano scomparsi. Avrom, rimasto solo, si mimetizzò[5] sul fondo della piccola malavita locale, e visse di piccoli furti, di contrabbando minuto, di borsa nera e di mestieri vaghi e precari, dormendo nelle cantine delle case bombardate, finché non venne a sapere che a Leopoli c'era una caserma di italiani. Era probabilmente una delle basi dell'Armir:[6] in città si sparse immediatamente la voce che i soldati italiani erano diversi dai tedeschi, che erano di buon cuore, andavano con le ragazze, e non stavano a guardare tanto per il sottile in fatto di disciplina militare, di permessi e di divieti. Alla fine del 1942 Avrom abitava ormai stabilmente, e semiufficialmente,[7] in quella caserma. Aveva imparato un po' d'italiano e cercava di rendersi utile facendo vari mestieri, l'interprete, il lustrascarpe, il fattorino. Era diventato la mascotte della caserma, in cui tuttavia non era il solo: come lui vivevano una dozzina di altri ragazzi o bambini che erano rimasti abbandonati, senza parenti, senza casa e senza mezzi. Erano ebrei e cristiani; per gli italiani sembrava che questo non facesse alcuna differenza, del che Avrom non finiva di stupirsi.

Venne nel gennaio 1943 la rotta[8] dell'Armir, la caserma si riempì di sbandati e poi fu smobilitata.[9] Tutti gli italiani ritornavano in Italia, e gli ufficiali lasciarono capire che se qualcuno si voleva portare dietro quei ragazzi figli di nessuno loro avrebbero chiuso un occhio. Avrom aveva fatto amicizia con un alpino del Canavese:[10] attraversarono il Tarvisio[11] nella

5 *si mimetizzò*: si rese «invisibile» assumendo le stesse caratteristiche nell'ambiente in cui si trovava.
6 *Armir*: sigla per Armata Italiana in Russia. Quando Hitler, nel giugno del 1941, attaccò la Russia, Mussolini aiutò il suo alleato con un esercito di 200.000 uomini.
7 *semiufficialmente*: la presenza di Avrom nella caserma dei soldati italiani era ormai fissa e tacitamente accettata come «regolare».
8 *rotta*: disfatta, ritirata.
9 *fu smobilitata*: si svuotò dei soldati, fu abbandonata.
10 *Canavese*: zona collinosa attorno a Torino.
11 *Tarvisio*: valico delle Alpi orientali.

stessa tradotta,[12] e il governo fascista li relegò[13] insieme a Mestre,[14] in un campo di quarantena.[15] Di nome era una quarantena sanitaria, e del resto tutti avevano i pidocchi; di fatto era una quarantena politica, perché Mussolini non voleva che quei reduci raccontassero troppe cose. Ci restarono fino al 12 settembre, quando arrivarono i tedeschi, come se rincorressero proprio lui Avrom, stanandolo in tutti i nascondigli d'Europa. I tedeschi bloccarono il campo e caricarono tutti sui vagoni merci per portarli in Germania.

Avrom, nel vagone, disse all'alpino che lui in Germania non ci sarebbe andato, perché i tedeschi li conosceva e sapeva di che cosa erano capaci: era meglio buttarsi giù dal treno. L'alpino rispose che anche lui aveva visto che cosa avevano fatto i tedeschi in Russia, ma che lui di buttarsi non aveva il coraggio. Saltasse giù Avrom, lui gli avrebbe fatto una lettera per i suoi in Canavese, con su scritto che quel ragazzo era un suo amico, che gli dessero il suo letto e lo trattassero preciso come se fosse lui. Avrom si buttò dal treno con la lettera in tasca. Era in Italia, ma non nell'Italia lucida e patinata[16] delle cartoline illustrate e dei testi di geografia. Era solo, sulla massicciata[17] della ferrovia, senza soldi, in mezzo alla notte e alle pattuglie tedesche, in un paese sconosciuto, da qualche parte fra Venezia e il Brennero.[18] Sapeva soltanto che doveva raggiungere il Canavese. Tutti lo aiutarono e nessuno lo denunciò: trovò un treno per Milano, poi uno per Torino. A Porta Susa prese la Canavesana, scese a Cuorgné, e prese a piedi la strada per il paesino del suo amico. A questo puntò Avrom aveva diciassette anni.

[12] *tradotta*: convoglio ferroviario utilizzato per il trasporto di militari in tempo di guerra.
[13] *li relegò*: li tenne isolati e confinati.
[14] *Mestre*: località presso Venezia.
[15] *campo di quarantena*: campo in cui trascorrere un periodo di isolamento.
[16] *patinata*: qui nel senso di «pittoresca, meravigliosa».
[17] *massicciata*: spesso strato di ghiaia e pietrisco sul quale vengono posati i binari della ferrovia.
[18] *Brennero*: valico alpino che mette in comunicazione l'Alto Adige con l'Austria.

I genitori dell'alpino lo accolsero bene, ma senza tante parole. Gli diedero dei vestiti, da mangiare e un letto, e poiché due braccia giovani servivano, lo misero a lavorare in campagna. In quei mesi l'Italia era piena di gente sbandata, fra cui c'erano anche inglesi, americani, australiani, russi, che erano scappati all'8 settembre[19] dai campi per prigionieri di guerra, e perciò nessuno fece molto caso a quel ragazzino forestiero. Nessuno gli fece domande; ma il parroco, parlandogli insieme, si rese conto che era sveglio, e disse ai genitori dell'alpino che era un peccato non farlo studiare. Così lo misero alla scuola dei preti. A lui, che ne aveva viste tante, andare a scuola e studiare piaceva; gli dava una impressione di tranquillità e di normalità. Però trovava buffo che gli facessero studiare il latino: che bisogno avevano i ragazzi italiani di imparare il latino, dal momento che l'italiano era quasi uguale? Ma studiò tutto con impegno, ebbe ottimi voti in tutte le materie, e in marzo il prete lo chiamò a servire messa. Questa faccenda, di un ragazzo ebreo che serve messa, gli sembrava anche più buffa, ma si guardò bene dal dire in giro che era ebreo, perché non si sa mai. A buon conto, aveva subito imparato a farsi il segno della croce e tutte le preghiere dei cristiani.

Ai primi d'aprile piombò sulla piazza del paese un camion pieno di tedeschi, e tutti scapparono. Ma poi si accorsero che quelli erano tedeschi strani: non urlavano ordini né minacce, non parlavano tedesco, parlavano una lingua mai sentita, e cercavano gentilmente di farsi capire. Qualcuno ebbe l'idea di andare a cercare Avrom, che appunto era forestiero. Avrom arrivò sulla piazza, e lui e quei tedeschi si intesero benissimo, perché non erano tedeschi per niente: erano dei cecoslovacchi che i tedeschi avevano arruolato di forza nella Wehrmacht,[20] e adesso avevano disertato portandosi via un camion militare e volevano andare coi partigiani italiani. Loro parlavano ceco e

[19] *8 settembre*: 8 settembre 1943: è il giorno in cui venne reso noto l'armistizio (stipulato il 3 settembre) tra l'Italia e gli Alleati. Colti di sorpresa e privi di direttive precise da parte dei loro comandanti, molti soldati italiani abbandonarono i loro reparti.
[20] *Werhmacht*: esercito tedesco.

Avrom rispondeva in polacco, ma si capivano ugualmente. Avrom ringraziò gli amici canavesani e andò coi cechi. Non aveva idee politiche ben definite, ma aveva visto che cosa i tedeschi avevano fatto al suo paese, e gli sembrava giusto combattere contro di loro.

I cechi furono aggregati ad una divisione di partigiani italiani che operava nella valle dell'Orco,[21] e Avrom rimase con loro come interprete e staffetta.[22] Uno dei partigiani italiani era ebreo e lo diceva a tutti; Avrom ne rimase stupito, ma continuò a non dire a nessuno che era ebreo anche lui. Ci fu un rastrellamento,[23] e il suo reparto dovette risalire la valle fino a Ceresole Reale, dove gli raccontarono che si chiamava Reale perché ci veniva il Re d'Italia a cacciare i camosci, e glieli fecero anche vedere col cannocchiale, i camosci, sui costoni del Gran Paradiso. Avrom rimase abbagliato dalla bellezza delle montagne, di quel lago e dei boschi, e gli sembrava assurdo venirci per fare la guerra: infatti, a quel punto avevano armato anche lui. Ci fu combattimento coi fascisti che venivano su da Locana, poi i partigiani ripiegarono nelle valli di Lanzo attraverso il Colle della Crocetta. Per il ragazzo, che veniva dall'orrore del ghetto e dalla Polonia monotona, quella traversata per la montagna scabra[24] e deserta, e le molte altre che seguirono, furono la rivelazione di un mondo splendido e nuovo, che racchiudeva in sé esperienze che lo ubriacavano e lo sconvolgevano: la bellezza del Creato, la libertà e la fiducia nei suoi compagni. Si susseguirono combattimenti e marce. Nell'autunno del 1944 il suo gruppo discendeva la Val Susa, di borgata in borgata, fino a Sant'Ambrogio.

Ormai Avrom era un partigiano finito,[25] coraggioso e robusto, disciplinato per profonda natura ma svelto col mitra e con

21 *valle dell'Orco*: località del Canavese, come Ceresole, Locana, le Valli di Lanzo ecc. citate in seguito.
22 *staffetta*: corriere, porta ordini.
23 *rastrellamento*: il termine indica qui una operazione militare dei tedeschi volta a individuare e snidare i gruppi partigiani.
24 *scabra*: arida e rocciosa.
25 *finito*: molto esperto.

la pistola, poliglotta[26] ed astuto come una volpe. Venne a saperlo un agente del Servizio Segreto americano, e gli affidò una radiotrasmittente: stava in una valigia, lui doveva portarsela dietro spostandola continuamente perché non venisse individuata col radiogoniometro,[27] e tenere i contatti con le armate che risalivano l'Italia dal Sud, e in specie coi polacchi di Anders.[28] Di nascondiglio in nascondiglio, Avrom arrivò a Torino. Gli avevano dato l'indirizzo della parrocchia di San Massimo e la parola d'ordine. Il 25 aprile[29] lo trovò annidato con la sua radio in una cella del campanile.

Dopo la Liberazione, gli Alleati lo convocarono a Roma per regolarizzare la sua posizione, che in effetti era piuttosto imbrogliata. Lo caricarono su di una jeep, ed attraverso le strade sconnesse di allora, attraverso città e villaggi gremiti di gente sbrindellata che applaudiva, giunse in Liguria, e per la prima volta nella sua breve vita vide il mare.

L'impresa del diciottenne Avrom, candido soldato di ventura,[30] che come tanti remoti viaggiatori nordici aveva scoperto l'Italia con occhio vergine, e come tanti eroi del Risorgimento aveva combattuto per la libertà di tutti in un paese che non era il suo, finisce qui, davanti allo splendore del Mediterraneo in pace.

Adesso Avrom vive in un kibbutz[31] in Israele. Lui poliglotta non ha più una lingua veramente sua: ha quasi dimenticato il polacco, il ceco e l'italiano, e non ha ancora una padronanza piena dell'ebraico. In questo linguaggio per lui nuovo ha mes-

[26] *poliglotta*: in grado di capire e parlare molte lingue.
[27] *radiogoniometro*: apparecchio che consente di determinare la direzione di arrivo delle onde sonore emesse da una radiotrasmittente.
[28] *Anders*: generale polacco dalla vita molto avventurosa. Nominato capo di tutte le forze polacche sul fronte occidentale, fu inviato in Italia nel 1943 e risalì tutta la penisola con gli Alleati.
[29] *il 25 aprile*: il 25 aprile 1945 è considerata la data ufficiale della liberazione dell'Italia dai tedeschi.
[30] *candido soldato di ventura*: come i mercenari dell'età rinascimentale, ma con animo ben diversamente puro e innocente, Avrom ha combattuto per un paese che non era il suo.
[31] *kibbutz*: termine ebraico che indica le fattorie a conduzione collettiva, ispirate a principi socialisti, tipiche dello stato di Israele.

so giù le sue memorie, sotto la forma di appunti scarni e dimessi, velati dalla distanza nello spazio e nel tempo. È un uomo umile, e li ha scritti senza le ambizioni del letterato e dello storico, pensando ai suoi figli e nipoti, perché resti ricordo delle cose che lui ha viste e vissute. È da sperare[32] che trovino chi restituisca loro il respiro ampio e pulito che potenzialmente contengono.

(da *Lilit e altri racconti*, Einaudi)

[32] *È da sperare*: è da sperare che le vicende di Avrom trovino qualcuno che sappia raccontarle per iscritto esprimendo in modo adeguato tutto il valore e il significato della particolare storia del ragazzo.

WILLIAM SAROYAN

La corsa dei duecento metri a ostacoli

L'allenatore dei ragazzi della scuola superiore di Itaca[1] si trovava nell'ufficio del direttore, un uomo che di cognome si chiamava Ek[2] – fatto a cui un giornalista aveva perfino dato pubblicità su un giornale in una rubrica intitolata «Incredibile ma vero». Il nome del signor Ek era Oscar, fatto non degno di menzione.

«La signorina Hicks» stava dicendo il direttore della scuola superiore di Itaca all'allenatore sportivo «è la più anziana e di gran lunga la migliore insegnante che abbiamo mai avuto in questa scuola. È stata mia insegnante ed è stata anche sua insegnante, signor Byfield. Mi dispiace, ma non posso passar sopra a una sua decisione di punire due ragazzi indisciplinati.»

«Hubert Ackley III non è un ragazzo indisciplinato» disse l'allenatore. «Omero Macauley sì. Hubert Ackley no. Hubert è un perfetto gentiluomo.»

«Sì» disse il direttore. «Hubert Ackley viene da una buona famiglia. Ma se la signorina Hicks gli ha ordinato di restare in classe dopo la scuola, in classe deve restare. È vero che è un perfetto gentiluomo, non c'è dubbio. Anche suo padre lo era, mi ricordo. Perfetto, perfetto. Ma la signorina Hicks è l'insegnante del corso di storia antica e non si è mai sentito dire che abbia punito qualcuno che non se lo meritasse. Hubert Ackley dovrà contentarsi di correre un'altra volta.»

[1] *Itaca*: cittadina della California.
[2] *Ek*: il cognome appare singolare per la sua brevità.

L'incidente era certamente chiuso ora, o così almeno pareva al direttore. L'allenatore si voltò e uscì dall'ufficio. Ma invece di andare al campo sportivo, si diresse verso l'aula di storia antica. Lì trovò Omero, Hubert e la signorina Hicks. S'inchinò alla vecchia insegnante e sorrise.

«Signorina Hicks» disse «ho parlato di questa faccenda con il signor Ek.» La frase poteva anche significare che fosse stato autorizzato a liberare Hubert Ackley III. Omero Macauley però saltò in piedi come se fosse lui quello che doveva essere liberato.

«No, non tu» disse l'allenatore con tono di disprezzo. Si volse verso l'altro ragazzo e disse: «Ackley».

«Che significa questo?» disse l'insegnante di storia antica.

«Ackley» disse l'allenatore «deve immediatamente vestirsi per la gara e correre i duecento metri a ostacoli. Lo stiamo aspettando.»

«Ah sì?» disse Omero. Si sentiva ribollire di giusta indignazione. «E io?» L'allenatore non si degnò di rispondere e uscì dalla stanza seguito da un giovane alquanto confuso e perplesso, Hubert Ackley III.

«Che cosa ne pensa lei, signorina Hicks?» gridò Omero Macauley «Sono o non sono ingiustizie, queste?»

L'insegnante di storia antica era così sconvolta dell'accaduto, che poteva appena parlare.

«Il signor Byfield» mormorò sottovoce «è fatto per insegnare ginnastica a somari come lui.» Si fermò un momento a pensare che la sua osservazione non serviva a niente, poi riprese: «Scusa. Ma quell'uomo non è soltanto ignorante, è un bugiardo». Era una gioia vedere la signorina Hicks amareggiata al punto da non sapersi dominare. Omero pensò subito che era la migliore insegnante del mondo.

«Non mi è mai piaciuto» disse. «Sono contento di sapere che non piace neanche a lei.»

«Ho insegnato storia antica alla scuola superiore di Itaca per trentacinque anni» disse la signorina Hicks. «Centinaia di ragazzi e ragazze di Itaca sono stati come miei figli. Tuo fratello Marcus e tua sorella Bess sono stati miei allievi, e se hai fratelli o sorelle più piccoli un giorno saranno miei allievi anche loro.»

«Ho solo un fratellino, signorina Hicks» disse Omero. «Si chiama Ulisse. Com'era Marcus a scuola?»

«Marcus e Bess» disse la signorina Hicks «erano tutt'e due buoni, perbene e educati. Sì» disse «*educati.*» E sottolineò la parola con speciale cura. «L'antica tradizione della loro gente li aveva resi educati fin dalla nascita. Come te, Marcus ogni tanto parlava a sproposito, ma non è mai stato un bugiardo. Ora questi esseri inferiori, questi Byfield di tutto il mondo, che non sono mai stati altro che scemi, pensano di me che sono una povera vecchia. Viene qui e mi racconta una bugia, di proposito, proprio come mi ha mentito tante volte quando sedeva su questi banchi. Non ha imparato niente in questi anni, mente di più che ingannare spudoratamente quelli che sente superiori a lui.»

«Sì» disse Omero per incoraggiare l'insegnante di storia antica a proseguire la critica.

«Ne ho viste di brave persone truffate da individui come lui» disse. «Vivono di bugie e d'imbrogli, s'approfittano di quelli che rifiutano di scendere al loro livello. I duecento metri a ostacoli. Bella roba!» L'insegnante di storia antica era offesa. Si soffiò il naso e si asciugò gli occhi.

«Non se la prenda, signorina!» disse Omero. «Io resto qui. È giusto che lei m'abbia punito per aver parlato a vanvera. Me lo sono meritato. D'ora in poi cercherò d'essere buono. Non sapevo che i maestri sono esseri umani come tutti gli altri. Anche *meglio* degli altri. Va bene, signorina. Mi punisca pure.»

«Non ti ho trattenuto in classe per punirti, Omero Macauley» disse l'insegnante di storia antica. «Ho sempre tenuto in classe soltanto quelli che apprezzavo di più, li ho trattenuti per averli più vicini. Ancora non credo di essermi sbagliata riguardo a Hubert. Se mi ha disobbedito, è colpa del signor Byfield. In ogni caso vi avrei mandati tutti e due al campo dopo qualche minuto. Non vi avevo tenuti qui per punirvi, ma per educarvi. Mi piace seguire lo sviluppo dell'animo dei miei scolari, e mi rallegro ogni volta che fate un passo avanti. Tu hai chiesto scusa a Hubert e lui, sebbene le tue scuse lo diminuissero, gentilmente le ha accettate. Vi ho tenuti in classe dopo la scuola, perché volevo parlare a tutti e due – uno di buona famiglia ricca, uno di buona famiglia povera. Vivere in questo mondo sarà più difficile per lui che per te.[3] Volevo che vi conosceste un po' meglio. È molto importante. Volevo parlarvi, a tutti e due.»

«Hubert non mi è antipatico» disse Omero. «È solo che crede d'essere migliore degli altri ragazzi.»

«Sì, lo so» disse l'insegnante di storia antica. «E capisco che effetto ti fa, ma ogni uomo a questo mondo è migliore di qualcun altro e peggiore di tanti altri. Joe Terranova è più intelligente di Hubert, ma Hubert è altrettanto sincero, a modo suo. In uno stato democratico gli uomini sono tutti uguali, almeno fino a quando sono messi alla prova. A questo punto, ognuno è libero di mettersi a fare il bene o il male, di diventare saggio o stolto, come crede. Io voglio che i miei ragazzi agiscano bene, voglio che diventino gente onesta.

«M'importa poco delle apparenze. Non mi lascio ingannare dalle buone né dalle cattive maniere. Non m'interessano le maniere, ma quel che c'è sotto. Che un ragazzo sia ricco o povero, cattolico, protestante o ebreo, bianco, nero o giallo, molto sveglio o un po' tardo, un genio o un tonto, non m'importa, ma deve avere umanità e cuore, amare la verità e l'onore, aspettare gli inferiori e amare i superiori. Purché i miei scolari siano umani, non voglio che siano tutti uguali nel modo d'essere umani. Purché non siano corrotti, non m'importa se sono diversi. Voglio che ognuno dei miei ragazzi sia se stesso. Non voglio che tu, Omero, assomigli a qualcun altro, solo per far piacere a me, per rendermi il lavoro più facile. Una classe piena di donnine e di omini perfetti mi sembrerebbe molto noiosa. Voglio che i miei ragazzi siano *persone*, ognuno staccato dagli altri, ognuno speciale, con qualcosa di piacevole e interessante che lo distingua. Volevo che Hubert Ackley

[3] *vivere... per te*: abituato agli agi, Hubert farà più fatica di Omero ad affrontare le difficoltà della vita.

ascoltasse anche lui tutte queste cose qui con te, capisse come te che, se per il momento tu non hai simpatia per lui, né lui per te, è tutto naturale. Volevo che capisse che ognuno di voi comincerà a essere veramente uomo quando, malgrado l'antipatia reciproca, vi rispetterete l'un l'altro. Questo vuol dire essere civili, ed è quello che dobbiamo imparare dallo studio della storia antica.»

L'insegnante s'interruppe un momento e guardò il ragazzo, che, per un motivo che neppure lui poteva capire, era sul punto di piangere.

«Sono più contenta di aver parlato con te» continuò «che con chiunque altro. Quando non sarai più a scuola, e m'avrai dimenticata da un pezzo, io continuerò a seguirti nella vita, e mai mi meraviglierò di quello che farai di buono.» L'insegnante di storia antica si soffiò il naso di nuovo, e con il fazzoletto si strofinò gli occhi. «Corri al campo» disse «corri i cento metri a ostacoli con Hubert. Se non fai in tempo a cambiarti, gareggia vestito così, anche se la gente dovesse ridere. Quando sarai un po' più avanti nella vita, sentirai spesso ridere e non solo le risate degli uomini ma anche le risate ironiche delle cose stesse che cercheranno di metterti in imbarazzo e tirarti indietro, ma io so che tu non ci baderai.» L'insegnante sospirò e disse con voce stanca: «Corri al campo, Omero Macauley. Ti starò a guardare». E il secondogenito della famiglia Macauley di Santa Clara Avenue a Itaca, in California, si voltò e uscì dalla stanza.

Sul campo sportivo Hubert Ackley e i tre ragazzi che avevano già corso con lui in allenamento stavano prendendo i posti di partenza per la gara dei duecento metri a ostacoli. Omero raggiunse la quinta corsia proprio mentre l'uomo con la pistola alzava il braccio per dare il segnale. Omero si mise al suo posto accanto agli altri. Si sentiva benissimo, ma era anche molto arrabbiato, e comunque era sicuro che niente al mondo gli poteva impedire di vincere quella corsa: certo non le scarpe o gli abiti inadatti alla corsa, non la mancanza di allenamento o qualsiasi altra cosa. Avrebbe vinto la gara, non c'era dubbio.

Hubert Ackley, dalla corsia accanto, si voltò a guardarlo, e disse: «Non puoi correre vestito così».

«No?» disse Omero. «Aspetta e vedrai.»

Il signor Byfield, seduto sul palco, si girò verso il suo vicino e chiese: «Chi è quello che parte nella corsia esterna, senza uno straccio di divisa sportiva?». Poi si ricordò chi era.

Decise di sospendere la gara per allontanare il quinto corridore, ma era troppo tardi. Il colpo era stato sparato e i ragazzi avevano spiccato la corsa. Omero e Hubert affrontarono il primo ostacolo un po' avanti agli altri, e tutti e due saltarono benino. Omero distanziò un poco Hubert al secondo ostacolo e continuò a distanziarlo al terzo, quarto, quinto, sesto, settimo e ottavo. Ma sempre dietro a lui, a breve distanza, c'era Hubert Ackley. I due ragazzi scambiavano qualche parola mentre correvano. Al primo ostacolo, Hubert gridò: «Dove hai imparato a correre così?».

«In nessun posto» disse Omero «sto imparando ora.»

Al secondo ostacolo, Hubert disse: «Perché tanta fretta? Corri troppo svelto».

«Vinco la corsa» disse Omero.

Al terzo ostacolo, Ackley disse: «Chi lo dice?».

E al quarto Omero rispose: «Lo dico io».

Al quinto ostacolo Hubert disse: «Piano. È una corsa lunga. Ti stancherai». E poi a un tratto gridò: «Oh, oh, attento! Ecco Byfield».

Omero raggiunse il nono ostacolo proprio quando l'allenatore lo raggiungeva, venendo in direzione opposta. Ciò nonostante, Omero saltò. Saltò proprio nelle braccia spalancate dell'allenatore e uomo e ragazzo caddero a terra. Hubert Ackley si fermò e si voltò verso gli altri corridori. «Fermi tutti!» gridò. «Aspettate che si rialzi. Stava correndo bene, ed è stato urtato.» Omero si rialzò subìto e riprese a correre. Appena si mise in moto, anche gli altri ripresero la corsa.

Tutti nel palco degli spettatori erano stupefatti di quello che stava succedendo. Ora l'insegnante di storia antica, la signorina Hicks, apparve al traguardo. Incoraggiava i ragazzi, non uno in particolare, tutti e ciascuno.

«Forza, Omero!» diceva. «Forza Hubert! Presto, Sam! George! Henry!»

Al penultimo ostacolo Hubert Ackley raggiunse Omero Macauley. «Mi dispiace» disse «ma devo farlo.»

«Va', va'» disse Omero, «se ce la fai.»

Hubert Ackley corse per un poco davanti a Omero, ma ormai mancava poco al traguardo. Omero non saltò netto l'ultimo ostacolo, però quasi raggiunse il primo corridore. Allo scatto finale i due ragazzi erano così vicini che era impossibile dire se avesse vinto Hubert o Omero. Sam, George e Henry seguivano a poca distanza, e la signorina Hicks, l'insegnante di storia antica, riunì tutto il gruppo.

«Avete corso magnificamente» disse, «tutti quanti.»

«Mi scusi, signorina» disse Hubert Ackley. «Sarei dovuto restare in classe con Omero.»

«Non fa niente ormai» disse la signorina Hicks «e hai fatto bene ad aspettare che Omero si rialzasse, quando l'hanno urtato.»

Pieno di veleno e di collera e anche umiliato per aver fatto un ruzzolone, l'allenatore della scuola superiore di Itaca arrivò di corsa verso il gruppo stretto intorno alla signorina Hicks.

«Macauley» gridò da almeno quindici metri di distanza. «Per quello che hai fatto, ti tolgo il diritto di prender parte a qualsiasi gara per tutto questo semestre.»

L'allenatore raggiunse il gruppo, e si fermò a guardare fisso Omero Macauley. L'insegnante di storia antica si voltò verso di lui.

«Signor Byfield» disse «perché vuole punire Omero Macauley?»

«Mi scusi, signorina Hicks» disse l'allenatore. «Non ho bisogno del parere dell'insegnante di storia antica per decidere dei fatti miei.» Si voltò verso Omero e aggiunse: «Hai capito?».

«Sì, signore» disse Omero.

«Ora va' nel mio ufficio e resta lì finché te lo dico io.»

«Nel suo ufficio?» disse Omero. «Ma io devo andare...» Si ricordò tutt'a un tratto che doveva essere al lavoro alle quattro. «Che ore sono?» domandò.

Hubert Ackley guardò l'orologio al polso. «Le quattro meno un quarto» disse.

«Va' nel mio ufficio!» gridò Byfield.

«Ma non capisce, signor Byfield» disse Omero «devo andare in un posto. È già tardi.»

Joe Terranova si unì al gruppo. «Perché dovrebbe restare dopo la scuola?» disse. «Non ha fatto niente di male.»

La pazienza dell'allenatore era al colmo![4] «Sta' zitto tu, *wop*![5]» gridò a Joe e gli dette una spinta che lo mandò lungo disteso per terra. Ma prima di toccar terra, Joe Terranova urlò: «*Wop*, eh?».

Omero si buttò su Byfield come fossero a una partita di calcio, gridando: «Un mio amico non lo puoi insultare così!».

Mentre Omero e Byfield rotolavano per la seconda volta Joe Terranova era già in piedi. Saltò come una furia su Byfield, così che il poveraccio continuò a rotolare da tutte le parti. Il direttore della scuola, il signor Ek, arrivò di corsa senza fiato e sbalordito.

«Signori!» disse. «Ragazzi, ragazzi!» Afferrò Joe Terranova, e lo staccò dall'allenatore che non si rialzò ancora.

«Signor Byfield» disse il direttore, «mi vuole spiegare questo suo strano modo di comportarsi?»

Senza parole, Byfield indicò la signorina Hicks.

La signorina Hicks guardò l'uomo ai suoi piedi. «Le ho consigliato molte volte, signor Byfield, di non fare il prepotente» disse. «Non piace a nessuno.» Poi si voltò verso il direttore e aggiunse: «Il signor Byfield deve fare le sue scuse a Joe Terranova».

«Davvero?» disse il signor Ek. «Davvero, signor Byfield?»

«La famiglia di Joe viene dall'Italia» disse la signorina Hicks «ma non mi pare un motivo per insultarlo.»

«Non ho bisogno di scuse» disse Joe Terranova. «Se mi insulta, gli rompo il muso. E se non ce la faccio da solo, chiamo i miei fratelli!»

[4] *la pazienza... colmo!*: l'allenatore ha esaurito tutta la sua pazienza.
[5] *wop!*: termine del linguaggio parlato americano per indicare in modo spregiativo gli immigrati italiani.

«Joe» disse la signorina Hicks «devi permettere al signor Byfield di chiederti scusa. Non chiede scusa a te o ai tuoi, chiede scusa al nostro paese. Devi dargli il modo di cercare ancora una volta di essere un buon americano.»

«È vero, è vero» disse il direttore della scuola. «Questa è l'America; e i soli stranieri qui sono quelli che dimenticano che questa è l'America.» Si voltò verso l'uomo ancora steso a terra, e ordinò: «Signor Byfield».

L'allenatore della scuola superiore di Itaca si rialzò, e senza rivolgersi a nessuno in particolare, borbottò: «Chiedo scusa» e scappò via.

Joe Terranova e Omero Macauley se ne andarono insieme. Joe camminava bene, ma Omero zoppicava. S'era fatto male alla gamba sinistra quando Byfield aveva tentato di fermarlo.

La signorina Hicks e il signor Ek si volsero verso i trenta o quaranta ragazzi e ragazze riuniti là intorno. Ce n'erano di tutti i tipi e tutte le nazionalità.

«Così va bene» disse la signorina Hicks, «ora andate pure a casa dalle vostre famiglie.» E siccome i ragazzi restavano lì, un po' perplessi, aggiunse: «Su, su, coraggio! non state a preoccuparvi, non è successo niente».

I ragazzi si allontanarono a gruppetti.

(da *La commedia umana*, Mondadori)

Amicizia

Il rapporto di amicizia è particolarmente importante nell'età adolescente, perché rappresenta un aiuto, un appoggio nel momento in cui il giovane costruisce la sua autonomia psicologica distaccandosi gradualmente dalla famiglia.
Fra i racconti che seguono proponiamo due esempi di amicizia profonda e sincera, al maschile – Archibald J. Cronin, Un uovo di piviere dorato *– e al femminile – Anonima viennese,* Che cosa terribile. Oggi alle 2 del pomeriggio...
Un bastimento carico di granchi *di Italo Calvino mette a fuoco invece il legame del gruppo, della banda di ragazzini che sono compagni di gioco e solidali nella rivalità con la banda «nemica». Dedicato ai tratti ancora infantili dell'amicizia, il racconto si conclude però con l'incontro tra il capo del gruppo e una bambina risoluta e intraprendente: forse è l'inizio di un'apertura verso nuove forme di intesa con gli altri.*
Del tutto particolare, infine, è il racconto Un deca per Natale *di Mario Soldati, che presenta l'intenso legame che unisce un gruppo di giovani poveri, emarginati, dalla vita forse ai margini della legalità, commoventi però nella loro disponibilità a sacrificarsi per un amico in carcere.*

Un uovo di piviere dorato

«... mentre attraversavamo i boschi cedui, curvi in questa ricerca, egli aveva la pazienza di istruirmi...»

Un bastimento carico di granchi

«"Banda! Con me!" disse Cicin che voleva fare il capo...»

Un deca per Natale

«Erano due giovani e una ragazza. Alti tutti e tre, tutti e tre magrissimi, e vestiti di stracci. Non è, oggi, uno spettacolo raro. Ma questo mi parve subito miseria vera...»

Che cosa terribile. Oggi alle 2 del pomeriggio...

«Non dobbiamo mai essere estranee l'una per l'altra, neppure nella morte.»

ARCHIBALD J. CRONIN

Un uovo di piviere dorato

Avevamo cominciato, Gavin ed io, a scorrazzare insieme per le alture: Gavin cercava senza tregua e appassionatamente l'unico esemplare ancora mancante alla sua collezione, l'uovo di piviere dorato,[1] il più raro di tutti gli uccelli di Winton.[2] Tuttavia mentre attraversavamo i boschi cedui,[3] curvi in questa ricerca, egli aveva la pazienza di istruirmi: ritrovava per me, nei luoghi più invisibili e impossibili, tutti i nidi più comuni, apriva i rami di un cespuglio di biancospino e mormorava con voce calma: «Femmina di tordo con cinque uova», mentre con gli occhi scintillanti io spiavo la nitida coppa di paglia e di fango, in cui erano adagiate calde e fragili le uova azzurre chiazzate. Mi faceva giurare il giuramento del boscaiolo: di non prendere mai da un nido più di un uovo, e il suo piccolo volto diventava bianco di collera mentre parlava di ragazzi che «derubavano il nido di tutte le sue uova, obbligando l'uccello madre ad abbandonarlo».

Per un mese intero Gavin andò in cerca dell'uovo con tutta la sua abilità e la sua forza di volontà, ma inutilmente. Un pomeriggio, mentre ce ne tornavamo scoraggiati dalla più lontana mèta che avessimo mai raggiunta, io mi attardavo pigramente in una palude giuncosa.[4] Mi chinai a raccogliere nel ca-

[1] *piviere dorato*: piccolo uccello dalle lunghe ali a punta, bruno a macchie dorate.
[2] *Winton*: località della Scozia in cui si svolge la vicenda.
[3] *boschi cedui*: boschi i cui alberi vengono tagliati periodicamente.
[4] *palude giuncosa*: acqua stagnante in cui crescono molti giunchi, cioè piante dallo stelo lungo, dritto e sottile.

vo delle mani alcuni girini.[5] Allora, come in un sogno, i miei occhi caddero sopra un nido scomposto fatto di ruvida paglia, caduto sopra un tratto muschioso, lì presso. Tre uova giacevano sulla paglia, tre grandi uova, di un verde dorato chiazzate di rosso.

Il grido che proruppe dal mio petto arrestò Gavin e lo indusse a ritornare indietro. E allora senza poter parlare gli indicai col dito il muschio. Non potevo vedere la sua faccia, ma ebbi l'impressione, dalla sua improvvisa immobilità, che avevamo finalmente trovato il nido desiderato.

«È lui.» Egli attraversò l'acqua sulla punta dei piedi e portò indietro un uovo. «Ecco. È una bellezza, no?»

«Una vera bellezza.» Io lo divoravo con gli occhi. «Sono così felice di averlo finalmente trovato.» Quando lo ebbi ammirato a sazietà, glielo restituii. «Tieni, Gavin.»

«No.» E guardò fisso davanti a sé alle rimanenti uova; piuttosto che toccarle, lo sapevo, avrebbe preferito morire. «È tuo, non mio.»

«Non pensarci nemmeno, Gavin, è tuo!»

«No, è tuo!» insisteva stoicamente.[6] Tu l'hai trovato, e trovare vuol dire possedere.»

«Io non l'avrei trovato se non era per te», perorai.[7] «È tuo, assolutamente tuo.»

«Tuo» insistette più debolmente.

«Tuo» gridai

«Tuo» mormorò.

«Tuo» e quasi piangevo.

Ci palleggiavamo[8] le parole disperatamente, finché, alla fine, io gettai fuori la nuda verità. «Gavin, vuoi credermi? È un bell'uovo, ma io non lo desidero. Io ho appena una piccola collezione, e tu ne hai una importante. Le cose che mi interessano realmente sono rane, girini, libellule e cose simili. Se tu non lo prendi ti giuro che... che lo getterò via!»

[5] *girini*: i piccoli della rana.
[6] *stoicamente*: eroicamente.
[7] *perorai*: cercai di convincerlo.
[8] *ci palleggiavamo*: ci rimandavamo l'un l'altro.

Convinto alla fine da questa tremenda minaccia, egli si voltò, e mi fissò con i suoi grigi occhi pieni di felicità. La sua voce era squillante: «Allora lo prenderò, Robie. Non per nulla, questo non sarebbe giusto. Ti darò qualcosa in cambio... qualche cosa che io ho, e che so che ti piace.»

La stessa sera io mi portavo via dalla sua camera un oggetto singolare, che avevo sempre desiderato: un vecchio microscopio di ottone.

(da *Anni verdi*, Bompiani)

ITALO CALVINO

Un bastimento carico di granchi

Il primo bagno dell'anno i ragazzi di Piazza dei Dolori[1] lo fecero una domenica d'aprile, col cielo azzurro nuovo nuovo e un sole allegro e giovane. Scesero correndo per i carrugi[2] sventolando le brachette di maglia rattoppate, qualcuno ciabattando già in zoccoli per l'acciottolato, i più senza calze, per non dover faticare a rimettersele sui piedi bagnati. Corsero al molo saltando le reti che si dilungavano per terra e s'alzavano sui piedi nudi e callosi dei pescatori acculati[3] a rammendarle. Tra gli scogli della massicciata[4] si spogliarono, contenti di quell'odore agro di vecchie alghe marcite e di quel volare di gabbiani che cercava di riempire il cielo troppo grande. I vestiti e le scarpe li nascosero nei cavi degli scogli suscitando fughe di giovani granchi; e cominciarono a saltare scalzi e spogliati da uno scoglio all'altro aspettando che uno si decidesse a tuffarsi per primo.

L'acqua era calma ma non limpida, di un denso azzurro con riflessi verdi crudi. Gian Maria detto Mariassa salì in cima a uno scoglio alto e soffiò col pollice sotto il naso in quel suo gesto da pugile.

«Alé» disse; giunse le mani avanti e si tuffò di testa. Uscì qualche metro più in là, sputando a zampillo e facendo il morto.

«Fredda?» gli chiesero.

[1] *Piazza dei Dolori*: un luogo della città ligure in cui si ambienta la vicenda.
[2] *carrugi*: nella parlata genovese: vicoli.
[3] *acculati*: seduti per terra.
[4] *massicciata*: ammasso di pietre posto a difesa e sostegno del molo.

«Caldissima» gridò e si mise a dar bracciate furiose per non gelare.

«Banda! Con me!» disse Cicin che faceva conto d'essere il capo sebbene nessuno gli desse mai retta.

Si tuffarono tutti: Pier Lingera che fece la capriola, Bombolo che prese la panciata, Paulò, Carruba, e per ultimo Menin che dell'acqua aveva una paura maledetta e si tuffò di piedi tenendosi il naso tappato con le dita.

In acqua Pier Lingera che era il più forte fece bere tutti uno per volta, poi tutti si misero d'accordo e insieme fecero bere Pier Lingera.

Allora Gian Maria detto Mariassa propose: «La nave! Andiamo sulla nave!».

C'era ancora il bastimento attraverso al porto, affondato durante la guerra dai tedeschi per ostruirlo. Anzi ce n'erano due uno sopra l'altro, quello che si vedeva poggiava sopra uno tutto sommerso.

«Alé» dissero gli altri.

«Si può montarci sopra?» chiese Menin. «È minato.»

«Balle: minato!» disse Carruba. «Quelli dell'Arenella[5] ci montano quando vogliono e ci giocano alla guerra.»

Si misero a nuotare verso la nave.

«Banda! Con me!» disse Cicin che voleva fare il capo: ma gli altri andavano più forte di lui e lo lasciarono indietro, eccetto Menin che nuotava a rana ed era sempre l'ultimo.

Arrivarono sotto e il bastimento alzava le murate[6] nere di vecchio catrame, nude e muffite, con le sovrastrutture smantellate[7] contro il cielo azzurro nuovo. Una barba d'alghe putride[8] saliva a ricoprirlo su dalla chiglia[9] e la vecchia vernice si scrostava a grandi segmenti: i ragazzi gli girarono tutt'intorno, poi rimasero sotto la poppa a guardare il nome tutto cancellato: *Abukir, Egypt.*[10] C'era la catena dell'ancora, tesa obliqua

[5] *Quelli dell'Arenella*: la banda dei ragazzi di un altro quartiere, l'«Arenella».
[6] *murate*: i fianchi della nave che si alzano sopra la linea dell'acqua.
[7] *sovrastrutture smantellate*: i locali posti sopra il ponte sono stati ormai demoliti.
[8] *putride*: marce.
[9] *chiglia*: parte immersa dello scafo della nave.
[10] *Abukir, Egypt*: il nome della nave ricorda la battaglia di Abukir, in Egitto, dove la flotta inglese sconfisse quella francese (1798).

che ogni tanto oscillava alle acquate della marea, scricchiolando negli enormi anelli rugginosi.

«Non saliamo» disse Bombolo.

«Ma va'» fece Pier Lingera e già s'era attaccato alla catena, mani e piedi. S'arrampicò come una scimmia e gli altri lo seguirono. Bombolo a metà scivolò e ribatté di pancia in mare; Menin non riusciva a salire e dovettero venire in due a tirarlo.

A bordo cominciarono a girare in silenzio, per quella nave smantellata, si misero a cercare la ruota del timone, la sirena, i boccaporti, le scialuppe, tutte quelle cose che ci dovevano essere su una nave. Ma questa era una nave squallida come una zattera, coperta solo di sterco bianchiccio di gabbiano. Ce n'erano cinque, di gabbiani, appoggiati a una murata; a sentire i passi scalzi della masnada[11] s'alzarono a volo uno dopo l'altro con gran sbattere d'ali.

«Uhà!» fece il verso Paulò e tirò dietro all'ultimo un bullone raccattato.

«Banda: andiamo dalle macchine!» disse Cicin. Certo giocare in mezzo ai macchinari o nella stiva sarebbe stato più bello.

«Si potrà scendere alla nave che c'è sotto?» chiese Carruba. Questo sarebbe stato bellissimo: stare là sotto, tutti chiusi, con il mare intorno e sopra come in un sottomarino.

«Quella di sotto è minata!» disse Menin.

«Sei tu, minato!» gli dissero.

Presero giù da una scaletta. Fatti pochi gradini si fermarono: ai loro piedi cominciava l'acqua nera, e sciabordava[12] nel chiuso. I ragazzi di Piazza dei Dolori guardavano fermi e in silenzio; in fondo a quell'acqua, un luccichio nero di aculei: colonie[13] di ricci che divaricavano lenti le spine. E le pareti tutt'intorno erano incrostate di patelle[14] dal guscio barbuto d'alghe verdi, abbarbicate al ferro delle pareti che sembrava roso. E c'era un brulicare di granchi ai margini dell'acqua, migliaia di granchi di tutte le forme e di tutte le età che ruotavano sulle

[11] *masnada*: banda, gruppo di monelli.
[12] *sciabordava*: si muoveva.
[13] *colonie*: grandi raggruppamenti.
[14] *patelle*: molluschi protetti da un guscio, frequenti sugli scogli marini.

zampe curve e raggiate, e digrignavano le chele,[15] e sporgevano gli occhi senza sguardo. Il mare sciacquava sordo nel quadrato delle mura di ferro, lambendo quelle piatte pance di granchio. Forse tutta la stiva della nave era piena di granchi brancolanti e un giorno la nave si sarebbe mossa sulle zampe dei granchi e avrebbe camminato per il mare.

Risalirono sopracoperta, a prua. Allora videro la bambina. Non l'avevano vista prima, pure sembrava fosse sempre stata lì. Era una bambina sui sei anni, grassa, con i capelli lunghi e ricci. Era tutta abbronzata e aveva indosso solo le mutandine bianche. Non si capiva da che parte fosse arrivata. Non li guardò nemmeno. Era tutta attenta a una medusa capovolta sull'impiantito di legno, con i festoni mollicci dei tentacoli sparpagliati intorno. La bambina con uno stecco cercava di rimetterla con la calotta in alto.

I ragazzi di Piazza dei Dolori le si fermarono intorno, a bocca aperta. Mariassa si fece avanti per primo. Tirò su dal naso.

«Chi sei?» disse.

La bambina alzò gli occhi celesti nella faccia paffuta e scura; poi riprincipiò a far leva con lo stecco sotto la medusa.

«Dev'essere della banda dell'Arenella» disse Carruba che era pratico.

I ragazzi dell'Arenella avevano delle bambine che venivano con loro a nuotare e a giocare al pallone, e anche a far la guerra con le canne.

«Tu» disse Mariassa, «sei nostra prigioniera.»

«Banda!» fece Cicin. «Prendetela viva!»

La bambina continuava a manovrare la medusa.

«All'armi!» gridò Paulò che s'era voltato indietro per caso. «La banda dell'Arenella!»

Mentre loro stavano attenti alla bambina, i ragazzi dell'Arenella che passavano in acqua le giornate erano arrivati nuotando sott'acqua, erano saliti in silenzio per la catena dell'ancora, erano apparsi scavalcando quatti le murate. Erano ragazzi bassi e tarchiati, soffici come gatti, coi capelli rasi, la pel-

[15] *digrignavano le chele*: mostravano minacciosamente le loro pinze.

le scura. Le loro brache non erano nere e lunghe e cascanti come quelle dei ragazzi dei Dolori, ma fatte solo di una striscia di tela bianca.

Cominciò la lotta; i ragazzi di Piazza dei Dolori erano magri e tutti nervi, tranne Bombolo che era un pancione, ma avevano una rabbia fanatica nel picchiarsi, agguerrita dalle lunghe zuffe nei piccoli carrugi della città vecchia contro le bande di San Siro e dei Giardinetti. Quelli dell'Arenella ebbero il sopravvento in principio per via della sorpresa, ma poi quelli dei Dolori si abbarbicarono alle scalette e di lì non ci fu verso di spostarli, perché non volevano a nessun costo lasciarsi trasportare alle murate, dove era facile farsi sbattere a bagno. Alla fine Pier Lingera che era più forte dei compagni e anche più vecchio, e veniva con loro solo perché era ripetente, riuscì a far arretrare uno dell'Arenella fino ai bordi e a spingerlo giù in mare.

Allora quelli dei Dolori passarono all'offensiva: quelli dell'Arenella, che si sentivano più nel loro[16] in acqua e, gente pratica, non avevano puntigli d'onore per la testa, uno dopo l'altro sfuggirono ai nemici e si tuffarono.

«Venite a prenderci in acqua, se avete coraggio» gridarono.

«Banda! Con me!» urlò Cicin e già stava per tuffarsi.

«Sei scemo?» lo trattiene Mariassa. «In acqua l'hanno vinta come vogliono!» E prese a gridare insolenze ai fuggiaschi.

Quelli dell'Arenella cominciarono a tirare acqua da sotto; e la tiravano tanto forte che non c'era posto sulla nave dove non arrivassero le loro acquate. Alla fine si stancarono e presero il largo a testa bassa e braccia arcuate, rialzandosi ogni tanto per respirare con piccoli schizzi.

Quelli di Piazza dei Dolori erano rimasti padroni del campo. Andarono a prua: la bambina era sempre lì. Era riuscita a voltare la medusa e ora cercava di sollevarla sullo stecco.

«Ci hanno lasciato un ostaggio!» fece Mariassa.

«Banda! Un ostaggio!» s'eccitò Cicin.

«Vigliacchi!» gridò Carruba dietro ai fuggiaschi. «Lasciare le donne in mano ai nemici!»

16 *si sentivano più nel loro*: si sentivano più a loro agio.

Avevano un senso dell'onore molto spiccato, a Piazza dei Dolori.

«Vieni con noi» disse Mariassa e fece per metterle una mano su una spalla.

La bambina gli fece cenno di star fermo: stava per riuscire a sollevare la medusa. Mariassa si chinò a guardare. Allora la bambina tirò su lo stecco, con la medusa in bilico sopra, lo tirò su, lo tirò su, sbatté la medusa in faccia a Mariassa.

«Porca!» gridò Mariassa sputando e prendendosi la faccia.

La bambina guardava tutti e rideva. Poi si voltò, andò proprio in cima alla prua, alzò le braccia congiungendo la punta delle dita, si tuffò ad angelo, e nuotò via senza voltarsi. I ragazzi di Piazza dei Dolori non si erano mossi.

«Di'» chiese Mariassa, palpandosi una guancia. «È vero che le meduse fanno bruciare tutta la pelle?»

«Aspetta e lo saprai» fece Pier Lingera. «Però è meglio che ti tuffi subito.»

«Alé» disse Mariassa, avviandosi con gli altri.

Poi si fermò: «D'ora in avanti dobbiamo avere una donna anche noi nella banda! Menin! Farai venire tua sorella!».

«Mia sorella è scema» disse Menin.

«Non importa» disse Mariassa, «alé» diede uno spintone a Menin buttandolo a mare, perché tanto a tuffarsi non era capace. Poi si tuffarono tutti.

(da *Gli idilli difficili*, Einaudi)

MARIO SOLDATI

Un deca per Natale

Milano, antivigilia di Natale. Non avevo ancora spedito i telegrammi e i cablo[1] di augurio. Adesso, finalmente, erano le undici e mezzo: abbastanza tardi per andare alla vicina Centrale[2] con la certezza di non fare coda.

Passai a dare la buonanotte a mio figlio Giovanni. Era già a letto e aveva spento la luce in quel momento. Cercò di dissuadermi: «Manda i telegrammi domani mattina, hai tutto il tempo. Cosa esci a quest'ora? Fa freddo, ci sono le aggressioni!». Risposi con una risata, misi il cappotto, uscii. Il telefono squillò, rientrai. Era la signora Gandini. Pochi minuti prima suo figlio l'aveva chiamata dal Messico. Suo figlio era con mio figlio Michele e con un altro amico in un'isola al largo dello Yucatan[3], un'isola di cui la signora Gandini non aveva capito bene il nome. Quaranta gradi all'ombra, facevano i bagni, erano felici, stavano benissimo, mandavano gli auguri a tutti...

Mi ripromisi, appena rincasato, di cercare sull'atlante quale poteva essere il nome di quell'isola; e andai alla Posta.

La grande sala dei telegrammi era deserta ma non come speravo: perché, al lunghissimo banco, proprio in fondo, c'era un impiegato solo, e davanti a lui c'era un gruppetto di tre persone, occupate per fortuna tutte e tre a spedire un solo telegramma: si stringevano insieme e si curvavano sul modulo, discutendo a bassa voce animatamente con l'impiegato.

1 *cablo*: abbreviazione di «cablogrammi», telegrammi trasmessi mediante cavi sottomarini.
2 *Centrale*: Ufficio postale principale di Milano.
3 *Yucatan*: grande penisola messicana, che si protende in direzione nord-ovest, delimitando il Golfo del Messico.

Mi avvicinai, intanto cavai di tasca i miei telegrammi, che avevo già scritto a macchina: forse volevo rileggerli, ma non ci pensai più appena mi trovai vicino ai tre che spedivano il loro.

Erano due giovani e una ragazza. Alti tutti e tre, tutti e tre magrissimi, e vestiti di stracci. Non è, oggi, uno spettacolo raro. Ma questa mi parve, subito, miseria vera che invano sperava di essere scambiata per moda: più che dai particolari e dai colori dell'abbigliamento, lo capii dall'espressione dei volti dei tre, dalle loro mosse inquiete, dal loro parlottio fitto, sommesso, affannoso, confuso, ora con l'impiegato, ora tra di loro stessi. Soprattutto, era un grande manovrare di sigarette, continuamente accese, spente, riaccese: quasi una danza nell'aria al di sopra delle loro capigliature nere e arruffate, una danza graziosa e angosciosa delle mani secche, lunghe e brune, degli esili cilindretti candidi, delle grandi boccate di fumo che i tre tiravano, come per vincere insieme timidezza e ansietà. Aspiravano ogni volta rapidamente, profondamente, e si guardavano intorno come se temessero di venire sorpresi in quell'armeggio[4] innocente: di vedere entrare un nemico.

Uno dei due ragazzi era un po' più anziano dell'altro e della ragazza: pareva, dei tre, la persona più importante, il capo. Aveva una barba a ciuffi, che gli macchiava il volto emaciato,[5] bianco di un biancore verdastro, quasi cadaverico: e una smorfia come un rictus[6] all'angolo della bocca: ma, più che un rictus, forse era proprio un sacramentare[7] incessante, tra sé e sé, senza suono. Frattanto, ogni momento, volgeva verso l'alto gli occhi scuri, con uno sguardo di rabbia disperata.

Finalmente i conciliaboli[8] si conclusero. L'impiegato si allontanò col modulo, raggiunse due suoi colleghi che erano in fondo, in un angolo, lontano dal banco, seduti dietro massicce scrivanie metalliche: mostrò loro il modulo. Poi passò a un tavolo vuoto, aprì un cassetto, prese un pacchetto di sigarette, ne cavò una, adagio l'accese, adagio tornò verso il banco,

4 *armeggio*: manovra, movimento.
5 *emaciato*: magrissimo.
6 *rictus*: il termine – in latino – è proprio del linguaggio medico e indica una anormale contrazione dei muscoli della faccia.
7 *sacramentare*: bestemmiare.
8 *conciliaboli*: discussioni animate ma sommesse, a voce contenuta.

aspirando a sua volta profondamente, come sotto l'influenza della danza delle sigarette dei tre: ma l'inconsapevole imitazione, contrastando con la sua faccetta rosea, occhialuta, inerte, aveva qualcosa di esagerato e ridicolo. Si sedette al banco, riempì una dopo l'altra le caselle del modulo.

Venne il momento di pagare. I tre fecero saltar fuori, passandoselo di mano in mano, un biglietto da diecimila tutto spiegazzato: l'impiegato lo prese, lo guardò, lo restituì, mormorando qualcosa che non riuscii a udire. Allora la ragazza porse un biglietto da cinquemila, anche quello spiegazzato. L'impiegato lo prese, andò al suo tavolo, andò di nuovo fino dai colleghi, a consultarsi con loro. Tornò indietro: il telegramma costava poco più di duemila lire: in tutto l'ufficio non esisteva il resto. Avevo io da cambiare. L'impiegato mi ringraziò.

Scrisse la ricevuta, depose il telegramma, aperto, nell'apposito scaffaletto; consegnò la ricevuta alla ragazza. I tre si allontanarono dal banco lasciandomi il posto. Mi avvicinai coi miei telegrammi. Ma l'impiegato, senza scusarsi, tornò verso il fondo, perché in quel momento altri impiegati, quattro o cinque, irrompevano allegri con una bottiglia di spumante e il panettone. Capii che dovevo rassegnarmi e mi voltai: in tempo per vedere i tre che, avviandosi all'uscita, si erano accostati con malcelata fretta ai tavolini di scrittura su cui giacciono sempre, sparsi e abbandonati, i moduli con le brutte copie: come sbadatamente, i tre si erano curvati a guardare, a frugare, cercando evidentemente le loro brutte copie, le tracce del loro telegramma.

Il più giovane dei due ragazzi radunò alcuni di quei moduli, li strappò in pezzi minuti, fece per gettarli: ma a un cenno del più anziano se li cacciò in tasca. Così fece anche la ragazza con i suoi, però senza strapparli, anzi piegandoli. Tutti e tre, veloci, uscirono senza voltarsi.

L'impiegato era ancora con i colleghi, bevevano. Non protestai, per la semplice ragione che, intanto, avevo adocchiato, nello scaffaletto, il telegramma. Mi sporsi sul banco. E con un certo sforzo, sia per la distanza, sia perché era uno stampatello poco chiaro, a lettere diseguali e sghimbesce[9] cominciai a leggere.

[9] *sghimbesce*: storte.

«Sciuti Antonio», e poi un indirizzo a cui lì per lì non feci caso: avevo pensato, istintivamente, che poteva essere soltanto il nome di qualche località della Sicilia: istintivamente, ma anche perché mi aveva attirato di più il testo che seguiva. Diceva esattamente:

«Ti mando un deca apena possibile. Fai buon Natale, siamo Piacenza...»

Non finii di leggere perché l'impiegato era lì. Gli consegnai i miei telegrammi. Mentre contava le parole, irresistibilmente tornai al telegramma nello scaffaletto: volevo leggere e la fine e l'indirizzo. L'indirizzo era: *Sciuti Antonio – Filangieri 2...* Mi accorsi che l'impiegato si era accorto che sbirciavo. Un po' mortificato, e quasi bastasse a giustificarmi, dissi:

«Dov'è Filangieri? Un paese della Sicilia?»

L'impiegato ebbe un sorriso strano nella faccetta rosea e inerte:

«È a Milano, piazza Filangieri 2, il carcere.»

«Il carcere?!» ripetei scioccamente sorpreso.

«Il carcere di San Vittore» confermò l'impiegato, e il suo sorriso, ora vidi, era vile, atroce. Me ne tornai a casa. L'aggressione, dopotutto, l'avevo subìta. Camminando, continuavo a vedere, come sovraimpresso sulla scenografia tranquilla delle vie del centro di Milano notturna e invernale, il volto cadaverico, lo sguardo furiosamente disperato del più anziano dei due giovani. E continuavo a leggere, nell'infantile stampatello vergato[10] a gran fatica sul modulo del telegramma: *Ti mando un deca apena possibile.*

Dunque c'è della gente che forse non riuscirà mai «a vivere». E c'è della gente, quanta! mio figlio stesso, che va a fare il Natale lontano, tra i mondi sottosviluppati. Mentre c'è un mondo in mezzo a noi altrettanto sottosviluppato: altrettanto o ancora di più, per il contrasto.

Vicinissimo a noi, c'è un Natale più lontano che lo Yucatan.

(da *44 novelle per l'estate*, Mondadori)

[10] *vergato*: scritto.

Che cosa terribile. Oggi alle 2 del pomeriggio...

9 dicembre.[1] Che cosa terribile. Oggi alle 2 del pomeriggio Hella[2] è stata trasportata all'ospedale e l'hanno operata immediatamente. Appendicite. Sua mamma ha appena telefonato che l'operazione è andata bene, ma i dottori hanno detto che fra due ore sarebbe stato troppo tardi. Mi tremano le ginocchia e le mani mentre scrivo.

È ancora sotto l'effetto dell'anestesia.

10 dicembre. Hella è debolissima e nessuno può vederla tranne suo papà e sua mamma, neppure Lizzi può farle visita. Il giorno di San Nicola[3] ce la siamo spassata un mondo e abbiamo mangiato tanti dolci da sentirci quasi male, ma è impossibile che l'appendicite le sia venuta per questo. Lunedì sera, quando tornavamo a casa dalla lezione di ginnastica, ha detto che non si sentiva per niente bene. La notte prima aveva avuto i brividi, e la mattina il dottore ha detto subito che doveva andare in clinica e farsi operare.

11 dicembre. A scuola tutte le ragazze sono eccitatissime per via di Hella e la dottoressa St. è stata molto gentile e ha rimandato la lezione a martedì venturo. Domenica vado a trovarla; ha una gran voglia di vedermi, e lo stesso io.

[1] *9 dicembre*: queste pagine sono tratte dal diario, autentico, di una ragazza di dodici anni vissuta a Vienna nei primi anni del Novecento. Dallo stesso *Diario* sono tratti anche i passi riportati a pag. 158 e a pag. 232.
[2] *Hella*: amica del cuore e coetanea di Grete, la ragazza di dodici anni autrice del diario.
[3] *San Nicola*: cade il 6 dicembre; in alcune località la ricorrenza viene festeggiata con dolci e regali ai bambini.

12 dicembre. È ancora molto debole è non le importa di nulla; ho pregato sua madre di portarle per parte mia delle rose e delle viole, le piacciono tanto.

14 dicembre. Oggi pomeriggio sono stata con Hella dalle due alle quattro meno un quarto. È pallidissima e quando sono entrata nella sua stanza tutt'e due abbiamo fatto un gran pianto. Le ho portato altri fiori e le ho detto subito che il professore W. tutte le volte che mi incontra domanda di lei; lo stesso fanno gli altri insegnanti, specialmente la dottoressa M. Le ragazze vorrebbero farle visita, ma sua madre non lo permette. Quando è a letto la gente sembra completamente diversa, quasi estranea; l'ho detto a Hella e lei ha risposto: «Non dobbiamo essere mai estranee l'una per l'altra, neppure nella morte». Allora sono di nuovo scoppiata a piangere e le mamme hanno detto che dovevo andar via perché Hella si eccitava troppo.

15 dicembre. Oggi sono stata di nuovo da Hella. Mi ha passato un bigliettino in cui mi pregava di prendere nel suo armadietto il pacco con il blocco di carta assorbente per suo padre e il cestino delle chiavi per sua madre, perché glieli deve regalare a Natale ma non sono ancora pronti.

18 dicembre. I Bruckner[4] sono molto addolorati perché non sarà un vero Natale se Hella dovrà stare in ospedale fin allora; e forse ci starà, perché sin da ieri non si sente bene e i dottori non riescono a capire perché improvvisamente le sia tornata la febbre. Lei non ha confessato che le avevo portato un po' di mandorle tostate, di cui è golosissima; ma io ho una tremenda paura che le debbano fare un'altra operazione.

19 dicembre. Subito dopo la scuola sono andata a trovare Hella, perché ero tanto preoccupata che tutta la notte non ho chiuso occhio. Grazie al cielo sta meglio. Uno dei dottori ha detto che se fosse stata in una casa privata avrebbe dato certamente la colpa a un errore nella dieta, ma siccome è in ospedale questo è escluso. Dunque è stata colpa delle mandorle e dei due bastoncini di marzapane.[5] Hella dice che sono stati i bastoncini

[4] *I Bruckner*: i familiari di Hella.
[5] *marzapane*: pasta dolce fatta di mandorle, zucchero e bianco d'uovo.

di marzapane, erano di quelli grossi, da venti heller l'uno, e le noci sono pesanti a digerirsi. Ha avuto un dolore mentre io ero ancora lì, ma non ha voluto dir nulla perché era stata lei a chiedermi di portarle i dolci. Adesso può pregarmi finché vuole, le porterò solo fiori, e quelli non possono farle male; cioè, potrebbero sì se fosse vera la storia della «Vendetta dei Fiori», ma sono tutte sciocchezze, e poi non porto fiori molto profumati.

20 dicembre. Come sono contenta! Domani o martedì Hella tornerà a casa, in tempo per l'albero di Natale. Ora so cosa regalarle, una sedia a sdraio, papà mi ha dato il permesso, perché non ho abbastanza soldi ma lui mi darà quello che mi occorre. Ah, non c'è nessuno come papà! Domani mi accompagnerà in Währingerstrasse[6] a comprarne una.

21 dicembre. Oggi sono stata pochissimo con Hella perché papà è venuto a prendermi presto. A tutta prima è rimasta un po' offesa, ma quando ha capito che dovevamo fare qualcosa di importante ha detto: «Benissimo, purché non sia qualcosa fatto di marzapane». A momenti ci tradivamo, perché appena siamo stati per strada papà mi ha chiesto: «Cosa diceva Hella a proposito di marzapane?». Gli ho risposto svelta svelta: «Da quando si è ammalata non può soffrire i dolci,» e grazie a Dio papà non ha sospettato niente. Ma come non mi piace dir frottole a papà! Prima di tutto ho sempre paura che se ne accorga, e in secondo luogo non mi piace per la cosa in sé. La sedia a sdraio è un amore, un modello turco con un cuscino rotondo e lunghe nappine. Papà voleva pagar tutto ma ho detto che allora non sarebbe stato il mio regalo, così ho pagato 5 corone e lui 37. La manderanno a casa dei Bruckner domattina presto.

(da *Diario di una giovinetta*, TEA, trad. Elena Spagnol)

6 *Währingerstrasse*: una via di Vienna.

Scoperta di sé

I quattro testi che seguono indagano, attraverso differenti situazioni e figure, quella tappa importante della crescita che è la scoperta e la consapevolezza di sé.

«Prima non avevo niente che mi facesse essere me» dice Grover, il protagonista di Tutti i bambini negri dovrebbero suonare l'armonica *di Ann Patchett, quando scopre di avere passione e talento per la musica. Quella di Grover è una storia esemplare, che mette a fuoco il momento in cui un ragazzo diventa cosciente delle sue capacità e fa chiarezza nelle sue aspettative e nei suoi progetti di vita.*

Per l'adolescente de I rapporti umani *di Natalia Ginzburg la scoperta di sé avviene invece attraverso i rapporti con gli altri, che si fanno via via più consapevoli nel percorso dall'infanzia alla prima giovinezza.*

Vengono poi due pagine di diario: l'anonima ragazzina viennese registra le emozioni confuse ma intense del momento in cui lo sviluppo fisico la rende cosciente di avere ormai lasciato definitivamente il mondo dell'infanzia. E Anna Frank, infine, rivela grande chiarezza interiore in una lucida autoanalisi che conferma la maturazione della sua personalità.

Tutti i bambini negri dovrebbero suonare l'armonica

«Fino ad allora io non avevo mai avuto niente che mi facesse essere me.»

I rapporti umani

«Siamo entrati nell'adolescenza quando le parole che si scambiano gli adulti fra loro ci diventano intelligibili; intelligibili ma senza importanza per noi...»

Buon Dio, oggi... no, non posso scriverlo...

«"Di' un po', cosa succede oggi, che sei così solenne? Ti sei innamorata senza che io lo sappia, oppure finalmente*...?"»*

Abbiamo avuto dalla biblioteca un libro...

«Nel mio carattere c'è un tratto molto spiccato che colpisce tutti coloro che hanno dimestichezza con me: la conoscenza che io ho di me stessa.»

ANN PATCHETT

Tutti i bambini negri dovrebbero suonare l'armonica

Sampson, Skipworth, Slonecker, Small, Smiley. Smiley, Grover T. Ci sono ancora quattro persone davanti a me sulla lista, ho un po' da aspettare. Le *s* sono praticamente in fondo e perciò ci tocca sentirli tutti quanti prima che tocchi a noi. All'inizio mi sentivo disgraziato, ma dopo la trentaquattresima audizione[1] (Claire Beth Fibral, che ha detto che era stato Dio a dirle che sapeva suonare il flauto[2]), ho deciso che la peggio l'aveva la povera vecchia signorina Neville. Chiama un nome dall'elenco e gli porge la pagina di uno spartito,[3] chiedendo se ci capiscono qualcosa: quasi tutti dicono di no. Allora gli chiede se c'è qualcosa che pensano di saper suonare. È qui che si sbaglia di grosso, secondo me; gli dovrebbe ficcare qualcosa in mano e parlarne dopo. Tutti i ragazzi dicono che sono sicuri che sanno suonare questo o quello. Le ragazze dicono tutte che sanno suonare il flauto, i ragazzi dicono il contrabbasso.[4] Sono tutti cacciaballe.

Un qualche gruppo di vecchi bianchi ha deciso che tutti i bambini negri dovrebbero suonare uno strumento musicale, così gli passerebbe la voglia di spaccare le vetrine dei negozi o di starsene seduti davanti ai grandi magazzini con aria arrogante. È per questo che ora siamo tutti qui, la signorina Neville dice che questo è legiferare.[5] Secondo me questa la devono

[1] *audizione*: prova, saggio.
[2] *flauto*: strumento a fiato a forma di breve canna cilindrica fornita di fori che si aprono e si chiudono con i polpastrelli per modulare il suono.
[3] *spartito*: partitura, testo scritto delle note di un brano musicale.
[4] *contrabbasso*: strumento musicale a corde dal suono profondo.
[5] *legiferare*: far entrare in vigore una legge, una disposizione.

aver legiferata in primavera, quando faceva fresco fuori e la musica faceva piacere sentirla. Ma ora è agosto e persino le mosche cercano le case dove c'è un ventilatore acceso. È la signorina Neville che deve decidere quello che suonerà ognuno di noi Deve ascoltare ogni singolo ragazzo della Central Valley Junior High[6] soffiare o picchiare o strimpellare qualcosa prima di potergli assegnare un posto nell'orchestra della scuola. Non lo sa nessuno da quanto tempo fa l'insegnante di musica nella nostra scuola, quasi tutti hanno una loro opinione o un aneddoto da raccontare. Harvey Rachlin dice che la sua sorella maggiore era nell'orchestra della signorina Neville quando studiava qui, e ora sua sorella è una donna adulta, con un bambino e tutto quanto. Certi dicono che la signorina Neville ci vive dentro alla scuola, che la lasciano dormire sotto il pianoforte o qualcosa del genere. Io non la capisco; sono salito sulle gradinate per guardarla per un po', e aveva l'aria di starli a sentire tutti quanti. Si vede dal suo viso che spera sempre che ogni ragazzo che si presenta saprà veramente suonare. Poi quando li sente, le viene un viso nauseato come se la stessero prendendo a pugni nello stomaco.

Mi sembra che sorbirsi una sola audizione sia già più di quanto una persona normale possa sopportare, non so come uno possa sorbirsele anno dopo anno.

Han ficcato l'intera scuola dentro a questa palestra dove si fanno le partite di pallacanestro. Quelli dell'ultimo anno hanno diritto alle sedie pieghevoli e si danno un sacco di arie. Tutti gli altri stanno sulle gradinate o per terra. Io mi son trovato un bel posticino tra la porta e i montanti[7] dove nessuno mi può calpestare. Da dove sto seduto, tutto il mondo è fatto di ginocchia e di caviglie, non c'è una sola persona qua dentro che gli freghi di avere le calze tirate su o le scarpe allacciate. Non ci si pensa mai ai piedi finché non ti ci trovi in mezzo. La signorina Neville chiama un nome e poi vedo un paio di piedi salire strascicando sul palco e aspettare un minuto, poi torna-

6 *Central Valley Junior Hight*: è il nome della scuola.
7 *montanti*: supporti per le sbarre usate negli esercizi ginnici.

re strascicando al loro posto, che quasi sempre è stato preso da un altro. Non voglio averci nulla a che fare, io, coi loro vecchi strumenti sputacchiosi. Manco morto passerò quattro anni succhiando un vecchio ottavino[8] che qualcun altro ha succhiato prima di me. Avevo avuto intenzione di tenere Roy Luther fuori dalla scuola, come separando le ore di studio dal mio tempo libero, ma questa è un'emergenza.

Io e Roy Luther siamo diventati inseparabili quando io avevo sei anni, perciò siamo insieme da un po' più di metà della mia vita. Il mio papà, il signor Nigel T. Smiley, accetta scommesse per le corse nel forno dove fa stupendi bomboloni. Un tempo ci lasciava sedere, un paio di noialtri bambini, nel retrobottega insieme ai suoi clienti, così davamo un'aria più onesta al posto. Un giorno me ne stavo sdraiato su una cassetta di ciliegie a giocare con una biglia di vetro colorato che mi avevano regalato per il mio compleanno. Mi si avvicina un tizio e dice che è davvero una bella biglia, che non ne aveva mai vista una uguale. Sissignore, io dico. Lui dice che gli piacerebbe avere quella pallina per il suo bambino. Io non ho alzato gli occhi, avevo paura che me la prendesse. Lui dice, non ti piacerebbe che ce la giochiamo questa biglia? Tira fuori questa barra d'argento, grossa come tre sigari avana. Allora io alzo gli occhi, era la cosa più bella che avevo mai visto.

«Ce la giochiamo ai dadi; ragazzo» mi dice l'uomo. «Se vinco io, mi porto la tua biglia a casa al mio bambino; vinci tu, ti pigli quest'armonica[9] e te la tieni.»

Caspita, lo volevo proprio quel coso. Non sapevo cos'era o come si usava, ma sapevo solo che sarei morto all'istante se non lo vincevo. Faccio segno di sì con la testa. L'uomo infila una delle dita in un taschino del panciotto. Doveva aver appena mangiato una caramella o qualcosa perché quando l'ha tirata fuori c'erano due dadi attaccati. Gli altri uomini, quasi

[8] *ottavino*: particolare flauto corto e piccolo, i cui suoni sono più acuti di quelli corrispondenti del flauto.

[9] *armonica*: strumento musicale molto semplice, formato da una scatola che contiene sottili lamine di metallo poste in corrispondenza di piccoli fori. Soffiando in essi, il suonatore fa vibrare le lamine, producendo così i suoni.

tutti soldati che ciondolavano lì tutto il giorno, si sono avvicinati per vedere come finiva e pigliandomi in giro perché ero un babbeo.[10] Proprio in quel momento, si spalanca la grossa porta di metallo e papà entra dal negozio. I bambini mi canzonavano sempre dicendo che mio padre era un bianco, perché era sempre tutto ricoperto di farina. A lui però nessuno gli diceva nulla.

«Che ci fai con mio figlio?»

«Solo una partita amichevole ai dadi, Nigel. Questo tuo ragazzino ha messo gli occhi sulla mia armonica.» Scosse i dadi per far vedere che faceva sul serio.

Papà mi guardò. «Giochi d'azzardo con quest'uomo?»

Ero abbastanza piccolo allora, feci soltanto segno di sì con la testa. Un'enorme mano infarinata calò dall'alto e mi colpì proprio sopra all'orecchio. Volai via dalla mia cassetta e andai a sbattere contro dei fusti d'olio per friggere. Non è vero come dicono tutti che si vedono le stelle. Io ho visto dei grossi ragni pelosi.

«Quante volte ve lo devo dire a voialtri bambini? Non giocate mai, mai d'azzardo con un uomo senza farmi prima controllare i dadi. Gesù, quanto sei scemo!» Papà tolse i due cubetti picchiettati di mano all'altro tizio e li scosse ben bene. «Truccàti.»[11] Me li agitò in faccia: «Truccàti!». Credevo volesse mollarmi un'altra sberla, ma invece tornò di là e ne prese un altro paio. Lo sapevano tutti che papà usava dadi puliti. Diede la nuova coppia all'uomo. «Ora fa' pure una partita con mio figlio.»

L'uomo scosse la testa come un coniglietto nero. «Stavo solo scherzando, Nigel, volevo solo dare una lezione al ragazzino, hee hee. Se la può tenere la sua sporca vecchia biglia.»

«Tu adesso la fai la partita con mio figlio, amico.» Papà mi sollevò con una mano e mi scrollò come una scarpa con dentro un sasso. «Lascia lanciare prima all'uomo, Grover.»

[10] *un babbeo*: uno stupido, un ingenuo.
[11] *truccati*: modificati in modo che il punteggio non sia casuale, ma venga invece determinato dai movimenti della mano del giocatore.

Dal suo lancio vennero due pallini, papà li chiama Occhi di Serpente. Raccolsi i dadi e li lanciai. Si levò un urlo. Un due e un cinque, magico, magico sette. Roy Luther doveva essere il nome dell'uomo, perché era inciso sul lato della mia «Hohner Marine Band».[12] Mi sembrava che avesse un bel suono solido. Capii subito che quella sarebbe stata la mia cosa speciale. Tutti gli altri ragazzini della mia famiglia hanno qualcosa di speciale. C'è il più grande e il più piccolo, e le gemelle che gli comprano sempre i vestiti uguali e tutti gli fanno sempre le fotografie, e mio fratello Wilson che ha un pesce vero, e Delilah che fa la majorette[13] nella banda, e Albert che ha saltato due anni interi da quanto è intelligente. Fino ad allora io non avevo mai avuto niente che mi faceva essere me. Entravo in una stanza e la mamma mi chiamava con dieci nomi prima di ricordarsi chi ero. Quella prima sera me ne stavo là seduto fissando Roy Luther quando mi si avvicinano le gemelle e cercano di portarmelo via. La mamma gli dice di filare. «Quella è la cosa di Grover» gli ha detto. «Lasciatela stare.» Io dormivo con Roy Luther tra la testa e la spalla, così ero sicuro di svegliarmi se qualcuno cercava di rubarmelo. Io e Albert dividiamo un letto, lui crede che è di lui che non mi fido, ma io non me la sentivo di mollare Roy Luther. Da allora Albert ha sempre dormito girato verso il muro.

C'erano stati tre anni buoni in cui io non avevo molti amici. I miei fratelli e le mie sorelle dicevano agli altri ragazzi che non mi conoscevano, persino la mamma mi faceva camminare un bel pezzo dietro di lei quando uscivamo. La questione non era tanto che ero un suonatore di armonica, quanto che ero un cattivo suonatore d'armonica. Suonavo tutto il tempo, gracchiando sempre dalla solita vecchia scala musicale, in qualunque posto riuscivo a prendere fiato, nella vasca da bagno, sotto il tavolo da pranzo. Ero un suonatore cattivo quanto il Pec-

12 *«Hohner Marine Band»*: è il nome, altisonante, dell'armonica: «Banda marinara di Hohner».

13 *majorette*: ragazza che, vestita con un particolare costume, ha il compito di agitare una mazza a tempo di musica, accompagnando un corteo, una banda musicale, una squadra sportiva e simili.

cato Originale. Era come imparare da capo a parlare, solo che questa volta non c'era nessuno da ascoltare. Le mie mani non sapevano niente di come si suona l'armonica, sapevano maneggiare biglie e palle da baseball, e la mia bocca era una bocca che masticava gomma. Non c'era nessuna musica in quella bocca quando questa storia è cominciata.

A quei tempi, mi portavo Roy Luther a scuola. Ogni cinque minuti o giù di lì mi veniva in mente un nuovo suono e alzavo la mano per chiedere se potevo andare al gabinetto o a bere un bicchiere d'acqua. Se l'insegnante diceva di sì, me la svignavo e cercavo di tappare una nuova serie di fori, soffiando più forte o più piano del giorno prima per vedere che effetto faceva. C'era sempre qualcuno che faceva la spia e Roy Luther passava il resto della giornata nel cassetto della scrivania del preside.

Mi abituai a quel metallo liscio e freddo, a quel suo sapore in parte di lattina e in parte dei vecchi Lifesavers[14] e degli scontrini dei biglietti che mi tenevo in tasca. Per quanto mi piacesse il suono, mi piaceva anche solo metterlo in bocca, lasciarlo battere contro un'otturazione di un dente e sentire la vibrazione arrivarmi fino agli occhi. Arrivò il momento in cui non potevo più entrare in una stanza senza che qualcuno dicesse: «Grover, vattene!». Mi arrampicavo in cima all'acero e me ne stavo là. All'inizio gli uccelli volavano via, poi dopo un po' si abituarono alla mia presenza, imparai persino qualcuno dei loro canti. Un mattino stavo suonando fuori dalla finestra di cucina prima di colazione, sentii la mamma dire: «Sentilo, quell'usignolo! Che Dio l'abbia in gloria, è il più bell'uccello del creato».

E fu allora che le cose cominciarono a cambiare.

Un giorno che me ne stavo seduto sotto il portico davanti alla casa e imitavo la macchina dei pompieri, il mio fratellino corse fuori tutto eccitato, gridando a tutti quanti di venire a vedere l'incendio. Poi passò l'intera giornata a cercarne uno. Sedevo nel vicolo dietro la drogheria dei bianchi e suonavo

[14] *Lifesavers*: un tipo di caramelle a forma di ciambellina.

«What'll I do?»[15] così piano che si sentiva a malapena, e quasi tutti quelli che uscivano dal negozio canticchiavano quel motivo tra sé senza sapere il perché.

Era come se un giorno fossi stato la bombetta puzzolente che qualcuno aveva pestato e il giorno dopo ero un grappolo di glicine. La mamma smise di cacciarmi via tutto il tempo. Potevo suonare le cose che lei sentiva in chiesa alla domenica. Quando si rompeva la radio, ero io la principale fonte d'intrattenimento in famiglia. Mi lasciavano sedere sulla poltrona di cuoio rosso e suonare con tutto il fiato che avevo nei polmoni finché non mi girava la testa o mi s'ingrossava la lingua; una volta che prendevo l'aire[16] potevo sentire le vibrazioni andare giù oltre la mascella e puntare verso il mio stomaco. Tutta la famiglia si sdraiava ai miei piedi, a eccezione di papà, che mi ascoltava dall'altra stanza. Quei giorni poteva nevicare o esserci quaranta gradi all'ombra e tutti erano felici. Potevo suonare canzoni in voga e farli ballare finché non crollavano per terra. Potevo suonare i blues[17] e spezzarli in due.

All'improvviso nessuno si ricordava più che ero mai stato un cattivo suonatore. Ora la gente diceva: «Grover! Ehi, Grover T., che bella musica, vieni a suonare nel mio negozio» oppure: «Ehi, figliolo, vieni a sederti nel mio bar dove fa fresco». Come se si fosse tutti amici per la pelle. Un tempo il signor Thompson diceva che non dovevo neanche azzardarmi a passare per la strada davanti alla sua gelateria; ora m'invita sempre a entrare, dice che gli attiro i clienti. Io ci vado, mi dà le limonate gratis.

Dopo scuola andavo alla biblioteca comunale e cercavo d'imparare a leggere la musica. Avevano due o tre libri lì intitolati «Come si fa». Me ne stavo là seduto per ore guardando quegli scarabocchi, cercando di capirci qualcosa. Alla fine decisi che ogni riga era due spazi sull'armonica, e che i pallini neri erano dove dovevo mettere le dita e per quanto tempo le

[15] *«What'll I do?»*: in inglese, «Che farò?».
[16] *prendevo l'aire*: entravo nel vivo del motivo musicale.
[17] *blues*: canti popolari dei neri d'America.

dovevo lasciare là. Correvo giù nel gabinetto col libro sotto il maglione e facevo una prova. Il tizio che raccoglieva i libri mi beccò un paio di volte, mi disse che ero proprio un mammalucco,[18] poi però mi fece vedere come si fa. Disse che un tempo aveva una ragazza che suonava l'armonica, disse che per questo l'aveva piantata. Se suoni per molto tempo, le labbra ti fanno dei brutti scherzi, mi disse.

Al venerdì, papà mi faceva venire giù in ditta[19] a suonare mentre gli uomini aspettavano di sapere chi aveva vinto le corse. Così stavano più tranquilli. Volevano tutti sentire l'ultimo Benny Goodman,[20] andavano tutti matti per la musica swing.[21] Un giorno un gruppetto delle loro ragazze entrò ballando e disse che ero bravissimo. Una di loro disse che ero carino da morire e a quei tempi avevo solo dieci anni. Tutti fecero un cerchio intorno a me e cominciarono a ridere e a battere le mani. Papà mi ordinò di andargli a prendere una sigaretta nell'altra stanza. Una delle donne mi prese il braccio, mi disse di rimanere dov'ero, che ce le aveva lei le sigarette. Papà mi guardò dall'alto in basso, come se non fossi stato più grande d'una lucertola. Disse vammi a prendere una sigaretta. Ci andai. Mi disse di accenderla e così feci anche questo. Lui disse che era felice di vedere che sapevo fare qualcosa di utile una volta tanto. Quella col vestito color pesca tutto scollato sulla schiena, quella che aveva detto che ero carino, chiese se non poteva avere un'altra canzone, magari «Coming in on a Wing and a Prayer».[22] Guardai papà, a lui quella canzone piaceva un sacco. Ma disse che era una canzone da sciocchi, che era adatta a me perché qualsiasi sciocco sa suonare l'armonica. Poi mi strappò Roy Luther di mano. Mi sembrò di avere il capogiro, come se non riuscissi a respirare. Era come se mi avesse strappato via la faccia. A un tratto mi ricordai che non ero

18 *un mammalucco*: un ignorante, uno stupido.
19 *in ditta*: in negozio.
20 *Benny Goodman*: un popolare musicista americano.
21 *musica swing*: un tipo di jazz.
22 *Coming in on a Wing and a Prayer*: letteralmente, «Venendo su un'ala e una preghiera».

un fessacchiotto qualunque, uno dei tanti ragazzini negri qualunque in fondo al barile. Poi lo sentii soffiare, Signore, si sarebbe detto che stava ammazzando una mucca, *lentamente*. Le sue mani erano così grosse e screpolate che non riuscivano a muoversi per cambiare la scala. Nessuno rise, lui non era il tipo di persona di cui rideresti. Non disse una parola, mi rese semplicemente Roy Luther e se ne andò. Dopo quel giorno, non parlammo molto di musica.

La signorina Neville chiama il mio nome. Io sono il numero sessantanove e lei ha l'aria come se qualcuno le avesse dato un pugno allo stomaco. È una vecchina bianca piccola piccola, coi capelli tirati indietro e legati in una crocchia.

«Grover T. Smiley?»

«Sissignora.»

Mi dà un foglio di musica. «Ci capisci qualcosa?»

Ci dò un'occhiata; è un pezzo che avevo già imparato, un pezzo facilissimo. «Sissignora.»

Lei alza un momento gli occhi, sono soltanto la terza persona ad avere anche solo detto che sapevo cos'era. «Cosa vorresti suonare, Grover? Conosci il contrabbasso?»

«No, signora, mi sono portato il mio strumento.»

I ragazzi nella palestra non stanno ascoltando, stanno quasi tutti dormendo o bisbigliando tra di loro. La signorina Neville si siede accanto al tavolo e incrocia le braccia sul petto. «Coraggio, allora.»

«Devo suonare questo, signora?» Prendo il foglio di musica. Speravo che dicesse di no perché conosco della roba molto più bella di quella.

«Quella va benissimo.»

Tiro fuori di tasca Roy Luther e me lo metto in bocca svelto svelto. Se sei troppo lento, c'è sempre qualcuno che dice: «Oh, no, non l'armonica. Credevo tu sapessi suonare un vero strumento». Attacco subito a suonare, senza neanche fare un bel respiro. La signorina Neville alza gli occhi, prima per fermarmi e poi per ascoltare. Dopo le prime poche battute i ragazzi che stavano dormendo si svegliano e i ragazzi che stavano chiacchierando fanno silenzio e tutti si tirano su a sedere con la schiena diritta, come se questo potesse farli sentire meglio. Roy Luther ha quel tipo d'effetto sulla gente. Finisco, ho suonato mica male, penso. Tutti battono educatamente le mani, come se fossero al cinema. La signorina Neville mi prende per il braccio.

«I tuoi genitori lo sanno?»

Manda via tutti gli altri. Carl Smith fino a Herman Zweckler saltano completamente la loro audizione. Roy Luther e io veniamo portati nell'ufficio del preside e ci viene chiesto di aspettare lì.

La signorina Neville entra con l'aria tutta rossa e agitata. Questa è una cosa che si può dire dei bianchi: cambiano sempre colore sotto i tuoi occhi. Sbatte questa pila di fogli di musica davanti a me e dice: «Sai suonarlo questo?». Quando dico di sì, non ci crede. Non so che fare, se devo dirle di no, che non so leggere una sola nota di quella roba e che l'altra cosa era solo una stramberia voluta da Dio, oppure che so farlo, come infatti sapevo. La mamma dice di dire sempre la verità. Papà dice di stare al gioco. Il primo pezzo è uno dei miei preferiti, le «Scene d'infanzia» di Schumann.[23] Dico di sì. La signorina Neville prese a battere il piede svelta svelta e mi guardò come se fossi un pazzo. Alla fine alzò le braccia al cielo e disse: «E allora *suona*, per amor di Dio!».

Non avevo mai sentito un'insegnante pronunciare il nome di Dio invano prima d'allora, me la rese simpatica. Strinsi le labbra per prepararle e poi tirai fuori Roy Luther. Aveva lo stesso sapore delle mie chiavi di casa. Le armoniche ti ricordano che tutto quanto nella tua testa è collegato insieme, suonare è molto di più della bocca, ti rotola dentro la nuca e attraverso ogni singolo dente. I miei occhi non leggono più la musica, la musica mi va dritto alla lingua e alle dita, e ognuna preme ai due lati come se volessero sbucare dall'altra parte per farsi compagnia. Alla mia testa questo pezzo piace un sacco. Le note hanno proprio un bel suono nel piccolo ufficio e dopo un po' mi dimentico della signorina Neville e dell'orchestra

[23] *Schumann*: musicista tedesco dell'Ottocento, compositore e pianista.

della scuola. Tengo gli occhi fissi sullo spartito e suono. È proprio una bella canzone.

Quando finisco, la signorina Neville sta guardando il soffitto tutta accigliata come se ci fosse qualcosa d'importante lassù. Anch'io lo guardo. Lei si volta, è ridiventata tutta pallida e acquosa. Pensa che la sto prendendo in giro, guardando in su, ma lascia correre. «Era bellissimo, Grover.»

Mi batto Roy Luther contro la mano per farne uscire la saliva e la ringrazio gentilmente.

Lei si passa la mano sugli occhi. «La suoni da molto tempo l'armonica?»

«Sei, sette anni.»

«Molto, molto bene.»

«Vuole sentire qualcos'altro? Un po' di swing, magari?»

Sembra che sia tornata a terra, ora. «Bisogna che parli subito coi tuoi genitori, tuo padre ha un telefono dove lavora, vero?»

A papà non piaceva essere disturbato sul lavoro. «Deve parlare coi miei?»

«Sì, certamente.»

Chiamò il centralino e si fece dare la linea. A papà non piaceva essere disturbato sul lavoro.

«Signor Smiley? Sì, buongiorno, qui è la signorina Neville della Central Valley. Le telefono per via di suo figlio. No, Grover. No, non c'è niente che non va, al contrario.»

Questo mi giungeva nuovo.

«A quanto pare abbiamo scoperto per puro caso uno straordinario talento musicale... Sì, certo che a me sembra importante. Lei era a conoscenza della situazione? Della sua musica?»

Le faccio cenno di rimanere in linea, lei mette la sua manina sulla cornetta. «Gli dica che si tratta di Roy Luther.»

Lei parve confusa, perciò feci un cenno d'approvazione con la testa, come fa la mamma con noi bambini quando non siamo sicuri di fare una cosa nel modo giusto. «Signor Smiley? Grover mi prega di dirle che si tratta di Roy Luther... Lei ne è a conoscenza? Comunque, lui dimostra una straordinaria disposizione musicale. Vorrei avere subito un colloquio con lei e sua moglie, per prendere accordi per far frequentare a Grover un programma speciale, forse addirittura una scuola speciale. Non ho mai visto un talento come questo, signor Smiley. È una forza di cui dobbiamo assolutamente tener conto.»

Fui mandato a casa presto con un «Modulo per bambini dotati» e mi dissero che andava riempito e riportato il giorno dopo in modo che si potesse progettare il dafarsi. Il modulo era una robetta da nulla, nome, età, luogo di nascita. Su uno spazio bisognava scrivere il secondo nome. Ci pensai su, avevo sempre scritto solo Grover T., nulla di più. Chiesi ai miei genitori, loro mi dissero che avevano tanti figli, non potevano tenere a mente nessuno stupido *secondo* nome. Scrissi T. nello spazio vuoto. Aveva un'aria un po' stupida, tutto solo a quel modo. Allora ci scrissi Truman, perché è il vice presidente e sembra un bianco molto simpatico. Sul mio modulo per bambini dotati il mio nome era Grover Truman Smiley. Faceva una bella impressione. Papà firmò il modulo senza leggerlo, disse che non voleva più essere chiamato sul lavoro da altre insegnanti di *musica*. Gli dissi che mi dispiaceva.

Trovai la signorina Neville nell'ufficio del preside che batteva a macchina. Le diedi il modulo, che lei attaccò con una graffetta alla cosa a cui stava lavorando.

«Ho fatto un sacco di progetti per noi, Grover.» Non mi guardava, continuava a lavorare alla sua scrivania, sfogliando e prendendo appunti in un piccolo taccuino. In qualche modo sembrava una cosa molto importante, a giudicare dalla cura con cui la preparava.

«Non volevo esserle di disturbo, signora.»

Questo la fermò di colpo. Posò tutte le carte sulla scrivania e mi prese la mano, si capiva che voleva essere molto gentile. «Tu non sarai mai un disturbo, Grover. Sei la persona più importante di tutta la scuola per me.»

Guardai il pavimento, c'era una formica rossa che si stava dirigendo verso gli scaffali di libri.

«Lo sai da quanto tempo faccio l'insegnante di musica?»

«No, signora».

«Da moltissimo tempo, e ho avuto qualche bravo allievo. Non molti, ma sufficienti per ripagarmi della mia fatica.»

Per fortuna mi lasciò andare la mano e me la cacciai in tasca. Si chinò sotto la scrivania e tirò fuori un portafogli dalla borsetta. «Ho conservato la fotografia di ognuno di loro. Erano come dei figli per me.» Spiegò una striscia di plastica e ne caddero fuori circa cinque bambini negri, uno di loro con un violino e quello subito dopo in piedi accanto a un pianoforte. Hanno l'aria di essere ragazzini come tutti, sorridono tutti quanti. «Ognuno di questi bambini ha avuto la possibilità di diventare un grande musicista, di fare qualcosa d'importante con la sua vita. E lo sai cos'è successo?»

«No.»

«Be', Charles Hunt» indicò il bambino col pianoforte, «lui ha trovato un lavoro nella stazione di servizio di suo zio, e la mia migliore allieva, Cynthia Rachlin, lei ha sposato un cassiere del supermercato e ha avuto un bambino.»

Era la vecchia Cindy Dobbs, la sorella maggiore di Harvey Rachlin.

«E tutti gli altri hanno fatto più o meno lo stesso. Hanno tutti avuto una possibilità e l'hanno buttata via. Io non ho fatto l'insegnante di musica per costringere bambini senza alcun talento musicale a entrare a far parte di un'orchestra. Volevo semplicemente trovare quelli che potevano diventare qualcuno. Questa» sollevò le carte, «è la mia lettera al governatore, in cui gli dico tutto di te e di... e di...»

«Roy Luther.»

«Sì, gli ho raccontato del tuo grande talento e di quello che secondo me dobbiamo fare per te. Mi daranno ascolto.»

«Ha scritto al governatore?» Vacillai. Ricordavo di aver visto il suo ritratto nell'ufficio postale. Era l'unica persona oltre ai criminali famosi ad avere la sua fotografia lì. «Pensa che vorrà sentirmi suonare? Pensa che ha una sua canzone preferita o qualcosa del genere?»

La signorina Neville leccò la busta e vi premette un francobollo col palmo della mano. «Sono convinta che un giorno suonerai per il governatore, forse anche per il presidente degli

Stati Uniti.» Mi sorrise per un attimo e poi la sua faccia si rifece tutta indaffarata. «Naturalmente non suonerai più l'armonica allora, avrai imparato a suonare un vero strumento.»

Pensai d'aver sentito male. «Come ha detto, signora?»

«Grover, non ti aspetterai certo di diventare un grande musicista finché suoni uno strumento bucolico.»[24]

Non sapevo di cosa stesse parlando, però sapevo cosa voleva dire. Mi sentii girare la testa, come quella sera che papà aveva provato a suonare. Io non contraddicevo mai le mie insegnanti. A pensarci bene non avevo mai contraddetto nessuno. Non volevo andare a caccia di guai. Io volevo soltanto suonare, magari un giorno ottenere quel lavoro nel forno, che tutti i ragazzi del mondo sognavano. La signorina Neville avrebbe impostato la lettera.

«Se non le dispiace, credo che in realtà non voglio più suonare per il governatore.» Mi sembrava di essere stato molto educato.

«Io non mi preoccuperei troppo di questo se fossi in te.»

«Lei pensa che non dovrei suonare l'armonica?»

La signorina Neville fece un grande sospiro e si voltò. Non voleva perdere l'arrivo del postino. «Penso che hai fatto un ottimo lavoro con quello che avevi a disposizione. Penso che tutti i bambini negri dovrebbero suonare l'armonica se questo li aiuta ad arrivare al punto in cui sei tu ora. Ma le persone crescono e passano ad altre cose. È questo il punto in cui tu ti trovi adesso, è per questo che sto cercando di aiutarti.»

Trassi un grande respiro, e io ne ho di fiato. «No. No grazie, signora.»

Lei rimase sorpresa quanto me. «Cos'hai detto?»

«Stanno parlando di darmi un lavoro al teatro, a suonare prima dello spettacolo della domenica pomeriggio. A me piacerebbe suonare l'armonica per la gente.» Cercai di guardarla, ma decisi che era meglio tagliare la corda prima di perdermi d'animo. Le passai accanto e mi precipitai fuori dalla porta

24 *bucolico*: pastorale, campagnolo, cioè troppo semplice per consentire esecuzioni di alto livello.

e giù per le scale. Potevo sentirla che mi guardava correre giù per la strada con Roy Luther stretto in mano, mentre lei reggeva la lettera.

Quando arrivai davanti alla gelateria del signor Thompson avevo il fiato grosso. Rimasi lì fermo per un pezzo, appannando la vetrina. Ogni tanto col pollice facevo un segno per far vedere che ero là. Mi domandavo se lei avrebbe spedito la lettera, ma ero abbastanza sicuro che non l'avrebbe fatto. Avrebbe fatto in fretta a trovare qualcun altro da mettere nel suo portafogli.

Il signor Thompson mi avvistò mentre me ne stavo lì sul marciapiede. Qualunque altro ragazzino lui l'avrebbe cacciato via, ma a me dice di entrare e mi chiede se per favore gli suono una canzone. La vecchia Cindy Dobbs sta seduta al banco col suo bambino e mi fa un bel sorriso, mi chiede come va. Il signor Thompson dice: «Cos'hai voglia di suonarci oggi, Grover?». A un tratto ho capito che era tutto buono, perciò gli dico, quello che volete sentire voi. Decidono per «Don't Sit Under the Apple Tree With Anyone Else But Me». [25] Poi lui mi versa una gazzosa gigante, ma io gli dico, non vorrebbe darla per favore alla signora Dobbs, perché io non ho così tanta sete. M'infilo Roy Luther tra le labbra, sa di Lifesavers al caramello e di monetine calde da cinque *cents*. Suono così forte che la gente entra dalla strada per ascoltare.

È la più bella sensazione del mondo, quando suoni qualcosa che alla gente piace veramente, specialmente quando è una canzone allegra. Secondo me, nessuno si rende conto di quanto sono importanti le canzoni allegre.

(da *Americana anni '80*, Guanda, trad. Paola Forti)

[25] *Don't Sit Under the Apple Tree With Anyone Else But Me*: «Non sederti sotto il melo con nessun altro, solo con me».

NATALIA GINZBURG

I rapporti umani

Al centro della nostra vita sta il problema dei nostri rapporti umani: appena ne diventiamo consapevoli, cioè appena ci si presenta come un chiaro problema, e non più come confusa sofferenza, prendiamo a ricercarne le tracce e a ricostruirne la storia lungo tutta la nostra vita.

Nell'infanzia, abbiamo soprattutto gli occhi fissi al mondo degli adulti, buio e misterioso per noi. Esso ci sembra assurdo, perché non capiamo nulla delle parole che gli adulti si scambiano fra loro, né il senso delle loro decisioni e azioni, né le cause dei loro mutamenti d'umore, delle loro collere improvvise. Le parole che si scambiano gli adulti fra loro non le capiamo e non ci interessano, anzi ci annoiano infinitamente. Ci interessano invece le loro decisioni che possono spostare il corso delle nostre giornate, i malumori che offuscano i pranzi e le cene, lo sbattere improvviso di porte e lo scoppio di voci nella notte. Abbiamo capito che in un momento qualunque, da un tranquillo scambio di parole può scatenarsi una tempesta improvvisa, con rumori di porte sbattute e di oggetti scagliati. Noi vigiliamo inquieti ogni minima incrinatura violenta nelle voci che parlano. Succede che siamo soli e assorti in un gioco, e d'improvviso s'alzano nella casa quelle voci di collera: seguitiamo meccanicamente a giocare, a conficcare sassi ed erbe in un mucchietto di terra per fare una collina: ma intanto non ce ne importa più niente di quella collina, sentiamo che non potremo essere felici finché la pace non sarà tornata in casa; le porte sbattono e noi sussultiamo; parole rabbiose volano da una stanza all'altra, parole incomprensibili per noi, non cerchiamo di capirle né di scoprire le ragioni oscure che le hanno dettate, confusamente pensiamo che dovrà trattarsi di ragioni orribili: tutto l'assurdo mistero degli adulti pesa su di noi. Tante volte complica i nostri rapporti col mondo dei nostri simili, i bambini: tante volte abbiamo con noi un amico venuto a giocare, facciamo con lui una collina, e una porta sbattuta ci dice che è finita la pace; ardendo di vergogna, fingiamo d'interessarci moltissimo alla collina, ci sforziamo di distrarre l'attenzione del nostro amico da quelle voci selvagge che risuonano per la casa: con le mani diventate a un tratto molli e stanche, conficchiamo accuratamente dei legnetti nel mucchio di terra. Siamo assolutamente certi che in casa del nostro amico non si litiga mai, non si gridano mai selvagge parole; in casa del nostro amico tutti sono educati e sereni, litigare è una particolare vergogna di casa nostra: poi un giorno scopriremo con grande sollievo che si litiga anche in casa del nostro amico allo stesso modo come da noi, si litiga forse in tutte le case della terra.

Siamo entrati nell'adolescenza quando le parole che si scambiano gli adulti fra loro ci diventano intelligibili;[1] intelligibili ma senza importanza per noi, perché ci è diventato indifferente che in casa nostra regni o no la pace. Ora possiamo seguire la trama delle liti domestiche, prevederne il corso e la durata: e non ne siamo più spaventati, le porte sbattono e non sussultiamo; la casa non è più per noi quello che era prima: non è più il punto da cui guardiamo tutto il resto dell'universo, è un luogo dove per caso mangiamo e abitiamo: mangiamo in fretta prestando un orecchio distratto alle parole degli adulti, parole che ci sono intelligibili ma che ci sembrano inutili; mangiamo e scappiamo nella nostra stanza di corsa per non sentire tutte quelle parole inutili: e possiamo essere molto felici anche se gli adulti intorno a noi litigano e si tengono il muso per giorni e giorni. Tutto quello che ci importa non succede più fra le pareti di casa nostra, ma fuori, per la strada e a scuola: sentiamo che non possiamo essere felici se a scuola gli altri

1 *intelligibili*: comprensibili.

ragazzi ci hanno un po' disprezzato. Faremmo qualunque cosa per salvarci da questo disprezzo: facciamo qualunque cosa. Scriviamo delle strofette comiche per piacere ai nostri compagni, e le recitiamo loro con buffe smorfie di cui dopo ci vergognamo; facciamo raccolta di parole sconce perché ci stimino un poco, andiamo a caccia di parole sconce per tutto il giorno fra i libri e i vocabolari che abbiamo in casa; e poiché ci sembra che fra i nostri compagni abbia successo un modo di vestire vistoso e sfarzoso, noi contro la volontà di nostra madre ci sforziamo d'insinuare nei nostri abiti sobri qualcosa di un po' vistoso e volgare. Confusamente sentiamo che se ci disprezzano, è soprattutto per colpa della nostra timidezza: chi sa, forse quel lontano momento in cui facevamo una collina di terra col nostro amico, e le porte sbattevano e risuonavano voci selvagge e la vergogna ci bruciava le guance, quel momento forse ha gettato in noi le radici della timidezza: e pensiamo di dover spendere la vita intera a liberarci dalla timidezza, a imparare a muoverci nello sguardo degli altri con la stessa baldanza[2] e sbadataggine[3] di quando siamo soli. La nostra timidezza ci appare come il più grave ostacolo a ottenere la simpatia e il consenso universale: e abbiamo fame e sete di questo consenso: nelle nostre fantasticherie solitarie, ci vediamo andare a cavallo trionfalmente per le città, in una folla che ci acclama e ci adora.

A casa, quegli adulti che per tanti anni ci avevano pesato addosso col loro assurdo mistero, noi li castighiamo ora con un profondo disprezzo, col mutismo e l'impenetrabilità del nostro viso; ci hanno ossessionato per tanti anni col loro mistero, e noi ora ci vendichiamo opponendo loro il nostro mistero, un viso impenetrabile e muto, degli occhi di pietra. E anche ci vendichiamo sugli adulti di casa nostra, del disprezzo che hanno i nostri compagni per noi. Quel disprezzo ci sembra che investa non la nostra sola persona, ma tutta la nostra famiglia, la nostra condizione sociale, i mobili e le suppellettili di

[2] *baldanza*: sicurezza, spavalderia.
[3] *sbadataggine*: noncuranza, totale disinvoltura.

casa nostra, i modi e le consuetudini dei nostri genitori. Scoppiano di tanto in tanto per casa le collere d'una volta, magari adesso destate da noi, dal nostro viso di pietra: ci assale un turbine di parole violente, le porte sbattono ma non sussultiamo: le porte sbattono adesso per noi, contro di noi che restiamo a tavola immobili, con un superbo sorriso: più tardi, soli nella nostra stanza, si scioglierà d'un tratto quel nostro sorriso superbo e scoppieremo a piangere, fantasticando sulla nostra solitudine e sull'incomprensione degli altri per noi; e sentiremo uno strano piacere a versare lagrime scottanti, a soffocare nel cuscino i singhiozzi. Sopraggiunge allora nostra madre, si commuove alla vista delle nostre lagrime, ci offre di portarci a prendere un gelato o al cinematografo; con gli occhi rossi e gonfi ma di nuovo il viso impietrito e impenetrabile, sediamo accanto a nostra madre al tavolino d'un caffè mangiando il gelato a piccolissimi cucchiaini: e tutt'intorno a noi si muove una folla di gente che ci sembra serena e leggera, mentre noi, noi siamo quello che c'è di più tetro, goffo e detestabile sulla terra.

Chi sono gli altri e chi siamo noi? ci chiediamo. Restiamo a volte tutto un pomeriggio soli nella nostra stanza, a pensare: con un vago senso di vertigine, ci chiediamo se gli altri esistano veramente, o se siamo noi che li inventiamo. Ci diciamo che forse, in nostra assenza, tutti gli altri cessano di esistere, scompaiono in un soffio: e miracolosamente risorgono, scaturiti d'un tratto dalla terra, non appena guardiamo. Non ci potrà succedere forse che un giorno, voltandoci d'improvviso, non troveremo niente, nessuno, sporgeremo la testa sul vuoto? E allora non c'è ragione, ci diciamo, di sentire tanta tristezza per il disprezzo degli altri: degli altri che forse non esistono, che dunque non pensano nulla né di noi né di sé. Mentre siamo assorti in questi pensieri vertiginosi,[4] viene nostra madre a proporci di uscire a prendere un gelato: e ci sentiamo allora inesplicabilmente[5] felici, smodatamente felici, per quel

[4] *vertiginosi*: profondi, sconvolgenti.
[5] *inesplicabilmente*: inspiegabilmente.

gelato che mangeremo fra poco: e come mai una tale felicità in noi, ci chiediamo, per la prospettiva d'un gelato, in noi che siamo così adulti nei nostri vertiginosi pensieri, così stranamente perduti in un mondo di ombre? Accettiamo la proposta di nostra madre, ma ci guardiamo bene dal mostrarle che ne abbiamo un grande piacere: a labbra sigillate camminiamo con lei verso il caffè.

Sempre dicendoci che gli altri non esistono forse, che siamo noi a inventarli, seguitiamo inesplicabilmente a soffrire per il disprezzo che ci dimostrano i nostri compagni di scuola, per la pesantezza e la goffaggine della nostra persona, così degna di sprezzo a nostro stesso giudizio da fare vergogna: quando gli altri ci parlano, vorremmo coprirci il viso con le due mani tanto ci sembra brutto, informe il nostro viso: e tuttavia sempre fantastichiamo che qualcuno s'innamori di noi, ci veda mentre prendiamo il gelato con nostra madre al caffè, ci segua di nascosto fino a casa e ci scriva una lettera d'amore: aspettiamo questa lettera, ogni giorno ci stupiamo profondamente di non averla ricevuta ancora; ne sappiamo delle frasi a memoria, tante volte le abbiamo mormorate dentro di noi; allora, quando questa lettera sarà arrivata, avremo davvero un ricco mistero fuori di casa, una storia segreta che s'intreccerà tutta fuori di casa; perché adesso, dobbiamo confessare a noi stessi che il nostro mistero è una povera cosa, è ben poco quel che si nasconde dietro la nostra fronte di pietra, che presentiamo ai nostri genitori per il bacio serale; dopo quel bacio, scappiamo di gran corsa nella nostra stanza, mentre i nostri genitori si bisbigliano domande sospettose su di noi.

Al mattino, ce ne andiamo a scuola dopo aver fissato con preoccupazione nello specchio il nostro viso: il nostro viso ha perduto la vellutata delicatezza dell'infanzia; noi pensiamo allora con rimpianto all'infanzia, a quando facevamo delle colline di terra, e il nostro solo dolore era se litigavano in casa; adesso in casa non si litiga più così spesso, i nostri fratelli maggiori sono andati ad abitare per conto proprio, i nostri genitori sono diventati più vecchi e tranquilli; ma della casa non ce ne importa più niente; camminiamo verso la scuola, soli nella nebbia; quando eravamo piccini, nostra madre ci accompagnava a scuola, ci veniva a prendere: adesso siamo soli nella nebbia, terribilmente responsabili di tutto quel che facciamo.

Ama il prossimo tuo come te stesso, ha detto Dio. A noi questo sembra assurdo: Dio ha detto una cosa assurda, ha imposto agli uomini una cosa che è impossibile attuare. Come amare il nostro prossimo, che ci disprezza e non si lascia amare? E come amare noi stessi, spregevoli e pesanti e tetri come siamo? Come amare il nostro prossimo, che non c'è forse ed è solo una folla di ombre, mentre Dio ha fatto noi, noi soli, e ci ha messi qui su una terra che è un'ombra, soli a nutrirci dei nostri vertiginosi pensieri? Abbiamo creduto in Dio da bambini, ma adesso ci diciamo che forse non esiste: oppure esiste e non gliene importa niente di noi, perché ci ha messo in questa situazione crudele: e allora è come se non esistesse per noi. Pure rifiutiamo a tavola una pietanza che ci piace, e passiamo la notte sdraiati sul tappetino della nostra stanza, per mortificarci e punirci dei nostri pensieri odiosi e per essere cari a Dio.

Ma Dio non esiste, pensiamo, dopo una intera notte passata sul pavimento, con le membra tutte indolenzite e lunghi brividi di freddo e di sonno. Dio non esiste, perché non avrebbe potuto inventare questo mondo assurdo, mostruoso, questa complicata macchinazione[6] dove un essere umano cammina solo, al mattino, nella nebbia, fra case altissime abitate dal prossimo, dal prossimo che non ci ama e che è impossibile amare. E del prossimo fa parte anche quella razza mostruosa, inesplicabile, che è di un sesso diverso dal nostro, dotata di una terribile facoltà di farci tutto il bene e tutto il male, dotata di un suo terribile potere segreto su di noi. Potremo mai piacere noi a questa razza diversa, noi che siamo così disprezzati dai compagni del nostro stesso sesso, giudicati così noiosi e da nulla, così inetti[7] e goffi in ogni cosa?

Succede poi un giorno che il più ammirato, il più stimato fra tutti i compagni di scuola, il primo della classe, si lega a un

[6] *macchinazione*: congiura.
[7] *inetti*: incapaci.

tratto di amicizia con noi. Come sia accaduto, non sappiamo: ha posato su di noi a un tratto il suo sguardo azzurro, ci ha accompagnato fino a casa un giorno e si è messo a stimarci. Il pomeriggio, viene da noi a fare i compiti: abbiamo fra le mani il prezioso quaderno del primo della classe, scritto nella sua bella calligrafia aguzza, in inchiostro azzurro: possiamo copiare il suo compito, che è tutto senza errori. Come ci è toccata una simile felicità? Come l'abbiamo conquistato, questo compagno così superbo con tutti, così difficile da avvicinare? Adesso si aggira fra le pareti della nostra stanza, scrollando accanto a noi la sua criniera fulva, tendendo ai noti oggetti della nostra stanza il suo profilo aguzzo, disseminato di lentiggini rosee: a noi sembra che un raro animale dei tropici sia venuto, miracolosamente addomesticato, fra le pareti di casa nostra. Si aggira per la nostra stanza, ci chiede la provenienza degli oggetti, ci chiede in prestito qualche libro: fa merenda con noi, sputa con noi i noccioli delle prugne giù dalla terrazza. Noi che eravamo disprezzati da tutti, siamo stati prescelti dal più inarrivabile, dal più insperato compagno. Perché non si annoi in nostra compagnia e non ci lasci per sempre, convulsamente gli parliamo: buttiamo fuori tutto quel che sappiamo di parole sconce, di film e di sport. Rimasti soli, ripetiamo insaziabilmente le sillabe del suo bel nome sonoro; e prepariamo mille discorsi da fargli domani: pazzi di gioia, prendiamo a immaginarlo in tutto simile a noi: l'indomani, ci proviamo a fare con lui quei discorsi che avevamo pensato, gli raccontiamo tutto di noi, perfino i nostri vertiginosi sospetti che non esistano gli uomini né le cose: lui ci guarda sconcertato, ridacchia, ci canzona un po'. Allora ci rendiamo conto che abbiamo sbagliato, che di questo con lui non si può parlare: ripieghiamo sulle parole sconce e gli sport.

Intanto a scuola, la nostra situazione è cambiata di colpo: tutti si mettono a stimarci, vedendoci altamente stimati dal più stimato fra i compagni; adesso, le strofette comiche che abbiamo scritto e che recitiamo, sono accolte con applausi e alte strida; la nostra voce prima non riusciva a farsi udire nel frastuono delle voci, adesso si tace in ascolto quando noi parliamo; adesso ci fanno delle domande, ci tengono a braccetto, ci aiutano nelle cose in cui siamo meno abili, negli sport o nei compiti che non sappiamo fare. Il mondo non ci appare più come una mostruosa macchinazione, ma come un'isoletta semplice e ridente, popolata di amici: di un così fortunato mutamento nella nostra sorte, noi non ringraziamo Dio perché adesso a Dio non pensiamo: ci sembra impossibile pensare a qualcosa che non sia i visi dei nostri compagni festosi intorno a noi, il fluire facile e lieto delle mattinate, le frasi buffe che abbiamo detto e che hanno fatto ridere; e il nostro stesso viso nello specchio non è più qualcosa di tetro e d'informe, è il viso che i nostri compagni salutano allegramente al mattino. Sorretti così dall'amicizia dei compagni del nostro stesso sesso, noi guardiamo l'altra razza, le persone di un sesso diverso dal nostro, con meno orrore: ci sembra quasi che potremo facilmente fare a meno di questa razza diversa, esser felici anche senza la sua approvazione: quasi desideriamo di trascorrere la nostra vita intiera in mezzo a questi nostri compagni di scuola, a dire frasi buffe e a farli ridere.

Poi a poco a poco, in mezzo alla folla di questi compagni, ne scopriamo uno che è particolarmente contento di stare con noi, e al quale ci accorgiamo d'avere infinite cose da dire. Non è il primo della classe, non è molto stimato dagli altri, non porta abiti vistosi: i suoi abiti sono però di un tessuto fine e caldo, simili a quelli che sceglie per noi nostra madre: e camminando con lui verso casa, ci accorgiamo che le sue scarpe sono identiche alle nostre, robuste e semplici, non vistose e leggere come quelle degli altri compagni: glielo facciamo notare ridendo. Scopriamo a poco a poco che in casa sua ci sono le stesse abitudini che in casa nostra: e che lui fa il bagno sovente, e sua madre non gli permette di andare a vedere i film d'amore come non lo permette a noi nostra madre. È uno come noi: è uno della nostra stessa condizione sociale. Siamo ormai molto stufi della compagnia del primo della classe, che continua a venirci a trovare il pomeriggio: siamo ormai stufi di ripetere le solite parole sconce, e al primo della classe buttiamo addosso sdegnosamente i discorsi che ci interessano, i nostri dubbi sull'esistenza: così sdegnosamente e sbadatamente, e con superbia, che il primo della classe non ci capisce bene, ma sorride timido: vediamo sulle labbra del primo della classe un sorriso timido e vile: ha paura di perderci. Non più incantati dal suo sguardo azzurro, adesso accanto al primo della classe abbiamo voglia dei rotondi occhi color nocciola dell'altro compagno: e il primo della classe se ne rende conto e ne soffre, e noi siamo fieri di farlo soffrire: dunque siamo capaci anche noi di far soffrire qualcuno.

Col nostro nuovo amico dagli occhi rotondi, disprezziamo il primo della classe e gli altri compagni, così chiassosi e volgari, con tutte quelle parole sconce che ripetono sempre: noi adesso vogliamo essere molto distinti, col nostro nuovo amico valutiamo la gente e le cose dal punto di vista della distinzione e della volgarità. Scopriamo che è distinto restare ragazzi il più a lungo possibile: con grande sollievo di nostra madre, abbandoniamo tutto quello che avevamo insinuato di chiassoso e vistoso nel nostro vestire: nel vestire come nel contegno e nelle abitudini cerchiamo un'infantile semplicità. Passiamo pomeriggi straordinari col nuovo amico; non siamo mai sazi di parlare e ascoltare. Ripensiamo stupiti alla nostra breve amicizia col primo della classe, che ormai abbiamo smesso di frequentare: stare col primo della classe era così faticoso che alla fine ci sentivamo i muscoli del viso irrigiditi dallo sforzo di ridere falso, e un bruciore alle palpebre, un pizzicore alla pelle: era faticoso dover fingere malizia, inghiottire confidenze, scegliere di continuo fra le nostre parole quelle poche che potevano essere destinate al primo della classe; stare col nuovo amico è un benessere, non abbiamo niente da fingere né da inghiottire e lasciamo fluire libere le nostre parole. Anche gli confidiamo i nostri vertiginosi sospetti riguardo all'esistenza: e allora ci racconta stupito che ha gli stessi sospetti anche lui; «ma tu esisti?» chiediamo, e lui giura di esistere; e siamo infinitamente contenti.

Ci rammarichiamo col nostro amico di essere dello stesso sesso, perché ci saremmo sposati se fossimo stati di sesso diverso, per poter stare sempre sempre insieme. Non avremmo avuto paura uno dell'altro, né vergogna, né orrore: così invece resta un'ombra sulla nostra vita, che adesso potrebbe anche essere felice: il non sapere se un giorno una persona dell'altro sesso ci potrà amare. Le persone dell'altro sesso ci camminano accanto, ci sfiorano passando per strada, hanno forse dei pensieri o dei disegni[8] su di noi che non potremo mai sapere; hanno in mano il nostro destino, la nostra felicità. C'è fra loro forse la persona che va bene per noi, che potrebbe amarci e che noi potremmo amare: la persona giusta per noi; ma dov'è? come riconoscerla, come farci riconoscere nella folla della città? In quale casa della città, in quale punto della terra, vive la persona giusta per noi, in tutto simile a noi, pronta a rispondere a tutte le nostre domande, pronta ad ascoltarci all'infinito senza noia, a sorridere dei nostri difetti, ad abitare per tutta la vita con il nostro viso? Che parole dovremo pronunciare perché ci riconosca tra mille? Come dovremo vestirci, in quali luoghi dovremo andare per incontrarla?

Tormentati da questi pensieri, soffriamo d'un'immensa timidezza in presenza delle persone di un sesso diverso dal nostro, nella paura che una di loro sia la persona giusta per noi e che possiamo perderla con una parola. Pensiamo a lungo tutte le parole prima di pronunciarle, e le pronunciamo in fretta con voce strozzata; la paura ci dà uno sguardo cupo e dei piccoli gesti secchi; ce ne rendiamo conto, ma ci diciamo che la persona fatta per noi dovrà riconoscerci, anche a quei gesti secchi e a quella voce strozzata; se non mostra d'accorgersi di noi, è perché non è la persona giusta; la persona giusta ci riconoscerà e ci sceglierà fra mille. Aspettiamo la persona giusta; ogni giorno alzandoci al mattino ci diciamo che potrà essere proprio per quel giorno l'incontro; ci vestiamo e ci pettiniamo con cura infinita, vincendo la voglia d'uscire con un vecchio impermeabile e delle scarpe sformate: la persona giusta può trovarsi all'angolo della strada. Mille e mille volte ci crediamo in presenza della persona fatta per noi: il nostro cuore batte tumultuosamente al suono d'un nome, alla curva d'un naso o

[8] *disegni*: progetti, intenzioni.

d'un sorriso, solo perché dentro di noi abbiamo deciso di colpo che quello è il naso e il nome e il sorriso della persona fatta per noi: un'automobile con le ruote gialle, una vecchia signora, ci fanno impetuosamente arrossire, perché noi li crediamo l'automobile e la madre della persona giusta per noi: l'automobile dove faremo il nostro viaggio di nozze, la madre che dovrà benedirci. Di colpo ci accorgiamo d'esserci sbagliati, non era quella la persona giusta, le siamo assolutamente indifferenti e non ne soffriamo perché non abbiamo il tempo di soffrire: di colpo l'automobile con le ruote gialle, il nome e il sorriso scoloriscono e precipitano fra le mille cose inutili che circondano la nostra vita. Ma non abbiamo tempo di soffrire: stiamo partendo per la villeggiatura e siamo assolutamente certi che in villeggiatura incontreremo la persona giusta; ci separiamo quasi senza dolore dal nostro amico con gli occhi rotondi, sicuri come siamo che il treno ci porterà dalla persona giusta; e l'amico dal canto suo è sicuro della stessa cosa per sé: chissà perché d'un tratto siamo certi che la persona giusta s'incontra in villeggiatura d'estate. Passano i lunghi mesi dell'estate, noiosi e in solitudine; scriviamo al nostro amico delle lettere interminabili, per consolarci del mancato incontro raccogliamo accuratamente giudizi favorevoli su di noi dati da vecchi conoscenti di famiglia o da vecchi parenti e li trascriviamo al nostro amico; lui dal canto suo ci scrive lettere simili, con giudizi favorevoli sulla sua intelligenza o bellezza, dati da suoi vecchi parenti. Nell'autunno, dobbiamo confessare a noi stessi che non è successo niente di straordinario: ma non siamo delusi, è l'autunno, si ritrova con animazione e piacere l'amico e gli altri compagni; ci buttiamo contenti nell'autunno, la persona giusta ci aspetta forse all'angolo del viale.

Poi ci distacchiamo dal nostro amico, a poco a poco. Lo troviamo piuttosto noioso, «borghese»: ha sempre la mania della distinzione, della finezza. Noi adesso vogliamo essere poveri: ci interessiamo a un gruppo di compagni poveri, ci rechiamo ogni giorno con orgoglio alla loro casa non riscaldata. Portiamo adesso il nostro vecchio impermeabile, con orgoglio: la persona giusta contiamo sempre d'incontrarla, ma deve amare il nostro vecchio impermeabile, deve amare le nostre scarpe sformate, le nostre sigarette da pochi soldi, le nostre mani rosse e nude. Vestiti del nostro vecchio impermeabile, camminiamo soli, verso sera, lungo le case di periferia: abbiamo scoperto la periferia, le insegne delle piccole osterie sul lungofiume, sostiamo assorti davanti a certi negozietti dove sono appese delle lunghe camiciole rosa, delle tute da operaio e delle mutande color caffelatte; ci incantiamo davanti a una vetrina dove giacciono vecchie cartoline e vecchie forcine: ci piace tutto quello che è vecchio, polveroso e povero: di cose povere e polverose noi andiamo a caccia per la città. Piove intanto a dirotto sul nostro vecchio impermeabile che lascia passare l'acqua, sulla nostra testa nuda; noi non abbiamo ombrello, piuttosto che uscire con un ombrello ci faremmo ammazzare; non abbiamo ombrello, né cappello, né guanti, né soldi per prendere il tram: tutto quello che abbiamo è in tasca un fazzoletto sporco, delle sigarette pestate e dei fiammiferi da cucina.

D'improvviso ci siamo detti che i poveri sono il prossimo, i poveri sono il prossimo che bisogna amare. Vigiliamo[9] il passaggio dei poveri intorno a noi: spiamo l'occasione d'accompagnare un mendicante cieco che deve attraversare la strada, di offrire il nostro braccio a qualche vecchia scivolata in una pozzanghera; carezziamo timidamente, con la punta delle dita, i sudici capelli dei bambini che giocano nei vicoletti; torniamo a casa fradici di pioggia, infreddoliti e trionfanti. Noi non siamo poveri, non passiamo la notte sulla panchina d'un giardino pubblico, non mangiamo una zuppa scura in un tegame di stagno; non siamo poveri, ma solo per caso: saremo poverissimi domani.

Intanto l'amico che abbiamo smesso di frequentare soffre per causa nostra: così come aveva sofferto il primo della classe quando avevamo smesso di frequentarlo. Noi lo sappiamo, ma non ne abbiamo rimorso: anzi ne abbiamo una specie di piacere sordo, perché se qualcuno soffre per causa nostra, è segno che abbiamo nelle nostre mani il potere di far soffrire,

9 *Vigiliamo*: sorvegliamo, spiamo.

noi che ci eravamo creduti per tanto tempo così deboli e insignificanti. Non ci viene il dubbio che siamo forse cinici[10] e cattivi, perché non ci viene il dubbio che anche quel nostro amico sia il prossimo: e neppure pensiamo che siano il prossimo i nostri genitori: il prossimo, sono i poveri. I nostri genitori, li guardiamo severamente mentre mangiano dei buoni cibi alla tavola illuminata; anche noi mangiamo quei buoni cibi, ma pensiamo che è un caso, e sarà così ancora per pochissimo tempo: fra poco, non avremo che un po' di pane scuro e un tegame di stagno.

Un giorno incontriamo la persona giusta. Restiamo indifferenti, perché non l'abbiamo riconosciuta: passeggiamo con la persona giusta per le strade di periferia, prendiamo a poco a poco l'abitudine di passeggiare insieme ogni giorno. Di tanto in tanto, distratti, ci chiediamo se non stiamo forse passeggiando con la persona giusta: ma crediamo piuttosto di no. Siamo troppo tranquilli; la terra, il cielo non sono mutati; i minuti e le ore fluiscono quietamente, senza rintocchi profondi nel nostro cuore. Noi ci siamo sbagliati già tante volte: ci siamo creduti in presenza della persona giusta, e non era. E in presenza di quelle false persone giuste, cadevamo travolti da un tale impetuoso tumulto che quasi non ci restava più la forza di pensare: ci trovavamo a vivere come al centro d'un paese incendiato: alberi, case e oggetti divampavano intorno a noi. E poi di colpo si spegneva il fuoco, non restava che un po' di brace tiepida: alle nostre spalle i paesi incendiati sono tanti che non possiamo più nemmeno contarli. Adesso niente brucia intorno a noi. Per settimane e mesi, passiamo i giorni con la persona giusta, senza sapere: solo a volte, quando rimasti soli ripensiamo a questa persona, la curva delle sue labbra, certi suoi gesti e inflessioni di voce, nel ripensarli, ci dànno un piccolo sussulto al cuore: ma non teniamo conto d'un così piccolo, sordo sussulto. La cosa strana, con questa persona, è che ci sentiamo sempre così bene e in pace, con un largo respiro, con la fronte che era stata così aggrottata e torva per tanti an-

[10] *cinici*: insensibili, indifferenti a ogni valore e sentimento umano.

ni, d'un tratto distesa; e non siamo mai stanchi di parlare e ascoltare. Ci rendiamo conto che mai abbiamo avuto un rapporto simile a questo con nessun essere umano; tutti gli esseri umani ci apparivano dopo un poco così inoffensivi, così semplici e piccoli; questa persona, mentre cammina accanto a noi col suo passo diverso dal nostro, col suo severo profilo, possiede una infinita facoltà di farci tutto il bene e tutto il male. Eppure noi siamo infinitamente tranquilli.

(da *Le piccole virtù*, Einaudi)

ANONIMA VIENNESE

Buon Dio, oggi... no, non posso scriverlo...

2 luglio.[1] Buon Dio, oggi... no, non posso scriverlo in tutte lettere. Nel bel mezzo della lezione di fisica, durante il ripasso, mentre non pensavo a niente di speciale, la signorina N. è entrata con una carta da firmare. Mentre ci alzavamo ho pensato fra me: «Ehi, che succede?». E d'improvviso ho capito. Nell'intervallo Hella[2] mi ha domandato perché sono diventata così rossa durante la lezione di fisica; forse avevo dei dolci? Non ho voluto dirle subito la ragione e le ho risposto: «Oh, no, stavo per addormentarmi dalla noia e quando la signorina N. è entrata mi ha fatto saltar via». Mentre tornavamo a casa non dicevo quasi nulla e camminavo piano (perché naturalmente una deve camminare piano *quando...*) e Hella mi ha chiesto: «Dì un po', cosa succede oggi, che sei così solenne? Ti sei innamorata senza che io lo sappia, oppure *finalmente...*?». «*Oppure finalmente*!» ho risposto io, e allora lei ha esclamato: «Così siamo di nuovo eguali!» e lì, in mezzo alla strada, mi ha dato un bacio. Proprio in quel momento passavano due studenti e uno ha detto: «Ne dia uno anche a me» e Hella ha risposto: «Sì, uno sulla guancia che le lascerà il segno delle cinque dita». Così se ne sono andati in fretta. Non sapevamo proprio che farci di loro: oggi!! Hella voleva che le dicessi *tutto*, ma certamente non avevo niente da dirle e lei credeva che non

[1] *2 luglio*: queste pagine sono tratte dal diario, autentico, di una ragazza di dodici anni, vissuta a Vienna nei primi decenni del secolo. Vedi anche a pag. 158 e pag. 198.
[2] *Hella*: l'amica più cara di Grete, la ragazza autrice del diario.

volessi. Certo è molto seccante, e questa sera dovrò stare molto attenta per via di Dora.[3] Ma devo dirlo alla zia perché ho bisogno di un ass... Sarà molto imbarazzante. Per Hella è stato diverso perché prima di tutto ha avuto dei tremendi crampi prima che cominciasse e così sua madre ha capito tutto senza bisogno di dirglielo, e in secondo luogo perché era sua *mamma*.[4] Certo per nulla al mondo lo dirò a Dora, mi vergognerei ancora di più. E quanto all'ass... non potrei mai andarmeli a comprare da sola, neanche se vivessi 80 anni. E sarebbe orribile se papà lo sapesse. Chissà se è vero che gli uomini se ne accorgono; immagino che se ne accorgano per forza quando si tratta delle mogli, ma per le figlie come possono?

(da *Diario di una giovinetta*, TEA, trad. Elena Spagnol)

[3] *Dora*: la sorella maggiore di Grete.
[4] *era sua mamma*: Grete è da poco orfana di madre ed è una zia ad occuparsi della casa e delle ragazze.

ANNA FRANK

Abbiamo avuto dalla biblioteca un libro...

Sabato, 15 luglio 1944

Cara Kitty,

abbiamo avuto dalla biblioteca un libro[1] dal titolo: *Che pensate della ragazza moderna?* Oggi vorrei parlare di questo argomento. L'autrice critica da cima a fondo «la gioventù d'oggi», senza tuttavia condannarla del tutto come buona a nulla. Anzi, è piuttosto d'opinione che la gioventù, se volesse, potrebbe costruire un mondo più grande, più bello e migliore; essa ne ha i mezzi, ma si occupa di frivolezze senza degnare di uno sguardo le cose veramente belle.

In alcuni passi avevo l'impressione che la scrittrice riferisse a me i suoi biasimi,[2] e perciò voglio finalmente aprirmi con te e difendermi da questo attacco.

Nel mio carattere c'è un tratto molto spiccato che colpisce tutti coloro che hanno dimestichezza con me: la conoscenza che io ho di me stessa. In tutti i miei atti io posso studiarmi come se fossi un'estranea. Io mi pongo di fronte all'Anna di tutti i giorni senza prevenzioni[3] e senza scuse e osservo ciò che essa fa di bene e ciò che fa di male. Questo «senso di me stessa» non mi abbandona mai, e non appena ho pronunciato una pa-

[1] *abbiamo... un libro*: queste pagine sono tratte dal *Diario*, autentico, di Anna Frank, una ragazzina ebrea costretta a vivere nascosta per sfuggire ai nazisti che hanno invaso l'Olanda. Anna scrive il suo diario in forma di lettere destinate a Kitty, la sua immaginaria «amica del cuore». Vedi anche pag. 75 e pag. 100.
[2] *biasimi*: rimproveri.
[3] *prevenzioni*: pregiudizi, opinioni precostituite.

rola so subito se ho parlato bene o se avrei dovuto parlare diversamente. Mi condanno in innumerevoli cose e sempre più mi convinco che è giusta la massima di papà: «Ogni bambino deve educare se stesso». I genitori non possono dare che consigli o un buon indirizzo, ma tutto sommato ciascuno deve formare da sé il proprio carattere.

A ciò si aggiunga che ho un coraggio e una vitalità fuori del comune, che mi sento sempre così forte e pronta a sopportare qualunque cosa, così libera e giovane! Quando me ne accorsi per la prima volta ne fui felice, perché non credo che piegherò facilmente sotto i colpi a cui nessuno sfugge.

Ma di queste cose ho già troppo sovente parlato. Ora vorrei venire al capitolo «Papà e mamma non mi capiscono». Mio padre e mia madre mi hanno sempre molto viziata, sono stati molto cari con me, mi hanno difesa e hanno fatto tutto ciò che possono fare dei genitori. Eppure mi sono sentita a lungo terribilmente sola, esclusa, abbandonata e incompresa. Il babbo fece tutto il possibile per temperare[4] il mio impeto ribelle, ma non c'era niente che servisse; mi sono guarita da me, studiando quello che c'era di errato nella mia condotta.

Perché dunque il babbo non mi è mai stato di appoggio nella mia lotta, perché è sempre fallito quando ha voluto offrirmi una mano soccorritrice? Il babbo non ha seguito la via giusta, mi ha sempre parlato come si parla a una bimba che deve superare una difficile fase dell'infanzia. Ciò suona strano, perché il babbo è l'unico che mi abbia sempre accordato la sua confidenza, e dato la sensazione di essere una ragazza intelligente. Ma ha trascurato una cosa: cioè non si è accorto che la mia lotta per emergere era per me l'essenziale. Non volevo sentir parlare di «fenomeni dell'età», di «altre ragazze», di «cose che passano da sé»; volevo essere trattata non da ragazza-come-tutte-le-altre, ma da Anna-così-come-è. Pim[5] non lo capiva. D'altronde, io non so accordare la mia confidenza a chi non mi racconta molto di sé; e siccome conosco pochissimo di Pim, non posso entrare in intimità con lui.

[4] *temperare*: moderare.
[5] *Pim*: affettuoso nomignolo con cui Anna si riferisce a suo padre.

Pim assume sempre l'atteggiamento del vecchio genitore, che ha avuto anche lui a suo tempo simili passeggere inclinazioni, ma per quanto si sforzi non può più riviverle con me come amico.

Queste cose mi hanno indotto a non comunicare le mie vedute sulla vita e le mie ben ponderate teorie ad altri che al mio diario, e una volta sola a Margot.[6] Al babbo ho tenuto nascosto tutto ciò che riguardava il mio intimo: non l'ho fatto partecipe delle mie idee e l'ho volutamente e consciamente estraniato da me.

Non potevo fare altrimenti, ho sempre agito secondo il mio sentimento, ma ho agito nel modo migliore per la mia pace interiore. Giacché riperderei completamente la pace e la fiducia in me stessa, costruite a fatica e ancora tanto instabili, se ora dovessi subire delle critiche alla mia opera ancora incompiuta. E non le tollererei nemmeno da Pim, per quanto ciò sembri duro, perché non soltanto l'ho tenuto all'oscuro della mia vita intima, ma spesso l'ho respinto ancor più lontano da me con la mia scontrosità.

Martedì, 1º agosto 1944

Cara Kitty,

«un fastello di contraddizioni» è l'ultima frase della mia lettera precedente[7] e la prima di quella di oggi. «Un fastello di contraddizioni», mi puoi spiegare con precisione che cos'è? Che cosa significa contraddizione? Come tante altre parole ha due significati, contraddizione esteriore e contraddizione interiore.

Il primo significato corrisponde al solito «non adattarsi all'opinione altrui, saperla più lunga degli altri, aver sempre l'ultima parola», insomma, a tutte quelle sgradevoli qualità per le quali io sono ben nota. Il secondo... per questo, no, non sono nota, è il mio segreto.

[6] *Margot*: la sorella maggiore di Anna.
[7] *la mia... precedente*: la pagina di diario del 21 luglio, non riportata qui.

Ti ho già più volte spiegato che la mia anima è, per così dire, divisa in due. Una delle due metà accoglie la mia esuberante allegria, la mia gioia di vivere, la mia tendenza a scherzare e a prendere tutto alla leggera. Con ciò intendo pure il non scandalizzarsi per un flirt,[8] un bacio, un abbraccio, uno scherzo poco pulito. Questa metà è quasi sempre in agguato e scaccia l'altra, che è più bella, più pura e più profonda. La parte migliore di Anna non è conosciuta – da nessuno vero? – e perciò sono così pochi quelli che mi possono sopportare.

Certo, sono un pagliaccio abbastanza divertente per un pomeriggio, poi ognuno ne ha abbastanza di me per un mese. Esattamente la stessa cosa che un film d'amore per le persone serie: una semplice distrazione, uno svago per una volta, da dimenticare presto, niente di cattivo ma neppure niente di buono. È brutto per me doverti dire questo, ma perché non dovrei dirlo, quando so che è la verità? La mia parte leggera e superficiale si libererà sempre troppo presto della parte più profonda, e quindi prevarrà sempre. Non ti puoi immaginare quanto spesso ho cercato di spingere via quest'Anna, che è soltanto la metà dell'Anna completa, di prenderla a pugni, di nasconderla; non ci riesco, e so anche perché non ci riesco.

Ho molta paura che tutti coloro che mi conoscono come sono sempre, debbano scoprire che ho anche un altro lato, un lato più bello e migliore. Ho paura che mi beffino, che mi trovino ridicola e sentimentale, che non mi prendano sul serio. Sono abituata a non essere presa sul serio, ma soltanto l'Anna «leggera» v'è abituata e lo può sopportare, l'Anna «più grave»[9] è troppo debole e non ci resisterebbe. Quando riesco a mettere alla ribalta per un quarto d'ora Anna la buona, essa, non appena ha da parlare, si ritrae come una mimosa,[10] lascia la parola all'Anna n. 1 e, prima che io me ne accorga, sparisce.

La cara Anna non è dunque ancora mai comparsa in società, nemmeno una volta, ma in solitudine ha quasi sempre il primato. Io so precisamente come vorrei essere, come sono di

[8] *flirt*: amoreggiamento.
[9] *grave*: seria.
[10] *mimosa*: alcuni tipi di mimosa hanno foglie che si ripiegano al minimo tocco.

dentro, ma, ahimè, lo sono soltanto per me. E questa è forse, anzi, sicuramente la ragione per cui io chiamo me stessa un felice temperamento interiore e gli altri mi giudicano un felice temperamento esteriore. Di dentro la pura Anna mi indica la via, di fuori non sono che una capretta staccatasi dal gregge per troppa esuberanza.

Come ho già detto, sento ogni cosa diversamente da come la esprimo, e perciò mi qualificano civetta, saccente,[11] lettrice di romanzetti, smaniosa di correr dietro ai ragazzi. L'Anna allegra ne ride, dà risposte insolenti, si stringe indifferente nelle spalle, fa come se non le importasse di nulla, ma, ahimè, l'Anna quieta reagisce in maniera esattamente contraria. Se ho da essere sincera, debbo confessarti che ciò mi spiace molto, che faccio enormi sforzi per diventare diversa, ma che ogni volta mi trovo a combattere contro un nemico più forte di me.

Una voce singhiozza entro di me: «Vedi a che ti sei ridotta: cattive opinioni, visi beffardi e costernati,[12] gente che ti trova antipatica, e tutto perché non hai dato ascolto ai buoni consigli della tua buona metà». Ahimè, vorrei ben ascoltarla, ma non va; se sto tranquilla e seria, tutti pensano che è una nuova commedia, e allora bisogna pur che mi salvi con uno scherzetto; per tacere della mia famiglia che subito pensa che io sia ammalata, mi fa ingoiare pillole per il mal di testa e tavolette per i nervi, mi tasta il collo e la fronte per sentire se ho la febbre, si informa delle mie evacuazioni e critica il mio cattivo umore. Non lo sopporto; quando si occupano di me in questo modo, divento prima impertinente, poi triste e infine rovescio un'altra volta il mio cuore, volgendo in fuori il lato cattivo, in dentro il lato buono, e cerco un mezzo per diventare come vorrei essere e come potrei essere se... non ci fossero altri uomini al mondo.

La tua Anna M. Frank

(da *Diario*, Einaudi, trad. Arrigo Vita).

[11] *saccente*: saputella, convinta di sapere tutto.
[12] *costernati*: stupiti e imbarazzati.

PERCORSI DI LETTURA

STORIE DI ADOLESCENTI

STORIE DI ADOLESCENTI

KÒLJA

Le parti del racconto

1. Nel racconto di Fëdor Dostoevskij è possibile individuare tre parti che illustrano, rispettivamente:

a) la figura della madre di Kòlja e il suo atteggiamento verso il figlio;

b) il carattere e la personalità di Kòlja;

c) la «bravata» di Kòlja.

Ritrova nel testo le tre parti e segnale a margine in colori diversi.

La bravata di Kòlja

2. Spiega – utilizzando se vuoi anche o soltanto parole del testo – in che cosa consiste la bravata di Kòlja.

3. Kòlja compie la sua bravata soprattutto per ottenere la considerazione dei compagni più grandi di lui. Trascrivi le parole del testo da cui possiamo ricavare questa informazione.

Kòlja e i suoi amici

4. Nel racconto, il carattere di Kòlja viene analizzato in modo molto approfondito: indica quali sono, a tuo parere, le caratteristiche essenziali della personalità del ragazzo.

5. Gli amici di Kòlja svolgono un ruolo importante nell'episodio. Indica che cosa fanno, come si comportano quando:

a) Kòlja dice che «avrebbe fatto quella prova»;

b) Kòlja si stende sui binari;

c) Kòlja giace svenuto dopo la «prova».

Dal registro alto a quello colloquiale

6. Pur complessivamente di non difficile lettura, il racconto si caratterizza per un registro linguistico piuttosto alto. Ti diamo qui alcune frasi ed espressioni riprese dal testo: sostituisci le parole in corsivo con sinonimi di uso più comune.

«... non c'è stato quasi giorno che non *abbia trepidato*»: ________

«... escogitare qualche *tiro birbone*»: ________

«... più si pretendevano da lui *effusioni sentimentali*»: ________

«... *era tenuto un po' in disprezzo* dai più grandi»: ________

«... da ultimo *sgomenti* e pentiti...»: ________

RAGAZZI

Fuggire di casa

1. Il racconto di Anton Čechov s'incentra sulla fuga da casa di Volodia e di Cecevitsin. Da quali motivi deriva il gesto dei due ragazzi?

☐ Temono che venga scoperta una loro grave mancanza.

☐ Desiderano vivere avventure straordinarie in paesi lontani.

☐ Si sentono incompresi e maltrattati in famiglia.

2. La fuga dei due ragazzi non dura a lungo: Volodia e Cecevitsin riescono appena ad arrivare alla città vicina prima di essere ricondotti a casa. Del resto un lettore attento avrebbe potuto prevedere il fallimento dell'impresa: ritrova sul testo e segna a margine i passi da cui possiamo capire che i due ragazzi non hanno un piano concreto e realistico ma basano il loro progetto su colorite quanto vaghe fantasie infantili.

3. Dapprima i due ragazzi appaiono ugualmente entusiasti del loro progetto di fuga, ma l'antivigilia di Natale, quando il piano sta per essere attuato, in Volodia interviene un radicale cambiamento. Indica:

a) qual è il comportamento di Volodia;
b) come reagisce Cecevitsin;

I personaggi

4. Cecevitsin può essere considerato il protagonista del racconto o almeno il «comprimario» assieme a Volodia.
Cerca nel testo tutti i passi che ti sembrano contenere informazioni esplicite o anche soltanto «indizi» utili a definire il carattere del ragazzo, poi cerca di tracciarne con parole tue un profilo psicologico.

5. Come giudichi Cecevitsin? Quali aspetti positivi e/o quali caratteri negativi ti sembra di poter individuare nella sua personalità? Tra Cecevitsin e Volodia, chi ti sembra più simpatico? Perché?

6. Pur senza svolgere un ruolo di primo piano, le sorelline di Volodia sono personaggi vivaci e ben delineati: qual è il loro atteggiamento nei confronti di Cecevitsin? Cosa fanno quando vengono a sapere del progetto di fuga dei due ragazzi?

Il narratore

7. Ti diamo qui una serie di affermazioni relative al rapporto tra il narratore del racconto e la vicenda che viene narrata. Di ciascuna affermazione indica se è vera [V] o falsa [F].

- Il narratore di *Ragazzi* è esterno alla vicenda, non è uno dei personaggi della storia. [V] [F]
- Il narratore è interno, è uno dei personaggi della storia. [V] [F]
- Il narratore assume il punto di vista dei due ragazzi e partecipa delle loro ingenue fantasie. [V] [F]
- il narratore non assume il punto di vista dei due ragazzi e guarda alle loro vicende con simpatia ma anche con un certo distacco ironico. [V] [F]

Nomi e nomignoli

8. Nel racconto, Volodia viene indicato anche come Volòdic'ka. Dopo aver verificato nel testo chi lo chiama così e in quali circostanze, puoi intuire che Volòdic'ka, in lingua russa, è un ____________ di Volodia.

9. Il nome di Cecevitsin, che già il padre di Volodia storpia più volte durante le presentazioni, viene sempre associato alle lenticchie dalla piccola Mascia. Il particolare è umoristico per via del contrasto tra le caratteristiche casalinghe e «banali» del legume e ____________ Completa tu la frase.

OPERAZIONE PASQUALINO

Scegli il riassunto

1. Ti diamo qui di seguito tre brevi riassunti del racconto di Alberto Moravia, Indica quello che, a tuo parere, ne sintetizza più efficacemente l'intreccio.

1. Un gruppo di ragazzi sogna di vivere avventure straordinarie e pericolose. Un losco individuo approfitta delle loro ingenue fantasie per spingerli a compiere una rapina, che però fallisce. Per la paura e il rimorso i ragazzi – che, fortunatamente, non sono stati arrestati – mettono finalmente «la testa a posto».
2. Una banda di ragazzi guidata da un losco vecchietto compie furti e rapine fino a che un «colpo» finito male provoca lo scioglimento della banda, i cui membri vengono quasi tutti arrestati.
3. Alcuni ragazzi dalla fantasia troppo accesa organizzano una rapina, pensando di realizzare così i loro sogni di avventura. La rapina fallisce (nessuno però viene arrestato) e i genitori dei ragazzi, informati dell'accaduto, li puniscono e fanno in modo che la banda non si riformi più.

Pallonari e spacconi

2. «Pallonari e spacconi», i ragazzi della banda non hanno un preciso senso della realtà e, soprattutto, non conoscono veramente se stessi. In base alle informazioni che puoi ricavare dal testo indica con una serie di aggettivi o di espressioni come i ragazzi sono in realtà e come credono di essere. Puoi compilare una scheda come quella riportata qui.

Quello che i ragazzi della banda sono	*Quello che i ragazzi della banda credono di essere*

Un losco individuo

3. Felicetto ha un ruolo importante nella vicenda. Completa una scheda come quella proposta alla pagina seguente indicando i comportamenti del vecchio nelle circostanze indicate.

Circostanze	*Cosa fa Felicetti*
Felicetto conosce la banda	
Felicetto vuole indurre i ragazzi a rapinare lo spaccio dei tabacchi	
Maurizio si oppone alla rapina	
Ruggero riferisce a Felicetto che la rapina è fallita	

La maturazione dei personaggi

4. Dopo l'«operazione Pasqualino», i ragazzi nella banda appaiono decisamente cambiati. Indica in che cosa consiste il loro mutamento e che cosa, a tuo parere, lo ha determinato.

Le tue opinioni

5. L'influenza del vecchio Felicetto sta per trasformare un gruppo di ragazzi ingenui e con troppa fantasia in una banda di delinquenti. A tuo parere, la storia è verosimile? In generale, quali possono essere le cause per cui un giovane finisce nell'area della criminalità?

Un linguaggio vicino al parlato

6. Il racconto si caratterizza per un linguaggio spesso vicino al parlato, in cui ricorrono anche termini regionali del centro-sud. Trascrivine qualcuno e traducilo in lingua standard.

Il narratore

7. Scegli il completamento corretto per le frasi seguenti:

a) Il racconto è scritto:
☐ in prima persona;
☐ in terza persona.

b) Il narratore è:
☐ esterno alla vicenda;
☐ interno alla vicenda, cioè uno dei personaggi della storia.

c) La storia viene narrata:
☐ mentre sta svolgendosi;
☐ moltissimi anni dopo;
☐ un po' di tempo dopo.

BEE BEE, PECORA NERA

Fatti e situazioni del racconto

1. Ti diamo qui, alla rinfusa, una serie di frasi che sintetizzano altrettanti momenti del racconto di Rudyard Kipling. Riscrivi le frasi in ordine, in modo che vengano a formare un sintetico riassunto del testo che hai letto.

- Punch si trova male anche a scuola, dove i compagni lo tormentano, aizzati dal cugino Harry.
- Punch vive felice in India con la sorellina e i genitori.
- Punch non si trova a suo agio presso i parenti: in particolare la zia Rose gli dimostra una evidente ostilità.
- A causa di problemi economici la famiglia si divide: i bambini vengono portati in Inghilterra e affidati a dei parenti, i genitori tornano in India.

- Viene chiamata la madre, che arriva in gran fretta dall'India.
- La vista di Punch si indebolisce sempre più, tanto da rendergli impossibile studiare.
- Punch trova un certo silenzioso affetto solo nello zio Harry.
- Lo zio Harry muore.
- Viene in visita a casa della zia Rose un amico dei genitori di Punch e subito si accorge della fortissima miopia del bambino.
- Punch e la sorellina ritrovano l'affetto della famiglia: la madre è già con loro, il padre, la cui situazione economica si è ristabilita, arriverà di lì a poco.
- Punch è ormai privo di affetti: la zia e il cugino lo trattano con freddezza, spesso lo puniscono crudelmente e cercano anche di separarlo dalla sorellina.
- Punch impara a leggere e si appassiona sempre più alla lettura, nella quale trova consolazione ed evasione dalla sua triste realtà.

Gli amici, i nemici, la pecora nera

2. Attorno a Punch, il protagonista, ruotano numerosi personaggi secondari. Te ne elenchiamo qui alcuni: tu in primo luogo distingui tra gli «amici» e i «nemici», poi per ciascuno descrivi brevemente il rapporto che ha con Punch.

La sorellina Judy: ______________________________
La madre: ______________________________
La zia Rose: ______________________________
Lo zio Harry: ______________________________
Il cugino Harry: ______________________________
I compagni di scuola: ______________________________
L'amico di famiglia, Inverarity Sahib: ______________________________

3. Chi è la Pecora Nera del titolo? E perché la Pecora Nera viene chiamata così?

Il tempo della storia

4. Il racconto che hai letto è molto lungo; e ampio è anche l'arco di tempo in cui si sviluppa la storia che viene narrata. Quanto tempo dura, all'incirca, la vicenda? Su quali informazioni del testo puoi basare la tua risposta?

5. La vicenda del racconto si colloca negli ultimi anni dell'Ottocento quando i bianchi, padroni di grandi imperi coloniali, nutrivano la convinzione di essere superiori agli altri popoli. Anche Punch, nella sua ingenuità infantile, partecipa dei pregiudizi degli inglesi del suo tempo: quale particolare del racconto ce lo rivela?

Le tue opinioni

6. Lontano dai genitori, di cui conserva un ricordo ormai sbiadito, senza nessuno su cui contare, privato di ogni affetto a parte quello troppo infantile e fragile della sorellina, Punch sperimenta una dolorosa e disperata solitudine che certo gli pesa più delle punizioni della zia e del cugino. A tuo parere, il racconto coglie in modo efficace ciò che può provare un ragazzo in simili circostanze? In quali episodi ti è sembrata particolarmente convincente l'indagine degli stati d'animo di Punch?

Le tue esperienze

7. Punch viene spesso sgridato o punito perché gli adulti, in particolare zia Rose, interpretano in modo sbagliato il suo comportamento. Ricordi anche tu qualche episodio in cui hai subito una ingiustizia in quanto le tue buone intenzioni sono state fraintese?
Se non hai mai vissuto una esperienza di questo tipo, puoi scrivere un episodio inventato da te, in forma di racconto.

Metafore e animali

8. L'espressione «Pecora Nera» è una metafora: per sottolineare la «malvagità» di Punch, zia Rose lo identifica con la pecora nera, quella che si distingue negativamente tra gli animali del gregge.
Conosci altre metafore basate sulla identificazione con un animale? Per esempio, cosa significa «essere una mosca bianca» o «essere una cicala»?

Linguaggi particolari

9. Nel racconto sono presenti espressioni del linguaggio infantile, parole in indostano, termini tecnici della navigazione. Trascrivi dal testo almeno un esempio per ciascuna delle categorie indicate, poi esprimi il tuo parere: l'inserimento di tali parole ed espressioni rende più vivo ed efficace il linguaggio del racconto oppure vi aggiunge inutili difficoltà di lettura?

UN ERRORE GEOGRAFICO

Trova gli errori

1. Del racconto di Romano Bilenchi ti diamo qui un breve riassunto nel quale, però, ci sono alcuni errori. Tu devi:

a) sottolineare in rosso i punti del riassunto che non corrispondono al racconto;

b) riscrivere sul tuo quaderno il riassunto, modificando le parti sbagliate in modo che corrispondano al racconto.

Un ragazzo di provincia va a studiare in città. I compagni lo prendono in giro, convinti come sono che la Maremma sia un luogo di gente arretrata e incivile. Un insegnante interviene in difesa del ragazzo, ma i compagni continuano, anzi intensificano le loro derisioni. Il protagonista, del resto, non è effettivamente maremmano – la sua città d'origine non si trova in quell'area geografica — ma comunque ama molto la Maremma e i suoi «butteri» perché gli ricordano i cow-boy del Far West.
Quando viene organizzato un campionato studentesco di calcio, il protagonista, che gioca molto bene, si conquista una certa popolarità tra i compagni. Durante una partita, però, gli capita di ferire involontariamente un avversario e subito viene accusato di essere un «rozzo maremmano» e torna a essere oggetto di insulti e derisioni.
Sempre più isolato, il ragazzo pensa di risolvere la sua situazione invitando i compagni ad assistere con lui a uno spettacolo di butteri a cavallo che sono venuti a esibirsi in città. Spera che i butteri entusiasmino il pubblico, smentendo la cattiva fama della Maremma.
Lo spettacolo, invece, si rivela un disastro e i compagni accusano di truffa gli «attori» e anche il ragazzo stesso, che ritengono complice dei suoi «compaesani». Il racconto si conclude con l'immagine del protagonista che piange, più che mai solo e incompreso.

Una crudele persecuzione psicologica

2. I compagni si mostrano certamente ingiusti e crudeli verso il protagonista; anche il professore e il preside, però, non contribuiscono certo a migliorare la situazione del ragazzo. Rispondi:

a) Il professore rende più accese le derisioni dei compagni: in che modo?

b) Il preside si mostra del tutto incapace di comprendere il ragazzo: in relazione a quale episodio?

3. Se i compagni mostrano infondati pregiudizi nei confronti del «maremmano», il protagonista, a sua volta, non ama i maremmani, ma per un motivo molto particolare: quale? E come mai sollecita i compagni ad assistere allo spettacolo dei butteri?

L'ambiente geografico della vicenda

4. Sai intuire quali città sono indicate con le due iniziali G. e F.? Quale sarà dunque il fiume di cui si parla nel racconto?

Le tue opinioni

5. Di fronte alla dolorosa emarginazione del protagonista del racconto, il preside e gli insegnanti non fanno nulla, anzi si mettono in pratica dalla parte dei persecutori. Cosa avrebbero potuto fare invece, a tuo parere, per aiutare il ragazzo?

Le tue esperienze

6. L'atteggiamento dei compagni nei confronti del «maremmano» ha tutte le caratteristiche del rifiuto razzista: ti è mai capitato di assistere a episodi simili o di averne notizia? Racconta.

Il narratore

7. Ti diamo qui alcune affermazioni relative al rapporto tra il narratore del racconto e la vicenda narrata. Di ciascuna indica se è vera [V] o falsa [F].

Il racconto si sviluppa in prima persona. [V] [F]

Il narratore e il protagonista coincidono. V F
La narrazione si sviluppa sempre dal punto di vista del protagonista. V F
Il narratore assume ora il punto di vista del protagonista ora quello di altri personaggi. V F

Un testo ricco di sequenze riflessive

8. Cerca e segna a margine sul testo le sequenze riflessive, cioè le parti che illustrano sentimenti e stati d'animo o riportano pensieri e considerazioni .

Espressioni particolari

9. Riportiamo qui alcune espressioni particolari presenti nel testo. Prova a tradurre le parole sottolineate in termini più usuali.

«... forse per *farmi bello* verso il professore...»: ________________
«... mi accorsi di *averla detta grossa...*»: ________________
«*... me ne dissero d'ogni colore...*»: ________________
«*Persi il lume degli occhi...*»: ________________

PER ALCUNI GIORNI NON HO SCRITTO NULLA...

Sola tra tanti amici

1. Anna Frank scrive di avere dei familiari molto cari, amici e amiche e «adoratori» in grande quantità: in che senso, allora, può dire di essere sola? Che cosa – o chi – le manca?

2. Nella sua solitudine, Anna decide che il diario dovrà svolgere un ruolo particolare: quale? E cosa fa la ragazza per rendere più verosimile la sua finzione?

Le tue opinioni

3. Quando si prepara a iniziare il suo diario, Anna pensa alla massima: «La carta è più paziente degli uomini». Che cosa significa, secondo te, questa frase? Come la interpreti?

4. Nel testo che hai letto, una ragazza di tredici anni comincia a tenere un diario, che in effetti continuerà a scrivere per più di due anni. Ti sembra una decisione strana oppure riesci a comprendere i motivi per cui si può desiderare di fissare sulla carta pensieri ed emozioni? Tu stesso hai mai sentito questa esigenza? Conosci ragazzi che tengono un diario?

Il diario

5. Il diario è una forma di scrittura che presenta certe caratteristiche ben precise. Ti diamo qui alcune frasi: scegli quelle che, a tuo parere, individuano gli aspetti tipici del diario.

- ☐ L'autore scrive per se stesso, dunque autore e destinatario del testo coincidono.
- ☐ È un testo che serve a comunicare qualcosa a qualcuno.
- ☐ L'esposizione è sempre in prima persona.
- ☐ Il contenuto si riferisce quasi sempre ad avvenimenti accaduti poco tempo prima della scrittura, spesso solo alcune ore prima.
- ☐ L'autore deve attenersi a un registro elevato di scrittura.
- ☐ L'autore è del tutto libero nelle sue scelte espressive.
- ☐ Si scrive giorno per giorno.
- ☐ È un testo in cui l'autore parla prevalentemente di se stesso, delle proprie emozioni, delle proprie esperienze.

SUL GHIACCIO

La maturazione del protagonista

1. Il racconto di Hermann Hesse individua e analizza un momento importante della maturazione del protagonista. Completa una scheda indicando qual è il «fatto» che determina il mutamento del protagonista e in che cosa consiste il cambiamento.

Prima del fatto	Giochi e interessi del protagonista: ______ Atteggiamento del protagonista verso le ragazze: ______ Atteggiamento verso i ragazzi interessati alle ragazze: ______
Il fatto	______ ______ ______
Dopo il fatto	Progetti del protagonista: ______ Atteggiamento verso le ragazze: ______

2. Deciso a corteggiare le ragazze sulla pista di pattinaggio, il protagonista si trova però a fare i conti con la sua goffaggine e la sua timidezza. In che modo finisce poi per pattinare proprio con Emma Meier?

3. Mentre pattina con Emma Meier, il protagonista vive una molteplicità di stati d'animo, anche contraddittori. Ritrova nel testo l'elenco delle sensazioni del protagonista e trascrivile distinguendo quelle piacevoli da quelle tormentose.

4. Il protagonista del racconto non riesce ad attuare il suo progetto di baciare una ragazza: possiamo dire, per questo, che la sua «prima avventura amorosa» sia insignificante?

Le tue esperienze

5. Il racconto analizza un momento di maturazione in cui il protagonista si distacca da comportamenti tipicamente infantili per acquisire modi di essere più vicini a quelli degli adulti. Nella tua storia personale, cerca di individuare una circostanza che abbia segnato per te un passo importante nel percorso della crescita.

Autore, narratore e protagonista

6. Il testo è di contenuto autobiografico, l'autore cioè riferisce di una sua reale esperienza di quand'era adolescente. Possiamo dire, dunque, che in questo racconto l'autore, il narratore e il protagonista coincidono?

Un registro linguistico alto e letterario

7. Il registro linguistico del racconto è decisamente letterario e si segnala, tra l'altro, per una grande ricchezza e precisione lessicale. Per esempio, sono numerose le costruzioni in cui un nome è accompagnato da uno o più aggettivi. Cerca nel testo alcune costruzioni di questo tipo, distinguendo i casi in cui gli aggettivi sono più o meno sinonimi tra loro:

p. es. *mondo colorato e rigoglioso*

da quelli in cui, invece, ogni aggettivo aggiunge una sua propria specificazione al nome:

p. es. *timido... avido... tenue chiarore della giovinezza*

L'ADDIO

Scegli il riassunto

1. Ti diamo qui tre brevi definizioni. Scegli quella che, a tuo parere, meglio sintetizza il racconto di Beppe Fenoglio.

- ☐ È la storia molto triste di un ragazzo disperatamente innamorato e respinto dalla ragazza amata.
- ☐ È la storia di un ragazzo e di una ragazza che si amano contro la volontà delle famiglie; alla fine i genitori porteranno lontana la ragazza per separarla dal suo innamorato.
- ☐ È la storia di un ragazzo malinconico, timido, chiuso in se stesso che si innamora di una ragazza senza avere mai il coraggio di rivelarle, anche indirettamente, i propri sentimenti.

Il protagonista

2. L'attenta analisi psicologica del protagonista costituisce certamente l'aspetto più interessante del racconto. Riferisci quali sono le emozioni e i sentimenti del ragazzo quando:

a) vede per la prima volta Nella;

b) viene a sapere che due suoi compagni del catechismo sono fratelli di Nella;

c) è costretto dal padre a partecipare al gioco della pentola.

3. Il rapporto con Nella è fatto solo di pochi sguardi che il ragazzo riesce a rivolgerle nelle rare occasioni in cui la incontra. Lui, però, cerca di supplire con l'immaginazione alla mancanza di un vero legame: a quali fantasie si dedica il protagonista del racconto?

4. Rintraccia nel racconto e rileggi tutti i passi che ti sembrano utili per definire il carattere del protagonista, poi illustra con parole tue la personalità del «ragazzo della Collera».

Dalla parte di Nella

5. Il racconto ci parla diffusamente dei sentimenti del «ragazzo della Collera», mentre non sappiamo nulla di ciò che prova – o non prova – Nella nei suoi confronti. Scrivi un breve racconto riportando gli stessi episodi di cui si parla ne *L'addio* (l'incontro tra il ragazzo e le ragazze che cercano funghi, l'incontro in chiesa ecc.), ma visti dalla parte di Nella.

Le tue opinioni

6. Il «ragazzo della Collera» trova «importanti» i fratelli di Nella «perché spartivano con Nella la vita di tutti i giorni»; va alla Mellea non per vedere Nella ma perché «voleva veder da vicino il suo tetto... e sentir l'aria che lei respirava». Questi comportamenti del protagonista ti sembrano assurdi oppure ti pare che l'autore abbia espresso in modo efficace la logica particolare di chi è innamorato?

Espressioni regionali

7. In accordo con i luoghi e i personaggi della vicenda, il testo utilizza talvolta parole ed espressioni della parlata piemontese. Rintracciale e sottolineale nel testo.

Il ruolo delle sequenze riflessive

8. Come puoi verificare segnandole a lato, nel testo sono lunghe e frequenti le sequenze riflessive che illustrano i sentimenti, i pensieri e gli stati d'animo del protagonista. A tuo parere, se queste parti venissero eliminate o sensibilmente ridotte, il testo avrebbe ancora un senso e un significato? Motiva la tua risposta.

Il punto di vista della narrazione

9. Il racconto si sviluppa in terza persona, ma l'autore assume decisamente il punto di vista del protagonista; in tal modo conosce e riferisce al lettore solo ciò che sa, sente e prova il ragazzo della Collera, mentre degli altri personaggi viene registrato esclusivamente il comportamento esteriore. Cerca e segna a margine sul testo qualche passo da cui risulti particolarmente evidente la «ristrettezza» del punto di vista del narratore.

LA STORIA DI PRONTO SOCCORSO E BEAUTY CASE

Le parti del racconto

1. Il racconto di Stefano Benni si può scandire in otto parti, che ti indichiamo qui con titoli che ne sintetizzano il contenuto. Ritrovale nel testo e segnale a margine con la relativa lettera dell'alfabeto.

A. Descrizione del quartiere
B. Vita e imprese di Pronto Soccorso.
C. Vita e caratteristiche di Beauty Case.
D. Incontro dei due personaggi e loro innamoramento.
E. Vita e imprese di Joe Blocchetto.
F. Joe Blocchetto in azione contro Pronto Soccorso.
G. Intervento collettivo degli abitanti del quartiere in aiuto di Pronto Soccorso.
H. Lieto fine.

L'innamoramento

2. Il punto centrale del racconto è dato dall'innamoramento dei due ragazzi. Tra le frasi seguenti, scegli quelle che ti sembrano adatte a definire il sentimento di Pronto Soccorso e Beauty Case.

È un amore

- ☐ a prima vista
- ☐ tormentato
- ☐ appassionato
- ☐ tenuto a lungo segreto

☐ pienamente ricambiato
☐ fatto di tenere occhiate a distanza
☐ fatto di lunghi baci e corse in moto.

Una vivace caratterizzazione dei personaggi

3. I personaggi del racconto sono caratterizzati in modo molto colorito. Indica quali sono gli aspetti più tipici della personalità e del comportamento di:

- Pronto Soccorso
- Beauty Case
- Joe Blocchetto.

Le tue opinioni

4. In una storia d'amore ha un ruolo importante, di solito, l'analisi psicologica dei personaggi che vivono, più o meno felicemente, quel sentimento. In effetti sia *Sul ghiaccio* di Hermann Hesse sia *L'addio* di Beppe Fenoglio presentano lunghe sequenze riflessive dedicate agli stati d'animo dei rispettivi protagonisti.
La storia di Pronto Soccorso e Beauty Case, invece, ha un taglio molto diverso: in che modo viene trattato l'innamoramento dei due ragazzi?
Se hai letto anche i due racconti precedenti, quale tipo di storia d'amore ti è piaciuta di più? Perché?

Una storia di "duri"?

5. Questo racconto presenta molti ingredienti tipici della narrativa «violenta»: il quartiere degradato e malavitoso, il bullo con la moto e la sua «pupa», la lotta contro i rappresentanti della legge ecc.
A tuo parere, *La storia di Pronto Soccorso* appartiene davvero a tale filone, oppure il tono ironico e surreale ne fa una parodia, cioè una scherzosa imitazione delle storie di duri?

Il narratore

6. Ti diamo alcune affermazioni relative al narratore e al suo rapporto con la storia narrata. Di ciascuna indica se è vera [V] o falsa [F].

Il narratore è esterno alla vicenda. [V] [F]

Il narratore è uno dei personaggi principali. [V] [F]

Il narratore è uno degli abitanti del quartiere che hanno seguito la storia di Pronto e Beauty. [V] [F]

Il narratore è interno alla vicenda. [V] [F]

Un linguaggio colorito

7. Come avrai notato, il linguaggio usato dal narratore e dai personaggi è molto colorito e ricco di espressioni proprie del gergo giovanile. Ti elenchiamo qui alcune di queste espressioni; tu registrane altre, poi cerca di tradurle in linguaggio non gergale.

«cacciò un'inchiodata storica»: ____________________

«sgasò una nube di...»: ____________________

«impennò la moto»: ____________________

«Beauty gli si era incollata di nuovo»: ____________________

«due belle pieghe a tutta manetta»: ____________________

I meccanismi dell'umorismo

8. Pur narrando una storia d'amore, il racconto è di tono schiettamente umoristico. Trascrivi qualche passo che ti ha fatto sorridere e cerca di indicare da quale meccanismo deriva l'effetto umoristico. Prendi spunto dagli esempi e continua tu.

Passo del testo	*Origine dell'effetto umoristico*
«... aveva rubato un camion di maiali ... cercava di venderli casa per casa»	assurdità della situazione
«... portava minigonne che la mamma le faceva con le vecchie cravatte del babbo. Con una cravatta gliene faceva tre...»	evidente esagerazione

9. Il racconto assume spesso toni surreali per i particolari inverosimili che il narratore ci propone invece come del tutto normali. Cerca qualche esempio di questa tecnica che, nella *Storia di Pronto Soccorso e Beauty Case,* produce quasi sempre un effetto umoristico.

IERI È STATA UNA GIORNATA MOLTO IMPORTANTE PER ME...

Un avvenimento memorabile

1. «Ieri è stata una giornata molto importante per me» scrive Anna Frank: quale avvenimento ha reso per lei memorabile il 18 marzo?

Voglia di confidarsi

2. Nelle pagine che riferiscono gli incontri con Peter, il verbo «parlare» e i suoi sinonimi ricorrono con molta frequenza. Anna e Peter possono finalmente realizzare il desiderio di confidarsi, di parlare di sé, desiderio che evidentemente è molto vivo in entrambi, forse anche per la difficile situazione in cui vivono. Di quali argomenti parlano i due ragazzi? Ritrovali tra le frasi seguenti, cancellando quelle che ti sembrano estranee al testo.

> Fanno progetti per il loro futuro. / Decidono di sposarsi. / Parlano dei loro rapporti con i genitori. / Ricordano la scarsa simpatia che c'era in passato tra loro. / Lodano ciascuno l'aspetto fisico dell'altro. / Si confidano in che modo ciascuno dà sfogo alla propria tristezza. / Si rivelano alcuni aspetti del loro carattere.

3. «Frattanto un'ombra è scesa sulla mia felicità» scrive Anna il 20 marzo: in che cosa consiste l'«ombra»? E riuscirà a dissolversi?

4. Anna e Margot, pur vivendo tutto il giorno l'una accanto all'altra, preferiscono scriversi le comunicazioni veramente importanti. Perché? (Una frase di Anna fornisce un'indicazione molto precisa.)

Le tue opinioni

5. «Intanto qui la vita è sempre più bella...» Questa trionfante affermazione di Anna – che troviamo nella pagina del 22 marzo – può apparire assurda per il lettore che conosce la condizione della ragazza, prigioniera nell'alloggio segreto e sempre in pericolo di vita a causa dei bombardamenti e delle persecuzioni dei nazisti. Per Anna è il sentimento d'amore che riesce a portare luce e gioia anche nella situazione più tragica. Comprendi questo atteggiamento della ragazza, oppure ti sembra del tutto illogico? Per un adolescente l'amore può essere davvero così importante, secondo te, da far apparire trascurabile e irrilevante ogni altro aspetto della realtà?

6. Anna e Peter parlano moltissimo tra loro, si può dire, anzi, che è proprio nella comunicazione l'aspetto più significativo del loro rapporto.
Con la persona amata, di che cosa ti piacerebbe parlare? Quale aspetto di te, quale tuo «segreto» vorresti confidarle?

7. Nella sua lettera ad Anna, Margot dice che sarebbe disposta ad amare solo un uomo cui potesse riconoscere una «superiorità spirituale» su di lei. Cosa pensi di questa affermazione? Approvi il tipo di rapporto uomo-donna che vi è implicito?

Una complicata costruzione narrativa

8. Il testo che hai letto presenta una costruzione narrativa piuttosto complicata. Abbiamo infatti pagine di diario in forma di lettera, nelle quali sono inserite altre lettere. Segna a margine in rosso le parti in cui la forma epistolare (cioè di lettera) costituisce una finzione decisa dall'autrice del diario. Segna in blu, invece, le parti che riportano lettere in senso proprio, scritte per uno specifico destinatario.

IL MIO DILETTO AMORE LASCIA QUESTI LIDI DOMANI

Scegli la definizione

1. Il racconto è in forma di pagine di diario e riporta perciò gli eventi in modo frammentato, giorno per giorno. Nel complesso possiamo dire che il testo...

- ☐ ... è la cronaca in chiave umoristica della breve separazione di due ragazzi innamorati.
- ☐ ... è lo sfogo patetico di un giovane che teme di non rivedere più la sua innamorata.
- ☐ ... è il resoconto drammatico di una serie di circostanze avverse che tengono lontani due ragazzi innamorati.

Incidenti e incomprensioni

2. Il periodo di separazione tra Adrian e Pandora è segnato da una serie di «incidenti». Indicali completando i passi che seguono.

a) Il libro che Adrian regala a Pandora perché lo legga durante il viaggio si rivela subito poco adatto alla circostanza; infatti ______________________________

b) Pandora non porterà ad Adrian nessun regalo perché ______________________________

c) Pandora non torna alla data prevista in quanto ______________________________

d) La madre di Pandora viene morsicata da ______________________________

al padre invece capita che ______________________________

e) Quando finalmente Pandora torna a casa, tra i due innamorati sta per scoppiare un litigio a causa del fatto che ______________________________

3. Come risulta chiaro leggendo il *Diario di Adrian Mole* nella sua interezza, Adrian non gode di molta comprensione in famiglia. Durante l'assenza di Pandora, poi, la nonna mostra una insensibilità totale per i delicati sentimenti di un adolescente. Ricordi in quale circostanza ?

Guai in vista

4. Nel *Diario di Adrian Mole,* in data 1° dicembre, leggeremo: «... il telefono sarà riattaccato solo se pagheremo 289 sterline e 19 pence, più 40 di multa, più 40 di deposito... Quando i miei si alzano dal letto e si accorgono che il telefono è muto sono cavoli miei».
Sai mettere in relazione questo guaio futuro di Adrian con le vacanze di Pandora?

Dalla parte di Pandora

5. Il testo che hai letto è, ovviamente, dalla parte di Adrian. Prova a immaginare e a scrivere qualche pagina del diario di Pandora nello stesso periodo 17 luglio-8 agosto.

Il significato nascosto

6. Una battuta può risultare umoristica anche per il suo significato implicito. Che cosa lascia intendere la frase in corsivo?

«Ma che bella idea dare i soldi del mio regalo a uno schifoso fannullone! *Anche il postino è disgustato.*»

Il registro espressivo di Adrian

7. Qualche volta Adrian cerca di usare termini ed espressioni di registro letterario: individua nel testo qualche esempio di questi ambiziosi tentativi del ragazzo e indica qual è, a tuo parere, l'effetto espressivo che ne deriva.

8. Come ti sembra il registro complessivo del testo? Scegli:

- ☐ decisamente letterario;
- ☐ vicino al parlato;
- ☐ molto basso, senza nessuna cura formale.

IL VELDT

Apparenza e realtà

1. Gli Hadley sembrerebbero una famiglia tranquilla e serena; invece via via che procede la narrazione scopriamo l'esistenza di tensioni molto forti. Quali episodi hanno determinato e poi acuito l'ostilità dei figli verso i genitori? Qual è la causa che scatena infine la reazione estrema dei figli? E in che modo si attua la loro «vendetta»?

Una stanza "stregata"

2. La «Casa Vitabella» del racconto di Ray Bradbury è dotata di una strumentazione tecnologica che, incredibile all'epoca in cui è stato scritto il testo (qualche decennio fa), oggi invece non ci stupisce eccessivamente in quanto appare vicina agli apparecchi di cui possiamo già disporre. Veramente fantascientifica è invece la *nursery*, che del resto costituisce anche il «motore», il perno del racconto. Spiega con parole tue:

a) quali sono i poteri della stanza;

b) come si modificano i poteri della stanza quando i bambini ne manomettono il meccanismo.

Indizi significativi

3. Il portafoglio del padre macchiato di sangue; una sciarpa anch'essa insanguinata della madre. I due oggetti costituiscono un indizio rivelatore di quanto sta avvenendo nella *nursery*, ma i signori Hadley, lo psicologo – e anche il lettore – non ne colgono l'importanza. A lettura conclusa, però, ci è chiaro che i due oggetti sono una prova:

a) del fatto che la *nursery* non si limita più a ______________ ma è ormai in grado di ______________

b) del fatto che i due ragazzi chiedono alla *nursery* ______________

____

Tre interpretazioni della storia

4. Del racconto ti proponiamo qui tre possibili chiavi di lettura, in fondo non molto dissimili tra loro. Scegli e commenta quella che ti sembra cogliere meglio il senso della storia, oppure, se vuoi, scrivi una tua differente interpretazione personale.

1. Nella loro immaturità, i ragazzi sviluppano un attaccamento molto forte verso gli oggetti del benessere. Concedere loro tutto ciò che desiderano e poi privarli proprio delle cose più amate non può che provocare squilibri nella psicologia e nel comportamento dei ragazzi.
2. I genitori non possono cambiare all'improvviso la loro linea educativa, passando da un atteggiamento indulgente e permissivo a posizioni di drastica severità.
3. Quando ritengono di aver subito una ingiustizia, i ragazzi provano sentimenti molto forti di rancore e di ostilità; l'atto di «far mangiare i genitori dai leoni» ne è una rappresentazione simbolica di grande efficacia.

5. *Il veldt* ci propone una visione dei bambini molto diversa da quella tradizionale. Di solito, infatti, si pensa ai bambini come a creature buone e innocenti, e così ce li descrivono anche la maggior parte dei romanzi e dei racconti. Quali caratteristiche presentano invece i nostri piccoli protagonisti?

Una visione negativa dello sviluppo tecnologico

6. Attraverso la vicenda degli Hadley, l'autore ci propone anche la sua visione dello sviluppo tecnologico. È evidente che, a suo parere, la meccanizzazione comporta grandi rischi per l'uomo: quali, precisamente?

Gli ingredienti narrativi

7. *Il veldt* è un testo molto particolare nel quale possiamo trovare ingredienti tipici della fantascienza, dell'horror e anche del «giallo». Indica quali sono nel racconto gli elementi riportabili a ciascun filone. L'esercizio è già avviato.

Fantascienza	ambientazione nel futuro / tecnologia più avanzata di quella attuale / ...
Horror	
Giallo	

Caldo soffocante e violenza sanguinaria

8. Le scene africane della *nursery* comunicano al lettore un senso di disagio e di paura per il caldo soffocante dell'ambiente e la ferocia sanguinaria dei leoni. Cerca nel testo e trascrivi, in una scheda come quella proposta qui, i termini e le espressioni che, accumulandosi nel corso della narrazione, determinano tale effetto espressivo. L'esercizio è già avviato.

caldo / siccità	*sangue / violenza*
• sole a picco	• odore di sangue
• cielo giallo e ardente	• ogni giorno una strage
• ...	• ...

Scegli il riassunto

1. Ti diamo qui tre brevi riassunti del racconto di John Brunner. Scegli quello che ti sembra cogliere meglio il senso della vicenda narrata, tenendo presente che le tre sintesi sono tutte sostanzialmente coerenti con l'intreccio e la differenza è solo nel punto di vista con cui si considera la storia.

- ☐ È un racconto di fantascienza: parla di un alieno che scende sulla Terra, dove, grazie ai suoi poteri straordinari, riesce a cambiare in meglio il carattere di un ragazzo molto cattivo.
- ☐ È un racconto di fantascienza. L'ambientazione fantascientifica, però, non è l'aspetto più importante della storia, che parla di un ragazzo che si comporta in modo aggressivo, maleducato e violento soprattutto a causa dell'atteggiamento dei suoi genitori. Il ragazzo cambierà il suo carattere e il suo modo di agire quando troverà «un vero amico» in grado di capirlo e di aiutarlo.
- ☐ È la storia di una famiglia che deve ricorrere all'aiuto degli extraterrestri – il racconto, infatti, è di genere fantascientifico – per educare con la necessaria fermezza un figlio molto cattivo.

Un ragazzo insopportabile

2. Tim sembra davvero un ragazzo insopportabile. Indica qualcuna delle sue azioni distruttive, crudeli o semplicemente maleducate, completando una scheda come quella riportata qui.

	Azioni di Tim
Nei confronti dei compagni	
Nei confronti degli animali	
Nei confronti della scuola	
Nei confronti di Buddy	

Un amico extraterrestre

3. I genitori di Tim non sono molto contenti all'idea di noleggiare un «amico» per il figlio. Indica se sono veri [V] o falsi [F] i motivi indicati qui di seguito.

Non vogliono spendere molto denaro. [V] [F]
Hanno paura degli extraterrestri. [V] [F]
Temono che «la gente» li giudichi incapaci di educare il loro ragazzo. [V] [F]
Pensano che solo un essere umano possa svolgere il ruolo di «amico». [V] [F]

4. Dopo che Buddy ha iniziato la sua opera educativa nei confronti di Tim, i genitori del ragazzo vorrebbero rimandare l'extraterrestre al suo pianeta di origine. Indica se sono veri [V] o falsi [F] i motivi riportati qui di seguito.

Buddy non riesce a migliorare davvero il carattere di Tim. [V] [F]
Buddy dimostra ai genitori di Tim che è colpa loro se il ragazzo si è sempre comportato male. [V] [F]
Tim non vuole più Buddy in quanto non sopporta di essere trattato con fermezza. [V] [F]

5. Buddy è veramente un amico per Timmy in quanto lo aiuta a migliorare il suo carattere; in particolare, Buddy gli insegna a praticare l'empatia. Spiega di che cosa si tratta e perché è proprio in tal modo che il ragazzo riesce finalmente ad avere un rapporto migliore con gli altri.

I cattivi della storia

6. Tim, almeno nella prima parte del racconto, è maleducato e aggressivo, ma i veri «cattivi» della storia sono i signori Patterson. Indica tutti gli aspetti dei loro carattere e del loro comportamento che ti sembrano negativi.

Le tue esperienze

7. «Allora mi sono detto: se è questo che volete vi faccio contenti!» Questa frase di Tim è riferita all'episodio specifico del cane, ma può essere interpretata anche in senso più globale: Tim si comporta male perché tutti si aspettano che faccia così. A tuo parere, si tratta di un meccanismo psicologico convincente? È capitato anche a te, oppure a un tuo amico, qualcosa di simile, in qualche occasione? Racconta.

Termini specialistici

8. Nel racconto sono presenti numerosi termini ed espressioni di linguaggi particolari, della fantascienza, della medicina, della psicologia. Ne elenchiamo qui alcuni, che dovrai riferire ai settori a cui appartengono.

– empatia	– laccio emostatico
– rimuovere il blocco	– emorragie subcutanee
– manufatto alieno	– Q.I.
– terapia	– egocentrico
– umanoide	–bagaglio genetico
– navicella spaziale	– arresto di sviluppo della personalità

Fantascienza	
Medicine	
Psicologia	empatia, ...

Una particolare tecnica narrativa

9. In questo racconto, l'intreccio, cioè l'ordine con cui il narratore presenta al lettore gli eventi della storia, coincide sostanzialmente con la fabula, cioè l'ordine cronologico degli eventi della storia.
Il narratore, però, pur senza ricorrere a veri e propri *flashback* (passi che riportano indietro nel tempo la narrazione) riesce a farci sapere molti fatti che sono accaduti prima del momento in cui prende inizio la storia. Trova e segna a margine i punti del testo che forniscono tali informazioni e spiega qual è la tecnica che viene usata.

I ragazzi, gli adulti e i topi

1. I personaggi del racconto di William Saroyan reagiscono in modo molto diverso alla presenza dei topi in casa. Il narratore-protagonista e suo fratello Krikor, infatti, ____________________
La madre e la sorella Lucy (che, possiamo intuire, è più grande dei due ragazzi) invece ____________________

2. Quando vengono allestite le trappole, il protagonista tenta una timida difesa dei topi; Krikor, invece, tace, ma sapremo poi che è tutt'altro che rassegnato allo sterminio degli «amici topi». Infatti, che cosa farà Krikor?

3. Il protagonista del racconto accetta che i topi vengano uccisi dal gatto, ma si indigna di fronte alle trappole. Spiega per quali motivi.

Le tue opinioni

4. Di fronte al problema dei topi, i tre ragazzi si comportano ciascuno in maniera differente.
Quale atteggiamento avresti tenuto tu? Quello del protagonista, quello di Krikor o quello di Lucy? Oppure avresti fatto qualcosa di totalmente diverso?

Le tue esperienze

5. Il racconto mette a fuoco una situazione in cui la mentalità dei ragazzi è in evidente conflitto con quella degli adulti. Ripensando alle tue esperienze, riferisci anche tu di una circostanza in cui il tuo punto di vista, il tuo modo di considerare e valutare la realtà è risultato del tutto inconciliabile con quello dei genitori o degli insegnanti.

La personificazione

6. Si chiama *personificazione* la figura retorica per cui si attribuiscono pensieri e comportamenti umani a un animale o a un oggetto. Il racconto presenta un esempio molto evidente di personificazione: rintraccialo e segnalo a margine nel testo.

La tecnica del «colpo di scena»

7. Nella costruzione narrativa del racconto, pur molto semplice e lineare, è stata utilizzata la tecnica del «colpo di scena»: in quale punto dell'intreccio, precisamente?

IERI CI SIAMO ARRABBIATE DA MORIRE...

Rabbia e delusione

1. Rabbia e irritazione sono i sentimenti dominanti in queste pagine di diario dell'Anonima Viennese, ma differenti sono le cause e le persone che hanno suscitato l'ira della protagonista e diverso è, ovviamente, anche il modo con cui cerca di vendicarsi.
Dividi il testo in due parti, corrispondenti ai due differenti «conflitti» vissuti dalla protagonista, poi completa una scheda come quella riportata qui.

	Prima parte	*Seconda parte*
Persona contro cui è rivolta la rabbia del protagonista		
Cause del «conflitto»		
Vendetta della protagonista		

2. Da un fatto particolare (il «tradimento» del dottor W.), l'autrice del diario ricava una considerazione generale sui rapporti umani: ritrovala nel testo e trascrivila.

3. L'autrice del diario non vuole rivelare il «tradimento» del dottor W. all'amica Hella: per quale motivo?

4. Nel primo episodio è evidente che la rabbia della protagonista nasce dal fatto di essere stata «trattata da bambina». Secondo te, è possibile dire che anche nel secondo episodio è presente il medesimo motivo, sia pure non in modo altrettanto lampante? (Pensa a come vivono le due ragazze il loro rapporto con il dottor W. e qual è, invece, la considerazione che l'insegnante ha di loro.)

Le tue esperienze

5. È capitato anche a te di sentirti «tradito» da una persona cui avevi dato affetto e ammirazione? Racconta questa esperienza, mettendo in rilievo le tue reazioni emotive alla vicenda, cioè gli stati d'animo che hai provato in quell'occasione.

Parole in corsivo e parole sottintese.

6. Nel testo molte parole sono in corsivo: per quale motivo, secondo te? Quale accorgimento grafico avresti usato tu, al posto del corsivo, per ottenere lo stesso effetto espressivo?

7. Nella pagina del 2 gennaio, lo stile è molto rapido e conciso, tanto che alcune parole sono sottintese: dove precisamente?

BARRY KENT MI HA DETTO CHE SE NON GLI DÒ VENTICINQUE PENCE AL GIORNO...

Una situazione di conflitto

1. Come gli altri testi della sezione, anche *Barry Kent mi ha detto...* mette a fuoco una situazione di conflitto. Con chi è in conflitto il protagonista del racconto? Per quale motivo?

Adrian chiede aiuto

2. Minacciato, percosso e derubato, Adrian cerca aiuto nel padre e nella nonna. Indica come interviene ciascuno dei due personaggi e con quale esito.

Intervento del padre	*Esito*
Intervento della nonna	*Esito*

Le tue opinioni

3. Il testo si sviluppa in tono decisamente scherzoso, ma mette a fuoco un problema reale: sono sempre più numerosi, infatti, i casi di ragazzi sottoposti a ricatti ed estorsioni da parte di coetanei.
Se hai avuto notizia di simili episodi nella tua scuola o nel tuo quartiere, stendi una relazione dei fatti, esprimendo anche le tue riflessioni personali e le tue proposte per combattere il fenomeno.

Gli elementi del diario

4. La vicenda ci viene narrata attraverso alcune pagine di diario. Quali elementi del testo ci consentono di capire che si tratta appunto di un diario?

Un registro linguistico colloquiale

5. Il testo si caratterizza per un registro linguistico decisamente colloquiale. Sono numerosi, infatti: a) i termini gergali, come, per esempio, «il grano»; b) le costruzioni tipiche del parlato, non del tutto corrette sul piano grammaticale, come «quando vado all'università...». Ricerca esempi di espressioni dell'uno e dell'altro tipo.

L'effetto umoristico

6. Sono numerosi, nel testo, i passi che suscitano il sorriso. Decisamente comica, poi, è la conclusione, che vede la sconfitta di Barry Kent a opera della vecchia nonna di Adrian Mole. Sai spiegare da che cosa deriva l'effetto umoristico?

LA STORIA DI AVROM

Le straordinarie esperienze del protagonista

1. Avrom, il protagonista di questo racconto di Primo Levi, è un ragazzo, al pari dei personaggi principali degli altri racconti della raccolta. La sua storia, però, si distingue da tutte le altre: per quale motivo, essenzialmente? Scegli tra le seguenti la risposta che ti sembra più corretta.

☐ La storia personale di Avrom si intreccia con grandi avvenimenti storici.
☐ Avrom deve affrontare molte sventure e difficoltà.
☐ Avrom è orfano e solo al mondo.

Fatti e luoghi

2. La storia di Avrom si sviluppa in molti luoghi. Te ne ricordiamo alcuni: tu devi collegare ciascun luogo con le vicende di Avrom elencate di seguito. Poni attenzione all'esempio.

- Leopoli
- Mestre
- paesino del Canavese dove vive la famiglia dell'alpino
- Torino, campanile della parrocchia di San Massimo
- kibbutz

/ lavora in campagna / scrive le sue memorie / è fatto prigioniero dai tedeschi e messo in un treno diretto in Germania / rimane senza i genitori, arrestati dai tedeschi / è rinchiuso in un campo di quarantena / va a scuola e studia con profitto / è accolto in una caserma di soldati italiani / si unisce a un gruppo di soldati cecoslovacchi che vogliono combattere insieme con i partigiani / parla alla radiotrasmittente che gli è stata affidata dal servizio segreto americano /

Esempio:

Leopoli: Avrom rimane senza i genitori, arrestati dai tedeschi; viene accolto in una caserma di soldati italiani.

3. Avrom trova negli italiani amicizia e solidarietà e anche lui, da parte sua, offre un aiuto agli italiani: spiega in che modo.

Le virtù degli italiani

4. L'autore inizia il racconto sostenendo che gli italiani possiedono alcune virtù tanto preziose quanto rare presso altri popoli. Spiega quali sono queste virtù e in che senso la storia di Avrom ne costituisce la prova.

Le tue opinioni

5. Nella caserma italiana a Leopoli vivevano alcuni bambini rimasti senza famiglia. « Erano ebrei e cristiani – leggiamo nel testo – per gli italiani sembrava che questo non facesse alcuna differenza...» Oggi, invece, si stanno verificando in Italia episodi di violento antisemitismo: come ti spieghi questa contraddizione? Sono cambiati gli italiani? Oppure il razzismo è solo di alcuni gruppi che non rappresentano le idee e i valori della maggioranza? Discutine con l'insegnante e i compagni.

Il narratore

6. Indica se sono vere V o false F, in relazione alla *Storia di* Avrom, le affermazioni seguenti:

Il narratore riferisce una storia a cui non ha partecipato di persona ma che gli è stata riferita da altri. V F

A narrare la vicenda è il protagonista stesso, Avrom. V F

Il narratore non è Avrom, ma ha preso parte alle avventure del ragazzo, dunque è un narratore interno. V F

Il narratore è esterno rispetto alla vicenda narrata. V F

Comportamenti e stati d'animo

7. Le avventure di Avrom vengono riferite, per lo più, senza dare spazio agli stati d'animo del ragazzo. Cerca e segna a margine, in due diversi colori:

a) un caso in cui l'autore, parlando di eventi drammatici che coinvolgono Avrom, ha preferito indicare solo i comportamenti esteriori del ragazzo e non i suoi sentimenti, la cui natura e intensità sono lasciate alla intuizione del lettore;

b) un passo in cui l'autore ha voluto invece analizzare gli stati d'animo del ragazzo.

LA CORSA DEI DUECENTO METRI A OSTACOLI

Le parti del racconto

1. Il racconto di William Saroyan si articola in tre momenti: a) prima della gara; b) durante la gara; c) dopo la gara.
Ritrovali nel testo.

Due modelli opposti di comportamento

2. Il signor Byfield e la signorina Hicks propongono a Omero e agli altri ragazzi della Scuola Superiore di Itaca due modelli di comportamento del tutto diversi. Metti a confronto le loro azioni.

	Signorina Hicks	*Signor Byfield*
Prima della gara	Punisce Omero e Hubert trattenendoli in classe. Si arrabbia con Byfield che «libera» solo Hubert. Fa in modo che Omero partecipi alla gara.	
Durante la gara	Incoraggia tutti i ragazzi che stanno correndo.	
Dopo la gara	Elogia tutti i ragazzi che hanno gareggiato. Difende Omero, rimprovera Byfield e pretende che si scusi con Joe Terranova.	

3. Il signor Byfield si distingue per un buon numero di caratteristiche negative. Indica in quali punti della narrazione risulta evidente che l'insegnante di ginnastica:

- è bugiardo
- è disonesto
- è razzista.

L'onestà di Hubert

4. Se Byfield è disposto alla menzogna e all'imbroglio pur di favorire il ricco Hubert, questi, invece, si mostra onesto e corretto. Indica in quali circostanze si rivelano queste qualità del ragazzo.

Il protagonista

5. Benché anche altri personaggi abbiano un ruolo rilevante nella vicenda, possiamo dire che il protagonista è Omero, in quanto la nar-

razione si sviluppa attraverso il suo punto di vista e, mentre gli altri personaggi sono descritti «dall'esterno» nei loro comportamenti, Omero è visto per così dire «dall'interno» e dunque non solo in ciò che fa ma anche in ciò che pensa e prova.
Descrivi, sul tuo quaderno, i sentimenti, le reazioni, i comportamenti del ragazzo

a) quando il signor Byfield «libera» Hubert;
b) quando la signorina Hicks esprime la sua rabbia e il suo disprezzo nei confronti di Byfield;
c) durante la gara;
d) quando Byfield vuole punirlo per aver partecipato alla gara;
e) quando Byfield insulta Joe Terranova.

Le tue opinioni

6. Il racconto si ambienta negli Usa dei primi decenni del secolo e riflette i problemi di integrazione degli immigrati che, a quel tempo, giungevano numerosissimi in America da ogni parte dell'Europa e del mondo.
I valori di uguaglianza, di solidarietà, di rispetto reciproco che si esprimono nel testo ti sembra possano avere una particolare attualità nella realtà italiana di oggi? Perché?

7. Nel dialogo con Omero, la signorina Hicks esprime le convinzioni e i valori su cui ha sempre basato il suo lavoro di insegnante. Rileggi il passo, poi spiega che cosa significano per te le frasi seguenti, riprese appunto dalle parole della signorina Hicks.

1. «In uno stato democratico tutti gli uomini sono uguali, fino a quando sono messi alla prova.»
2. «Purché i miei scolari siano umani, non voglio che siano tutti uguali nel modo di essere umani.»

La corsa come un simbolo

8. In un testo narrativo (o poetico), un'immagine, un fatto, un personaggio, assumono talvolta un valore simbolico, servono cioè a esprimere un significato più ampio di quello specifico e particolare che hanno nella vicenda narrata.

Nel racconto che hai letto, la corsa può essere interpretata come un simbolo: di che cosa, secondo te?
Rifletti e discutine con l'insegnante e i compagni.

Un esempio di metafora

9. La signorina Hicks parla di «risate ironiche delle cose». Si tratta evidentemente di una metafora, cioè di una immagine in cui a qualcuno o a qualcosa vengono riferiti aspetti che, propriamente, non gli appartengono e sono invece specifici di altri.
Quale significato ha voluto esprimere l'autore con questa metafora? A chi ha paragonato implicitamente le cose?

Un nome significativo

10. Uno dei personaggi del racconto si chiama Hubert Ackley III e il nome stesso è una prova dell'importanza che vuole darsi la famiglia: sai dire perché?

UN UOVO DI PIVIERE DORATO

Uno strano litigio

1. A causa dell'uovo di piviere Robie e Gavin quasi litigano: spiega per quale motivo e in che modo si conclude il «litigio».

I due protagonisti

2. Ti indichiamo qui di seguito una serie di azioni e di comportamenti: tu indica se vanno riferiti a Robie, a Gavin oppure a entrambi.

	Robie	*Gavin*
Fa lunghe passeggiate nei boschi.		
Fa collezione di uova di uccello.		
Desidera aggiungere alla sua collezione un uovo di piviere dorato.		
Vuole che sia l'amico a tenere l'uovo di piviere dorato.		
Riceve in regalo un microscopio.		

3. L'amicizia tra Robie e Gavin è davvero sincera e profonda: da che cosa possiamo capirlo? (Ti sarà particolarmente facile rispondere se hai eseguito i due esercizi precedenti.)

Le tue opinioni

4. Come giudichi il comportamento di Robie a proposito dell'uovo di piviere? Tu cosa avresti fatto, al suo posto?

Le tue esperienze

5. hai anche tu un «vero amico» come lo è Gavin per Robie (e Robie per Gavin)? In che modo è nata e si è consolidata la vostra amicizia? C'è stata qualche particolare occasione in cui hai avuto modo di verificare la solidità della vostra intesa?

Il narratore

6. Indica in che persona verbale si sviluppa la narrazione e se il narratore è interno o esterno rispetto alla vicenda narrata.

Un linguaggio colloquiale

7. «Io non l'avrei trovato se non era per te.» Nelle parole di Robie è presente una costruzione molto usata nel parlato ma non del tutto corretta. Riformula la frase in modo da «metterla in regola» con le norme della grammatica.

8. Io lo divoravo con gli occhi.» Questa è una espressione figurata di registro familiare per dire ______________________________

UN BASTIMENTO CARICO DI GRANCHI

Due bande rivali

1. Il racconto di Italo Calvino è dedicato ai giochi della banda di Piazza dei Dolori e dei loro nemici e rivali, i ragazzi dell'Arenella. Compila una scheda come quella proposta qui indicando cosa fa, nel corso della vicenda, ciascuna delle due bande.

I ragazzi della banda di Piazza dei Dolori	*I ragazzi della banda dell'Arenella*
Decidono di fare il primo bagno della stagione	

2. Ti diamo qui una serie di affermazioni: indica se sono vere [V] o false [F] in relazione alla banda dei ragazzi di Piazza dei Dolori.

Giocano sempre insieme. [V] [F]
Si fanno scherzi e si insultano senza che nessuno si arrabbi veramente. [V] [F]
Si danno l'un l'altro aiuto e conforto nei momenti di difficoltà e di malinconia. [V] [F]
Si sentono uniti dalla rivalità con l'altra «banda». [V] [F]
Si confidano i loro sentimenti più segreti. [V] [F]

3. I ragazzi della banda di Piazza dei Dolori sono rappresentati nel racconto come un gruppo piuttosto che nella personalità di ciascuno. Qualche personaggio, però, si distingue. Indica quali sono le caratteristiche di:

Mariassa: è quello che prende l'iniziativa, che dà le direttive alla banda...

Pier Lingera: ______________________________

Cicin: ______________________________

La bambina

4. Riassumi brevemente l'incontro tra Mariassa e la bambina, evidenziando le reazioni del ragazzo. Delinea inoltre la personalità della bambina, mettendo in luce gli aspetti del suo carattere che è possibile intuire in base ai comportamenti che le vengono attribuiti nel racconto.

Esprimi le tue opinioni

5. A tuo parere, l'amicizia dei ragazzi di Piazza dei Dolori presenta caratteristiche tipicamente infantili oppure è raffigurata nel racconto come un sentimento maturo e profondo?

6. Lo scontro tra Mariassa e la bambina non sembra diverso dagli altri giochi, scherzi e dispetti che segnano la vita movimentata dei ragazzi delle due bande. L'episodio, però, potrebbe essere visto come un momento della crescita di Mariassa che, forse per la prima volta, intuisce che l'amicizia può estendersi anche a persone diverse dai ragazzi della sua banda.
Sei d'accordo con questa interpretazione, oppure ti sembra forzata e dunque inaccettabile? Esprimi la tua opinione e argomentala adeguatamente.

Due espressioni inconsuete

7. «Cielo... nuovo nuovo»; «sole... allegro e giovane». In queste due espressioni riprese dal testo l'abbinamento nome/aggettivo è inconsueto, anzi, almeno in apparenza, del tutto assurdo: perché, allora, l'autore l'ha fatto? Che idea voleva comunicare al lettore, secondo te?

Termini specialistici

8. Nel testo sono presenti molti termini specialistici relativi al settore delle navi e della navigazione. Trascrivine alcuni e indicane a voce il significato.

UN DECA PER NATALE

L'intreccio del racconto

1. L'intreccio del racconto di Mario Soldati è molto semplice: sintetizzalo completando il passo seguente.

Il narratore esce la sera tardi perché è l'antivigilia di Natale e vuole ______________________________

All'ufficio postale lo incuriosisce un gruppetto di giovani che stanno ______________________________

Dopo che i ragazzi sono usciti, il narratore, sempre mosso dalla curiosità, cerca di leggere ______________________________

e scopre che ____

Poveri ed emarginati

2. I giovani che, in posta, suscitano l'interesse e la curiosità del narratore si distinguono per certe caratteristiche ben precise. Indicale completando una scheda come quella riportata qui.

Aspetto fisico	
Abbigliamento	
Modo di fare	

3. I tre giovani, evidentemente poveri, emarginati e in lotta con il mondo intero, vivono però con molta intensità il sentimento dell'amicizia, in nome del quale sono disposti anche a duri sacrifici. Riporta gli elementi del testo che giustificano questa affermazione.

Una frase enigmatica

4. «L'aggressione, dopotutto, l'avevo subita.»
Spiega che cosa intende dire il narratore con questa frase che si ricollega all'ammonimento del figlio («Manda i telegrammi domani mattina... Fa freddo, ci sono le aggressioni»).

I sentimenti del narratore

5. Analizza l'atteggiamento del narratore nei confronti dei tre ragazzi, evidenziando come la semplice curiosità iniziale si trasformi in un sentimento più complesso.

Un'espressione colloquiale

6. «Cosa esci a quest'ora?»
In questa frase di registro decisamente colloquiale, che valore assume il termine «cosa»?

CHE COSA TERRIBILE. OGGI ALLE 2 DEL POMERIGGIO...

Un fatto terribile

1. Queste pagine di diario dell'Anonima viennese iniziano con l'espressione «Che cosa terribile». A quale fatto allude Grete, l'autrice del diario?

2. La malattia di Hella è un'occasione per verificare quanto sia profonda l'amicizia tra Hella e Grete. Segna a margine sul testo i passi nei quali si evidenziano i sentimenti che le due ragazze provano l'una per l'altra.

3. La malattia di Hella porta una nota di dolore e di paura nella vita delle due amiche (tieni presente, tra l'altro, che negli anni a cui risale il diario una appendicite poteva essere molto pericolosa). Anche in questa circostanza, però, si rivelano gli aspetti ancora infantili del carattere di Hella e Grete: quale «monelleria» commettono le due ragazzine e con quale esito?

Le tue opinioni

4. «Non dobbiamo mai essere estranee l'una all'altra neppure nella morte.» Questa frase di Hella ti appare eccessiva e troppo drammatica, oppure ti sembra rispecchi con efficacia l'intensità con cui molti ragazzi vivono il sentimento dell'amicizia?

Le tue esperienze

5. I racconti della sezione in cui sono incluse queste pagine di diario trattano tutti del sentimento dell'amicizia: in alcuni testi, però, l'amicizia è quella di un gruppo, mentre in altri è un rapporto a due, più intenso e personalizzato.
E tu, da parte tua, come intendi l'amicizia? Ti identifichi maggiormente con Mariassa e la sua banda (*Un bastimento carico di granchi*) oppure con Robie e Gavin (*Un uovo di piviere dorato*) o con le due amiche del diario che hai letto ora?

Un esempio di *flashback*

6. Il *flashback* è una particolare tecnica narrativa con cui uno scrittore riporta indietro nel tempo la narrazione per rievocare fatti avvenuti in precedenza.
Pur nella semplicità della sua scrittura, Grete, in queste pagine di diario, usa il *flashback:* sai dire in quali punti precisamente?

Una frase un po' sconnessa

7. «Ora so cosa regalarle, una sedia a sdraio, papà mi ha dato il permesso, perché non ho abbastanza soldi ma lui mi darà quello che mi occorre.»
Questa frase del testo è costruita in modo piuttosto confuso: riformula il passo cercando di rendere più corrette la sintassi e la punteggiatura.

TUTTI I BAMBINI NEGRI DOVREBBERO SUONARE L'ARMONICA

Presente e passato

1. Le vicende del racconto di Ann Patchett si collocano in due diversi momenti temporali: segna a margine in rosso le parti del testo che si riferiscono al presente di Grover, in blu quelle che si riferiscono al suo passato.

Il talento musicale di Grover

2. Il racconto analizza due momenti della maturazione personale del protagonista, Grover. Dapprima, infatti, il ragazzo scopre le sue capacità e le sue attitudini, poi diventa consapevole di come vuole – e di come *non* vuole – usare il suo talento. Indica:

a) in che cosa consiste il talento di Grover;
b) in che modo intende servirsene il ragazzo e di conseguenza che cosa rifiuta.

3. Grover diventa proprietario dell'armonica in un modo molto particolare. Ritrova nel testo e riassumi brevemente l'episodio.

4. Quando Grover, dopo anni di strazianti tentativi, diventa finalmente un buon musicista, vede cambiare all'improvviso l'atteggiamento di amici e familiari nei suoi confronti. Completa una scheda come quella riportata qui, indicando il comportamento di alcuni personaggi del racconto prima e dopo che Grover ha imparato a suonare l'armonica.

	Che cosa fanno quando Grover sta imparando a suonare	*Che cosa fanno quando Grover ha imparato a suonare*
Fratelli e sorelle di Grover		
La madre di Grover		
Il signor Thompson		

Le tue opinioni

5. Grover rifiuta i progetti che ha elaborato per lui la sua insegnante di musica, negandosi così la possibilità di diventare ricco e famoso. Cosa pensi della sua scelta? Cosa avresti fatto tu, al suo posto?

Le tue esperienze

6. Grover scopre quasi per caso di essere dotato di un notevole talento musicale: è successo anche a te di veder emergere doti e abilità che non sospettavi di possedere? In quali circostanze? Se hai vissuto un'esperienza di questo tipo, raccontala, registrando anche gli stati d'animo che hai provato.

Una similitudine molto originale

7. Quando Grover impara finalmente a suonare, l'atteggiamento delle persone che lo circondano cambia all'improvviso e in modo radicale. Per esprimere questo concetto il narratore ricorre a una similitudine molto efficace nella sua originalità: individuala e trascrivila.

Un linguaggio di registro colloquiale

8. Per coerenza con la figura del narratore, che è un ragazzino di circa dodici anni, il linguaggio del racconto è vicino al parlato familiare, presentando anche – come è appunto tipico del parlato – costruzioni non del tutto in linea con le norme della grammatica. Registrane qualcuna, sottolineando le parole «scorrette» come nell'esempio.

Esempio: C'è il più grande e il più piccolo e gemelle che gli comprano sempre i vestiti uguali e tutti gli fanno sempre le fotografie.

9. «C'erano stati tre anni *buoni* in cui io non avevo molti amici.» Con quale particolare significato è usato qui l'aggettivo «buono»?

L'effetto umoristico

10. Nel racconto non mancano i passi che suscitano il sorriso. Individua qualche situazione umoristica e cerca di spiegare da che cosa deriva l'effetto comico.

I RAPPORTI UMANI

I temi centrali del testo

1. Il racconto di Natalia Ginzburg delinea il modificarsi del rapporto con gli altri dall'infanzia all'adolescenza alla prima giovinezza. Rispondi alle domande seguenti che mettono a fuoco i temi centrali del testo.

a) Secondo l'autrice, che cosa cambia essenzialmente nel rapporto con gli adulti, in particolare con i genitori, quando si passa dall'infanzia all'adolescenza?
b) Da chi vuole essere accettato e apprezzato un adolescente? Quali sono i rapporti che ritiene più importanti?
c) Chi è «la persona giusta»? In che cosa differisce il rapporto con «la persona giusta» rispetto a quello con tutti gli altri?

Il difficile rapporto con gli altri

2. Avere successo tra i compagni di scuola è molto importante per un ragazzo: che cosa fa l'adolescente del racconto per ottenere un po' di popolarità a scuola?

3. Ancora incapace di vivere con serenità il suo rapporto con gli altri, l'adolescente sceglie spesso di fingere, di recitare. Indica almeno un'occasione in cui il protagonista del racconto «si mette una maschera» .

Le contraddizioni dell'adolescenza

4. Molti dei comportamenti dell'adolescente del racconto sono sotto il segno della contraddizione, come quando sprofonda in pensieri «vertiginosi» sull'esistenza del mondo e degli altri e subito dopo è preso da una infantile felicità alla prospettiva di un gelato, o come quando soffre per la sua bruttezza ma al tempo stesso fantastica di far innamorare di sé e si stupisce di non avere ancora ricevuto dichiarazioni d'amore. Ritrova nel testo e riferisci qualche altro esempio di contraddizione.

Le tue esperienze

5. Questo racconto si riferisce all'adolescenza dell'autrice e, al tempo stesso, ai comportamenti e ai problemi di tutti i ragazzi.
Tu ti sei riconosciuto nel racconto? hai individuato qualche situazione che ti è sembrata vicina alla tua esperienza? Quale, o quali, in particolare?

6. Per arrivare alla stima e alla consapevolezza di sé, l'adolescente del racconto passa anche attraverso una forma di crudeltà.
«... se qualcuno soffre per causa nostra, è segno che abbiamo nelle nostre mani il potere di far soffrire, noi che ci eravamo creduti per tanto tempo deboli e insignificanti.»
Cosa pensi di questa affermazione? È sembrato anche a te, qualche volta, che far soffrire gli altri fosse una verifica necessaria per stimare la tua importanza, per assumere valore ai tuoi stessi occhi?

Parlare di sé, parlare di tutti

7. Il racconto che hai letto è di ordine autobiografico, in quanto Natalia Ginzburg rievoca emozioni e stati d'animo della sua adolescenza; al tempo stesso, però, il testo vuole tracciare un percorso tipico, proprio di ogni adolescente, come ci rivelano anche alcuni segnali di tipo linguistico e stilistico.
Nel racconto, per esempio, non compaiono nomi propri, che avrebbero troppo personalizzato le situazioni, né segnali relativi al tempo e al luogo della vicenda, che può apparire così storia di sempre e di tutti.
L'autrice, inoltre, non utilizza il pronome *io*, non scrive in prima persona ma ______________________________
In frasi come «Ci rammarichiamo col nostro amico di essere dello stesso sesso» l'autrice fa intendere chiaramente che il suo discorso non vuole riferire esperienze caratteristiche di un'adolescenza femminile ma ______________________________

Metafore e similitudini

8. «Occhi di pietra / viso di pietra.» Con questa espressione metaforica, quale concetto vuole esprimere l'autrice, secondo te?

9. «Ci trovavamo a vivere come al centro di un paese incendiato.» A quale sentimento allude l'autrice con questa similitudine? E quale aspetto di tale sentimento vuole mettere in luce?

BUON DIO, OGGI... NO, NON POSSO SCRIVERLO...

Il disagio di crescere

1. Questa pagina di diario dell'Anonima viennese illustra gli stati d'animo di una ragazza nel momento in cui diventa donna dal punto di vista fisiologico. In lei si uniscono sensi di imbarazzo e di vergogna e l'orgogliosa consapevolezza di vivere un momento importante della sua vita. Segna a margine sul testo, in due colori diversi, i passi che esprimono i due differenti e contrastanti sentimenti.

2. Pensando di dover parlare in famiglia di quello che le è accaduto, l'autrice del diario nota con una certa malinconia che «per Hella è stato diverso». Chi ha avuto accanto a sé Hella nella medesima circostanza? E con chi dovrà confidarsi invece l'autrice del diario?

Le tue esperienze

3. Secondo te, sono importanti per un adolescente i mutamenti del corpo che diventa adulto? Tu come hai vissuto e come vivi questa fase della tua vita? Prevale in te il rimpianto dell'infanzia oppure l'orgoglio di crescere e l'aspettativa di esperienze nuove?

Il senso delle interruzioni

4. Nel testo troviamo puntini di sospensione e parole scritte a metà: come mai? Di quale stato d'animo sono la manifestazione questi particolari accorgimenti grafici?

ABBIAMO AVUTO DALLA BIBLIOTECA UN LIBRO...

Una eccezionale capacità di analisi

1. In queste pagine di diario, Anna Frank rivela grande chiarezza interiore e una capacità non comune di analizzare se stessa e i suoi rapporti con gli altri. Ti indichiamo qui alcuni dei temi affrontati da Anna: ritrovali nel testo e segna a margine il passo con la relativa lettera dell'alfabeto:

A. esame del proprio carattere;
B. rapporti con il padre;
C. rapporti con Peter;
D. contraddizione tra Anna come appare agli altri e Anna come è veramente.

2. Analizzando il proprio carattere (vedi punto A dell'esercizio precedente) Anna si riconosce alcune qualità positive: elencale, usando se vuoi le stesse parole del testo.

3. Per quanto riguarda il padre (vedi punto B dell'esercizio 1), Anna sente che sta allontanandosi da lui, che non può accordargli tutta la sua confidenza. Indica quali sono i motivi di questo atteggiamento della ragazza.

4. Anna esamina con grande lucidità anche il suo rapporto con Peter (vedi punto C dell'esercizio 1), rapporto che le appare ormai insoddisfacente in quanto ha compreso che lei e il ragazzo hanno aspettative molto diverse.
Cosa ha cercato Anna nell'intesa con Peter? E qual è invece l'atteggiamento del ragazzo?

5. Anna si definisce «un fastello di contraddizioni» in quanto i suoi atteggiamenti esteriori sono in contrasto con la sua vera personalità (vedi punto D dell'esercizio 1). Sintetizza in una scheda come quella riportata qui di seguito le caratteristiche di ciascuna delle «due metà» della ragazza.

Anna come appare agli altri	*Anna come è veramente*

6. Anna si sente «divisa in due»: quale parte di sé le appare migliore e quale dunque vorrebbe far prevalere? E come mai non riesce – e pensa che non riuscirà mai – a realizzare il suo proposito?

Il tuo ritratto interiore

7. La chiarezza interiore di Anna è certamente eccezionale, almeno per una ragazza della sua età. Anche tu, però, hai probabilmente ben presenti gli aspetti più tipici del tuo carattere, le tue qualità positive come quelle negative.
Prova a tracciare un tuo ritratto interiore: proprio l'impegno di riflessione necessario per la scrittura ti aiuterà forse a fare chiarezza dentro di te e dunque ad acquisire una maggiore consapevolezza della tua personalità.

Le tue opinioni

8. Anna si dice d'accordo con la massima che recita: «La gioventù è più solitaria della vecchiaia». Commenta anche tu la frase, chiarendo se veramente, a tuo parere, la solitudine è un problema tipico degli adolescenti.

Due testi a confronto

9. Se hai letto, in questa stessa sezione, *I rapporti umani*, ricorderai che anche l'adolescente del racconto di Natalia Ginzburg si impone con gli altri una «recita», un comportamento che non corrisponde alla sua realtà interiore. Quali punti in comune e quali differenze puoi rilevare tra il comportamento di Anna Frank e quello del protagonista di *I rapporti umani*? ______________________________

____

____

Il ruolo delle sequenze riflessive

10. Queste pagine di Anna Frank sono costituite da un insieme di sequenze riflessive in cui risultano assenti gli elementi di un vero e proprio intreccio.
Sei d'accordo o in disaccordo con questa affermazione? Motiva la tua risposta.

Un lessico ampio e vario

11. Come già si è avuto modo di rilevare, Anna Frank possiede capacità espressive eccezionali per la sua età. Tra l'altro mostra una competenza lessicale molto ampia e sicura. Cerca nel testo e trascrivi almeno dieci termini che ti sembrano appartenere al registro «alto», letterario della lingua.

PER UNA LETTURA GLOBALE

Il difficile mestiere di crescere

Vivere in un mondo di adulti

1. Nel loro insieme, i racconti di questa raccolta tracciano una mappa ampia e varia delle esperienze adolescenziali. Un aspetto certamente importante della realtà dei ragazzi è il loro rapporto con il mondo degli adulti. Ripercorrendo i testi letti, registra in una scheda quelli in cui la relazione tra gli adulti e i ragazzi appare difficile e indica anche quali sono le cause e i modi del contrasto.

Autore e titolo	*Cause e modi del contrasto adulti/ragazzi*
Rudyard Kipling Bee bee, Pecora Nera	La zia Rose non cerca neppure di capire Punch e lo rende infelice negandogli ogni affetto e trattandolo in modo ingiusto e crudele.
...	

2. Se sono molti i casi di contrasto tra ragazzi e adulti, non mancano nelle storie della raccolta anche figure di adulti che sanno stabilire con i ragazzi un rapporto positivo, dando loro aiuto, guida e comprensione. Ti ricordiamo, per esempio, la signorina Hicks e Buddy, che è proprio, sia pure in chiave fantastica, la rappresentazione dell'adulto saggio.

Completando una scheda come quella alla pagina seguente, indica in quali racconti agiscono i due personaggi, chi sono i ragazzi con cui entrano in rapporto, in che modo svolgono il loro ruolo positivo.

	La signorina Hicks	*Buddy*
Autore e titolo del racconto in cui il personaggio agisce		
Ragazzi con cui il personaggio entra in rapporto	Omero e gli altri allievi della Scuola Superiore di Itaca	
Azioni positive svolte dal personaggio		

La scoperta degli altri

3. Anche quando è in compagnia di qualche suo coetaneo, un bambino molto piccolo – ci dicono gli psicologi – gioca sempre e soltanto da solo. La capacità di mettersi in relazione nel gioco con altri bambini rappresenta una conquista, un punto di arrivo, un gradino importante nella storia della crescita e della maturazione.
Lo schema si ripete, a livello più complesso, anche per l'adolescente, che via via allarga e rende più significativi i suoi rapporti con gli altri. Ripensando ai testi letti, individua almeno due situazioni in cui il protagonista si trova a «scoprire gli altri», a conoscere meglio la realtà umana che è attorno a lui. Riassumi brevemente la vicenda, mettendo in luce come e con quali esiti avviene la «scoperta».

Esperienze che fanno maturare

4. Ogni evento in cui siamo coinvolti, importante o minimale che sia, costituisce una forma di esperienza nel senso che va comunque ad arricchire il nostro vissuto. Alcune esperienze, però, sono particolarmente importanti e significative in quanto sollecitano il processo di maturazione, la crescita personale di chi le vive.
Ripensa ai testi letti, cercando di individuare in quali casi siamo di fronte a un'esperienza «che fa maturare». Registra poi i risultati in una scheda come quella riportata qui, nella quale è già inserito un esempio.

Autore e titolo	Protagonista/i	Come e con quale esito si svolge l'esperienza che fa maturare
Alberto Moravia Operazione Pasqualino	I ragazzi della «banda»	Il fallimento della rapina fa capire ai ragazzi che la loro «voglia di avventura» li sta portando su una strada molto rischiosa, così che «mettono la testa a posto» prima di compromettere definitivamente il loro futuro.

Gioia e tristezza

5. Si dice comunemente che l'infanzia e l'adolescenza sono età serene e felici, in cui non si sperimentano ancora le dolorose difficoltà della vita. I racconti che hai letto ti sembrano confermare o smentire questa affermazione? Per rispondere in modo documentato, prendi in esame tutti i racconti e, per ciascuno di essi, completa una scheda come la seguente, aiutandoti con i due esempi. Se in qualche caso troverai impossibile utilizzare la scheda, indica soltanto se il protagonista o i protagonisti ti sembrano sereni o se invece ti sembrano afflitti da problemi, psicologici o materiali.

Scheda modello

Autore: ______________________________

Titolo: ______________________________

Il protagonista vive un'esistenza ______________ , a causa ______________ . Nel corso del racconto si trova ad affrontare un'esperienza ______________________ . La conclusione è ______________ in quanto ______________ .

Esempio n. 1

Autore: Beppe Fenoglio *Titolo*: L'addio

Il protagonista vive un'esistenza triste e difficile a causa del suo carattere timidissimo e della povertà della famiglia. Nel corso del racconto si trova ad affrontare un'esperienza dolorosa, infatti si innamora di una ragazza ma non ha neppure il coraggio di avvicinarla. La conclusione è molto amara in quanto la ragazza amata se ne va per sempre senza che il protagonista abbia potuto dichiararle il suo amore.

Esempio n. 2
Autore: Archibald Joseph Cronin *Titolo*: Un uovo di piviere dorato
I due protagonisti vivono un'esistenza che sembra nel complesso serena. Nel corso del racconto si trovano ad affrontare un'esperienza positiva che consente loro di verificare la solidità dell'amicizia che li unisce. La conclusione è felice in quanto entrambi entrano in possesso di un oggetto da tempo desiderato.

La storia e il narratore

6. Come ben sai, un racconto può svilupparsi in prima o in terza persona; il narratore può essere *interno*, cioè un personaggio della storia, oppure *esterno*, cioè una voce narrante che riferisce gli eventi «dal di fuori». Nel caso dei diari e dei testi autobiografici, poi, il narratore, cioè la voce che riferisce la vicenda, coincide con l'autore. In una scheda come quella proposta qui, elenca tutti i racconti che hai letto e di ciascuno indica le caratteristiche della voce narrante. Per individuare i testi autobiografici, quelli cioè in cui si verifica la coincidenza tra narratore e autore, dovrai chiedere l'aiuto dell'insegnante e/o utilizzare le informazioni offerte dall'apparato didattico.

Autore e titolo	*Fëdor Dostoevskij* Kolja	*Anton Čechov* Ragazzi	
Narrazione in 1ª persona			
Narrazione in 3ª persona			
Narratore interno			
Narratore esterno			
Coincidenza			

7. Se la narrazione procede in prima persona, il narratore, evidentemente, riferisce la vicenda attraverso il suo punto di vista. Nella narrazione in terza persona, il narratore a volte è equidistante da tutti i personaggi, cioè «mette in scena» la vicenda senza privilegiare il punto di vista dell'uno o dell'altro; a volte invece assume decisamente il punto di vista di un personaggio. Tra i testi letti indica degli esempi:

a) un racconto in terza persona in cui il narratore è equidistante dai personaggi:

Autore ________________________________

Titolo ________________________________

b) un racconto in terza persona in cui il narratore assume il punto di vista di un personaggio della vicenda:

Autore ________________________________

Titolo ________________________________

8. Considera ancora una volta la posizione del narratore nei racconti letti, distinguendo tra i testi in cui la voce narrante è quella di un adulto e i testi in cui la voce narrante è invece quella di un ragazzo.

Autore e titolo	*La voce narrante è un ragazzo*	*La voce narrante è un adulto*
Fëdor Dostoevskij Kòlja		
Anton Čechov Ragazzi		

Le scelte espressive

9. Gli autori dei racconti che hai letto appartengono a filoni letterari e contesti culturali anche molto differenti; è ovvio, dunque, che risultino diverse le caratteristiche linguistico-espressive di ciascuno. Prendendo in considerazione le scelte propriamente linguistiche, ti indichiamo alcuni tipi di registro linguistico, a ciascuno dei quali dovrai far corrispondere almeno un testo della raccolta.

Registro linguistico	*Racconti*
linguaggio medio, standard, senza particolari caratteristiche	
linguaggio alto, di registro letterario	
linguaggio vicino al parlato, con termini ed espressioni regionali	
linguaggio vicino al parlato, con termini ed espressioni del gergo giovanile	

10. Un testo narrativo può essere caratterizzato da un intreccio ricco di fatti e di accadimenti o, al contrario, può essere privo o quasi di eventi esteriori e basato soprattutto sulle esperienze psicologiche dei personaggi.
Ripercorrendo i testi della raccolta, indica i due che ti sembrano più «dinamici» e i due che, invece, ti sembrano più «statici».

I due racconti più dinamici

Autore/titolo ______________________________

Autore/titolo ______________________________

I due racconti più statici

Autore/titolo ______________________________

Autore/titolo ______________________________

Dai racconti altri racconti

11. In tutti i racconti di questa raccolta, i personaggi principali sono ragazzi o adolescenti: non ti sarà difficile perciò immedesimarti nel loro modo di essere e immaginare nuovi sviluppi per le storie che hai letto.
Ti diamo qui di seguito tre suggerimenti di scrittura creativa. Applicali a uno o più racconti a tua scelta.

1. Modifica la conclusione della storia.
   Per esempio: Volodia e Cecevitsin (Anton Čechov, *Ragazzi*)

non vengono riportati a casa subito dopo la loro fuga ma riescono ad arrivare fino...

2. Immagina un seguito della storia.
Per esempio: Cosa succederà al «ragazzo della Collera» dopo la partenza di Nella? (Beppe Fenoglio, *L'addio*)

3. Inventa un nuovo episodio con gli stessi personaggi.
Per esempio: Passato lo spavento, Kòlja non sa resistere all'idea di un'altra «bravata da rompicollo». Stavolta però...

Qualunque sia il lavoro che avrai deciso di eseguire (differente conclusione, prosecuzione della storia, nuovo episodio), sarà necessario che la parte inventata da te sia coerente con il racconto da cui prende spunto. In particolare, i personaggi dovranno mantenere le loro caratteristiche e il registro linguistico dovrà essere quello scelto dall'autore.

12. Nei racconti della raccolta hai visto in azione ragazzi più o meno della tua età, alle prese con esperienze di certo non molto differenti, almeno in alcuni casi, da quelle stesse che hai vissuto o stai vivendo tu.
Perché, dunque, non trasformare in racconto anche qualche episodio del tuo vissuto personale? Provaci, scegliendo il taglio narrativo che ti è più congeniale: esposizione in prima o in terza persona, narratore interno o esterno, punto di vista ristretto coincidente con quello di un personaggio oppure punto di vista «non focalizzato», cioè oggettivo, ugualmente distaccato da tutte le figure della storia.

13. I racconti che hai letto offrono un quadro ricco e vario del mondo adolescenziale; ma tu, che ben conosci il «mestiere di crescere», avresti voluto forse trovarvi qualcosa di più. Dopo aver discusso con i compagni, registra:

a) uno o più temi che la raccolta non ha considerato ma che ti sembrano importanti nella realtà dei ragazzi;
b) il titolo e l'autore di uno o più racconti, letti a scuola o anche per conto tuo, che ti sarebbe piaciuto vedere inseriti nella raccolta.